古典文學研究輯刊

十三編

曾永義 主編

第8冊

元雜劇的文化精神論（上）

高益榮 著

國家圖書館出版品預行編目資料

元雜劇的文化精神論（上）／高益榮 著 — 初版 — 新北市：
花木蘭文化出版社，2016〔民105〕
目 2+158 面：19×26 公分
（古典文學研究輯刊 十三編：第 8 冊）
ISBN 978-986-404-584-6（精裝）
1. 元雜劇 2. 戲曲評論
820.8　　　　　　　　　　　　　　　105002164

ISBN-978-986-404-584-6

古典文學研究輯刊
十三編　第八冊　　　　　ISBN：978-986-404-584-6

元雜劇的文化精神論（上）

作　　者　高益榮
主　　編　曾永義
總 編 輯　杜潔祥
副總編輯　楊嘉樂
編　　輯　許郁翎
出　　版　花木蘭文化出版社
社　　長　高小娟
聯絡地址　235 新北市中和區中安街七二號十三樓
　　　　　電話：02-2923-1455 ／傳真：02-2923-1452
網　　址　http://www.huamulan.tw 信箱 hml810518@gmail.com
印　　刷　普羅文化出版廣告事業
初　　版　2016 年 3 月
全書字數　296453 字
定　　價　十三編 20 冊（精裝）新台幣 38,000 元　　版權所有・請勿翻印

元雜劇的文化精神論（上）

高益榮　著

作者簡介

高益榮，男，1958 年生於西安。文學博士，現為陝西師範大學文學院教授，博士生導師。主要從事《史記》、中國古代戲曲的教學與研究工作，發表論文有《論元曲的反傳統觀念的思想特徵及其成因》、《易俗社的大編劇孫仁玉初論》等 40 餘篇，主要成果有《20 世紀秦腔史》、《梨園百戲》、《歷代名家評史記集說》、《史記研究資料萃編》、《會通中西——吳宓的讀書生活》、《中國家訓經典》等近 10 部。

提　　要

　　元雜劇可謂中國戲曲成熟的標誌。它獨具風貌的敘事藝術和敘事精神，把中國古代敘事文學推向一個前所未有的新高峰。本書通過對它的文本解讀，以文化精神的視角透視，展示其豐富的思想意蘊和審美情趣。

　　全書由八章構成。第一章緒論，從「文化」定義入手，論述了中國傳統文化的基本精神，以及中國戲曲文化精神的構成，元雜劇文化精神闡釋的審美意義。第二章從文化因素上探索元雜劇繁榮的原因。第三章主要探討以元雜劇為主的元曲所表現出的與傳統文學觀念不同的反傳統精神，試圖將元曲放在中國文學理念的悠久歷史長河中以顯示其背離傳統文學觀念的奇特的文化特質。第四章對佔有元雜劇四分之一的愛情婚姻題材的戲曲進行文化透視，分別從才子佳人劇、士子妓女劇、人神之戀劇、負心婚變劇等不同類型戲曲的分析中以顯現元雜劇與傳統愛情婚姻題材的作品的異同，尤其對名劇《西廂記》作了個案的詳盡分析。第五章重點從元代書會才人「棄儒歸道」的無奈心態的角度對神仙道化劇作了分析。第六章主要對現存 162 種元雜劇中的歷史劇作以文化闡釋，多方位展示出元雜劇歷史劇是「以史寫心」——借歷史表現現實，進而又分析了元雜劇歷史劇繁盛的原因。第七章結合元代吏治文化背景對元雜劇公案劇進行了細緻的分析。第八章對元雜劇中的以水滸故事為題材的劇目作了文化精神層面的解讀。

　　總之，該書力求運用現代意識對元雜劇現存劇作的文化精神進行全面闡釋，既能從寬廣的文化視野挖掘元雜劇的思想蘊藏和審美情趣，又能幫助讀者理解元代文化有所異質於傳統文化的緣由。

目次

第一章　文化精神與元雜劇的文化視角

第一節　「文化」的定義與中國傳統文化的基本精神

一、「文化」的定義

　　自從上世紀八十年代開始，隨著思想開放的活躍，對「文化」的探討一直是個熱門。人們愈來愈注重從文化的視角對古典文本解讀，往往也能發現新的天地。那麼，對「文化」的定義究竟界定在什麼層面，其具體含義究竟指什麼，都是不可迴避的問題。孔子說：「工欲善其事，必先利其器。」(《論語・衛靈公》)因此，爲了更好地從文化視角對元雜劇加以闡釋，先考察「文化」這個充滿誘惑力的詞語的含義是十分必要的。

　　在中國古代典籍中「文」與「化」開始是兩個分別獨立使用的詞。「文」，《說文解字》解釋說：「錯畫也，象交文。」文，同「紋」，其本義是指各色交錯的紋理。《易・繫辭下》就說：「物相雜，故曰文」。以後由此本義引申，便指語言文字與各種符號，以及用語符形式記錄的文物典籍和人爲的加工修飾，進而指文德教化之意。如《論語・雍也》就將「文」與「質」相對：「質勝文則野，文勝質則史，文質彬彬，然後君子。」孔子要求弟子「入則孝，出則悌，謹而信，泛愛眾，而親仁。行有餘力，則以學文。」(《論語・學而》)《國語・晉語五》亦云：「言，身之文也。言文而發，合而後行，離則有釁。」《禮記》也說：「君子服其服，則文以君子之容；有其容，則文以君子之辭；

逐其辭，則實以君子之德。」可見春秋時期人們對文的重視。「化」，《說文解字》爲「匕」，解釋爲「匕，變也，從到（倒）人。凡匕之屬皆從匕。呼跨切。」〔註1〕「匕」，是一個回首的人，本義爲改易，「這種改易既包括從無到有的『造化』，也包括宇宙生成以後的『演化』和『分化』」。〔註2〕「化」有引導人重改行善之意，化，就是教化的意思，引導人往好處變化。如《禮記‧中庸》說：「誠則形，形則著，著則變，變則化，唯天下至誠爲能化。」注：「動，動人心也；變，改惡爲善也，變之久則化而性善也。」疏：「初漸謂之變，變時新舊兩體俱有，變盡舊體而有新體謂之化。」〔註3〕「文」與「化」二字在一文中並聯使用，最早見於《易‧賁卦》：「剛柔交錯，天文也。文明以止，人文也。觀乎天文以察時變，觀乎人文以化成天下。」〔註4〕這裏的「天文」，是指人對自然現象變化的認識。所謂的「人文」，是指人對自身所處的社會環境、社會關係的認識。將「文」、「化」組合爲一詞，最早見於劉向《說苑‧指武》：「聖人之治天下也，先文德而後武力。凡武之興，爲不服也，文化不改，然後加誅。」這裏顯然「文」是與「誅」相對的，「文化」就是以文德教化天下，文德不可教化，才採用誅伐的輔助手段。這便是我國典籍中「文化」一詞的本義。

在西方，「文化」（culture, kultur）一詞源於拉丁文 cultura，含義爲土地開墾、植物栽培，後來指對人的精神、身體，特別是藝術和道德的培養。到了十九世紀，西方對文化含義的詮釋更爲多樣。首先是從人類學角度的闡釋，英國人類學學者泰勒在他的《原始文化》中給「文化」下了一個明確的定義：「文化或文明，就其廣泛的民族學意義來說，乃是包括知識、信仰、藝術、道德、法律、習俗和任何人作爲一名社會成員而獲得的能力和習慣在內的複雜整體。人類的各種各樣機會中的文化狀況，在其可能按一般原則加以研究的範圍內，是一個適合於研究人類思想和行爲的規律的課題。」此後，各類派別從不同的角度對「文化」一詞作以解釋，如康德、黑格爾、薩特、卡西爾等從哲學角度談及文化，也有從生物學、地理學、心理學、社會學等相關科學視角談論文化的，據美國人類學家克羅伯和克魯柯亨合著的《文化概念：

〔註1〕 許慎：《說文解字》，中華書局影印本1963年版，第168頁。
〔註2〕 王寧主編：《中國文化概論》，湖南師範大學出版社2000年版，第3頁。
〔註3〕 阮元校刻：《十三經注疏》，中華書局，1980年版，第1632頁。
〔註4〕 辛介夫：《周易解讀》，陝西師範大學出版社，1998年版，第246頁。

一個重要的概念回顧》統計，僅僅在 1871 至 1951 的八十年間，各種關於文化的定義就有一百六十多個。他們認爲這些眾多的概念，實際上在考察文化的大思路上都很接近，都沒超越從物質到精神兩個層面，只是觀察問題的角度和方法不同罷了。他們認爲：「文化存在於思想、情感和起反應的各種業已模式化了的方式當中，通過各種符號可以獲得並傳播它。另外，文化構成了人類群體各有特色的成就，這些成就包括他們創造物的各種具體形式；文化基本的核心由兩部分組成，一是傳統（即從歷史上得到並選擇）的思想，一是與他們有關的價值。」〔註 5〕再如《蘇聯小百科全書》說：「文化是人類創造的物質和精神的有價值的珍品的總和」。《辭海》說：「（文化）廣義指人類社會歷史實踐過程中所創造的物質財富和精神財富的總和。狹義指社會的意識形態，以及與之相適應的制度和組織機構。」〔註 6〕

　　由以上種種關於文化的定義不難看出，文化可分爲廣義的和狹義的兩大類。廣義的文化即所謂的「人文化」、人化自然，大凡打上人爲的痕跡的一切自然界和人類社會。人是自然界中的靈長，人在適應自然環境的過程中又改造著自然，便創造了大量的文化成果，從而使人脫離了獸類，正如恩格斯說：「人同其它動物的最後的本質區別，是勞動」，「勞動創造了人本身」。德國著名哲學家恩斯特・卡西爾在他的《人論》中也說：

　　　　人的突出的特徵，人的與眾不同的標誌，既不是他的形而上學本性，也不是他的物理本性，而是人的勞作（work），正是這種勞作，正是這種人類活動的體系，規定和劃定了「人性」的圓周。語言、神話、宗教、藝術、科學、歷史，都是這個圓的組成部分和各個扇面。因此，一種「人的哲學」一定是這樣一種哲學：它能使我們洞見這些人類活動各自的基本結構，同時又能使我們把這些活動理解爲一個有機整體。〔註 7〕

恩斯特・卡西爾認爲正是人的這種勞作創造下大量的文化，人只有在創造文化的活動中才成爲眞正意義上的人，也只有在文化活動中人才能獲得眞正的自由，他深刻地揭示出人的本質和文化的內涵。因此，廣義的「文化的內涵

〔註 5〕A・L・克羅伯和 C・克魯柯亨：《文化概念：一個重要的概念回顧》，哈佛大學《小人物陳列館文集》第 41 期，1951 年。

〔註 6〕夏徵農主編：《辭海》，上海辭書出版社，1989 年縮印本，第 1731 頁。

〔註 7〕恩斯特・卡西爾：《人論》，上海譯文出版社，1985 年版，第 288 頁。

即人類社會的類特性，包括勞動創造性、自由自覺性、群體協同性等等，文化的外延是人類社會所包括的所有事物與過程。」「文化就是自然的人類社會化，包括自然的人化、社會化與反過來化人，創造人本身；作為成果或者說是名詞，文化是人類社會區別於自然界的類特性，體現、凝結在人類社會所包括的所有事物與過程之中（包括人自身）。」〔註8〕狹義的文化主要指人類精神層面的文化，即思想觀念和審美情趣、價值觀念、宗教信仰和思維方式等。它是文化的核心、靈魂，正如龐樸先生所說：「文化的物質層面，是最表層的；而審美趣味、價值觀念、道德規範、宗教信仰、思維方式等，屬於最深層；介乎二者之間的，是種種制度和理論體系。」〔註9〕「狹義的文化又稱人文文化，是某一社會集體（民族或階層）在長期歷史發展中經傳承累積而自然凝聚的共有的人文精神及其物質體現總體體系。這個定義也要把握三個要點：（1）狹義文化不但以人為中心，而且以人的精神活動為中心，即使觀察物化世界，也是以其中的人文精神為內核；（2）狹義文化關注的不是個別人的精神活動，而是經歷史傳承累積凝聚的共有的、成體系的人文精神；（3）狹義文化關注的不僅是全人類的普遍共性，而且更注重不同民族、階層、集團人文精神的特點。」〔註10〕文化呈現出層次性，如趙吉惠先生歸類的：

1、社會政治結構：政治制度與管理方式

2、社會意識形態：人生觀、價值觀、道德觀、社會觀

3、宗教與信仰：宗教意識、生死觀念與生活態度

4、建築與藝術：技藝、製造、審美、欣賞

5、思維方式：思維的程式、特徵及邏輯表現

6、心理結構：個性心理構成與民族、歷史的沉積

7、生活方式與習俗：衣食住行的方式與不同的習慣情趣

8、行為方式與規範：言行的不同方式與道德取向

9、社會經濟形態：生產方式、經濟制度與管理〔註11〕

實際上仍是龐樸先生歸納的物質層面、精神層面和介乎二者之間的三個層面的詳細歸類，由此可以清晰地看到從不同層面對「文化」一詞的運用，如我

〔註8〕馮國榮：《論文化釋義系統》，載《文史哲》，2002年第6期。

〔註9〕龐樸：《光明日報》，1986年1月17日。

〔註10〕王寧主編：《中國文化概論》，湖南師範大學出版社2000年版，第3頁。

〔註11〕趙吉惠：《中國傳統文化道論》，陝西人民教育出版社，1994年版，第6頁。

們常說的「飲食文化」、「酒文化」等即是屬第八類含義的文化，把管理文學藝術、博物圖書等部門稱「文化部門」，顯然指一般性管理方式，這些都屬於廣義的「文化」。本文使用「文化」一詞，主要指狹義的，在精神層面的，從審美的、道德的、個性心理特徵、價值觀念等方面，通過對元雜劇文本的解讀，來顯現元雜劇的思想內涵及作者的心理特徵及人格特質。

二、中國傳統文化的基本精神

美國人類文化學家魯思・本尼迪克特認爲：「一種文化就如一個人，是一種或多或少一貫的思想和行動的模式。各種文化都形成了各自的特徵性目的，它們並不必然爲其它類型的社會所共有。各個民族的人民都遵照這些文化目的，一步步強化自己的經驗，並根據這些文化內驅力的緊迫程度，各種異質的行爲也相應地愈來愈取得了融貫統一的形態。」〔註12〕中國傳統文化就是中華民族在其發展歷史長河中形成的一種思想和行動的模式，而這種思想與行動的模式經過長期的積澱、傳承，可以說它已成爲中華民族的精神支柱，包括思想觀念、價值取向、思維方式、道德情操、宗教信仰、文學藝術等，這也是我國傳統文化中的核心。

關於我國傳統文化的精神的內涵，上一世紀八十年代以來眾說紛紜，但其基本的東西就是形成中華民族基本文化心理素質結構的思想體系，即在我國悠久的歷史進程中形成和發展起來的文化成果。從周秦至明清，在我們華夏民族土壤中形成的穩定形態的物質的生活和精神的生活以及社會的組織等構成的大系統。這一系統的形成，必然影響著每一個社會成員，使他們的思想觀念、心理特徵、審美情趣無不打上其痕跡。因此，對其內涵的研究一直是文化研究的一個很有意義的熱門話題。

張岱年・程宜山先生認爲：「中國文化豐富多彩，中國思想博大精深，因而中國文化的基本思想也不是單純的，而是一個包括許多要素的統一的體系。這個體系的要素主要有四：（1）剛健有爲，（2）和與中，（3）崇德和用，（4）天人協調。……四者以剛健有爲思想爲綱，形成中國文化基本思想的體系。」〔註13〕

〔註12〕魯思・本尼迪克特：《文化模式》，張燕、傅鏗譯，浙江人民出版社，1987年版，第45頁。
〔註13〕張岱年、程宜山：《中國文化與文化爭論》，中國人民大學出版社，1990年版，第17～18頁。

　　李澤厚先生在他的《中國古代思想史論》中認爲：「孔子以『仁』釋『禮』，將社會外在規範化爲個體的內在自覺，是中國哲學史上的創舉，爲漢民族的文化——心理結構奠下了始基。孔子成爲中國文化的象徵和代表。」「最爲重要和值得注意的是心理情感原則，它是孔學、儒家區別於其它學說或學派的關鍵點。強調情感與理性的合理調節，以取得社會存在和個體身心的均衡穩定：不需要外在神靈的膜拜、非理性的狂熱激情或追求超世的拯救，在此岸中達到濟世救民和自我實現。」〔註14〕在《莊玄禪宗漫述》中，他又論述了道家文化對中國人的影響作用。莊子「第一次突出了個體存在。他基本上是從人的個體的角度來執行這種批判的。關心的不是倫理、政治問題，而是個體存在的身（生命）心（精神）問題，才是莊子思想的實質。」〔註15〕

　　龐樸先生認爲，中國文化的精神是人文主義，「如果我們不去計較人文主義得名的歷史原因，單從文化的性質上著眼，則應該可以說」，「以倫理、政治爲軸心、不甚追求自然之所以、缺乏神學宗教體系的中國文化，倒是更富有人文精神的」〔註16〕。而這種人文精神表現爲：不把人從人際關係中孤立出來，也不把人同自然對立起來，不追求純自然的知識體系，在價值論上反對功利主義，更關注於人自身。

　　錢穆先生所主張的「人道觀念」的文化，是建立在家族觀念上的。他在《中國文化史導論》中精闢地說：「中國文化是一種現實人生的和平文化，這一種文化的主要泉源，便是中國民族從古相傳一種極深厚的人道觀念，此所謂人道觀念，並不指消極性的憐憫與饒恕，乃指其積極方面的像後來孔子所說的忠恕與孟子所說的敬愛，人與人之間，全以誠摯懇懇的忠恕與愛敬相待，這才是眞的人道。中國人的人道觀念，卻另有其根本，便是中國人的家族觀念，人道應該由家族始，若父子兄弟夫婦間，尚不能忠恕相待，愛敬相與，乃謂對於家族以外更疏遠的人，轉能忠恕愛敬，這是中國人所絕不相信的。家族是中國文化一個最重要的柱石，我們幾乎可以說，中國文化，全部從家族觀念上築起，先有家族觀念乃有人道觀念，先有人道觀念乃有其他的一切。中國人所以不很看重民族界線與國家疆域，又不很看重另外一世界的上帝

〔註14〕 李澤厚：《中國古代思想史論》，人民出版社，1986 年版，第 1 頁。
〔註15〕 李澤厚：《中國古代思想史論》，人民出版社，第 181 頁。
〔註16〕 龐樸：《中國文化的人文主義精神》，載《中國傳統文化的再估計》，上海人民出版社，1988 年版，第 50 頁。

的，可以說全由他們看重人道觀念而來。人道觀念的核心是家族，不是個人。因此中國文化的家族觀念，並不是把中國人的心胸狹窄了閉塞了，乃是把中國人的心胸開放了寬大了。」〔註17〕

由以上諸先生對中國傳統文化精神內涵的詮釋，我們不難發現：他們的論述儘管各自所側重的層面有所不同，但基本都是圍繞儒道這兩個中國文化的源來展示中華文化的精神的。在中國漫長的歷史發展中，「儒家文化、道家文化對中國的政治倫理、價值觀念、心理結構、生活習俗、思維方式、行為模式、道德規範、人生理想、哲學、宗教、文學、藝術等，都處支配地位，起主導作用」。〔註18〕因此，中國文化的主流精神就是在儒道互補的文化土壤裏派生出來的，在人與天的關係上重視人道，而輕視「天道」，主張「天人合一」，強調人的社會現實關係，重視以血緣為紐帶而在此基礎上形成的人群關係，用「禮儀」來調節人與人的關係。正如孟子所說：「父子有親，君臣有義，夫婦有別，長幼有序，朋友有信。」（《孟子・滕文公上》）這就是調節人們基本關係的所謂「五倫」。中國文化是建立在以血緣關係為基礎的宗法制上的文化，因而強調由家庭及社會的層次，在家孝，在朝必能忠。為了制約每一個社會成員，中國文化強調所謂的「禮」，「禮的精神是『節』，禮樂是貴族生活的手段，也可以說是目的。他們要定等級，明分際，要有穩固的社會秩序，所以要『節』，但是他們要統治，要上統下，所以也要『和』。禮以『節』為主，可也得跟『和』配合看。」〔註19〕禮實際上就是規定人們行為的規範，是一級制約一級，從而達到社會的每個成員之間關係的協調，它實際上是封建等級文化的根源，《禮記・曲禮上》就說：「道德仁義，非禮不成；教訓正俗，非禮不備；紛爭辯訟，非禮不決；君臣上下，父子兄弟，非禮不定。」禮的作用就是讓人守分，從而達到去欲守法，使社會趨於穩定。所以儒家文化是更注重個體自身的修養、自覺遵守倫理規範而達到對社會的治理。這種禮儀倫理文化有它的好的一面，也有它不好的一面，那就是扼殺了個體的自我人格，以適應社會群體的要求，像魯迅先生批判的那樣「自己被人凌虐，但也可以凌虐別人；自己被人吃，但也可以吃別人。一級一級的制馭著，不得動彈，也不想動彈了。因為倘一動彈，

〔註17〕錢穆：《中國文化史導論》，上海三聯書店1988年版，第42頁。
〔註18〕趙吉惠：《中國傳統文化導論》，陝西教育出版社，1994年版，第22頁。
〔註19〕朱自清：《論氣節》，《朱自清作品精選》，長江文藝出版社2003年版，第402頁。

雖或有利，然而也有弊。我們看古人的良法──『天有十日，人有十等。下所以事上，上所以共神也。故王臣公，公臣大夫，大夫臣士，士臣皂，皂臣輿，輿臣隸，隸臣僚，僚臣僕，僕臣臺』。(《左傳‧昭公七年》)但是『臺』沒臣，不是太苦了麼？無須擔心的，有比他更卑的妻，更弱的子在。而且其子也很有希望，他日長大，升而爲『臺』，便又有更卑更弱的妻子，供他驅使了。如此連環，各得其所，有敢非議者，其罪名曰不安分！」〔註20〕魯迅先生的批判是極其深刻的，他揭示出我國古代所謂的「禮儀」文化的害人本質。但我們也應該看到，傳統文化博大精深，它也具有其進步的一面，如孔子在強調「禮儀」的同時，也注意個人人格的修養，強調「仁人」的風範，「志士仁人，無求生以害仁，有殺身以成仁。」(《論語‧衛靈公》)「見義不爲，無勇也。」(《論語‧爲政》)孟子更是強調養「浩然之氣」，具有「富貴不能淫，貧賤不能移，威武不能屈」的「大丈夫」人格，這種精神也滋養了後來無數的仁人志士。所以，我們對傳統文化的分析更應該把它還原到那個時代，客觀地予以評價，像毛澤東說的吸收其精華，排除其糟粕。

第二節　中國戲曲的文化構成

一、「戲曲」概說

作爲我國傳統文化的一部分的戲曲藝術形式，在我國儘管淵源很早，但成熟期比較晚。正如張庚先生說「中國戲曲的起源是很早的，在原始時代的歌舞中已經萌芽了。但它的發育成長的過程卻很長，是經過漢唐到宋金即 12 世紀才算形成。」〔註21〕「戲曲」一詞，就目前所能見到的材料看，最早出現於宋元時期。宋元間人劉塤（1240～1319）的《水雲村稿‧詞人吳用章傳》載：「至咸淳、永嘉戲曲出，潑少年化之而後淫哇盛、正音歇」。元末人夏庭芝在《青樓集》說：「龍樓景，丹墀秀，皆金高門之女也，俱有姿色，專工南戲。龍則染塵暗簌，丹則驪珠宛轉。後，有芙蓉秀者，婺州人。戲曲、小令，不在二美之下，且能雜劇，尤爲出類拔萃云。」元末明初人陶宗儀的《南村輟耕錄‧院本名目》亦云：「唐有傳奇，宋有戲曲、唱諢、詞說，金有院本、雜劇、諸宮調。」清初戲曲家李玉在《南音三籟‧序言》中對「戲曲」名詞

〔註20〕魯迅：《墳》，《魯迅全集》（一），人民文學出版社，1973 年版，第 200 頁。
〔註21〕張庚：《中國戲曲通史》，中國戲劇出版社，1992 年版，第 75 頁。

作了總結性概括：

> 　　原夫詞者，詩之餘；曲者，詞之餘也……（實甫、漢卿、東籬諸
> 君子）或為全本，或為雜劇，各立赤幟，旗鼓相當，盡是騷壇飛將。
> 然皆北也，而猶未南。於是高則誠、施解元輩，易北為南，構《琵琶》、
> 《拜月》諸劇。……然此皆傳奇也，非散曲也。即偶為詠物紀勝，只
> 詞單曲，然此猶小令也，非全套也。……爾時集其尤者，有《詞林逸
> 響》、《吳歈萃雅》諸刻，大都選摘祝（枝山）、唐（伯虎）、鄭（虛舟）、
> 梁（伯龍）諸名家時曲，配以古今傳奇中可歌可詠套數，彙為一編。……
> 《三籟》分天、地、人三冊，時曲、戲曲，盡屬擷精掇華。……（袁
> 子園客）又精選近日散曲、戲曲可歌可詠者加入焉。

　　真正確立了用「戲曲」一詞指中國戲劇的是上一世紀初國學大師王國維。他在《戲曲索源》、《宋元戲曲史》中進一步對「戲曲」、「戲劇」作了界定。「戲曲者，謂以歌舞演故事也。」〔註22〕「我國戲劇，漢魏以來，與百戲合，至唐而分為歌舞戲及滑稽戲二種；宋時滑稽戲尤盛，又漸藉歌舞以緣飾事，於是嚮之歌舞戲，不以歌舞為主，而以故事為主；至元雜劇出而體制遂定，南戲出而變化更多。於是我國始有純粹之戲曲。」〔註23〕王國維總結出戲曲的基本特徵是運用歌舞等手段演唱故事，屬敘事性文學樣式。尤其是他對「戲劇」與「戲曲」兩個概念的關係作了精闢的區分：「後代之戲劇，必合言語、動作、歌唱，以演一故事，而後戲劇之意義始全。故真戲劇必與戲曲相表裏。」〔註24〕在王國維先生看來，戲劇是一種彙集「言語、動作、歌唱」的綜合藝術，而「戲曲」則是其核心，即其文學劇本，二者乃為表裏關係。之後，戲曲研究專家周貽白在他的《中國戲曲發展史綱要》中對「戲曲」作了科學而全面的界定：「中國戲劇，或名戲曲，這是中國戲劇應用曲子這一文體作為劇本文詞之後的稱謂。如果以內容合形式，由演員裝扮人物而作故事表演可以稱為戲劇的話，那麼，故事的構成及其和藝術的相結合，便當是趨向於由演員裝扮人物而作故事表演的先聲。」〔註25〕周貽白先生確認中國戲劇之所以稱「戲曲」是由於它是用「曲子這一文體作為劇本」，也就是「曲子」在中國戲曲中占主要地位。這正是作

〔註22〕王國維：《王國維戲曲論文集》，中國戲劇出版社，1984 年版，第 163 頁。
〔註23〕王國維：《宋元戲曲史》，上海古籍出版社，1998 年版，第 127 頁。
〔註24〕王國維：《宋元戲曲史》，上海古籍出版社，1998 年版，第 32 頁。
〔註25〕周貽白：《中國戲曲發展史綱要》，上海古籍出版社，1979 年版，第 7 頁。

爲我國傳統戲劇文化的戲曲所具有的民族文化特徵。「戲劇」是個大概念，是全世界通用的一種文學樣式，包括話劇、歌劇、舞劇及影視劇，「戲曲」則是戲劇裏具有我們中華民族戲劇特點的戲劇，它的最大特點是以「曲」爲主，而「曲」的文學特徵更多的是繼承了我國古代詩歌的審美情趣，故「曲」可與詩、詞並稱，成爲我國古代的主要文學品種。

二、戲曲的藝術特徵

中國戲曲是最具有民族特徵的藝術形式，它是世界戲劇藝苑里的一株獨具魅力的奇葩。從它的孕育期起就與「樂」有千絲萬縷的聯繫，是傳統的雅文學與民間的俗文化結合的產物。它具有綜合性、寫意性、虛擬性、程式性等藝術特點，重傳神，具有詩情，融彙歌、舞、表演於一臺，蘊含豐富，一直是中國民眾喜聞樂見的藝術形式。因此，戲曲與傳統的詩文相比，戲曲可稱爲「以俗爲美」的大眾藝術。

1. 抒情的寫意性。中國戲曲長於抒情的特點爲戲曲理論家普遍關注，如王安祈所說：「陳世驤先生於《中國的抒情傳統》一文中曾指出：『中國所有的文學傳統統統是抒情詩的傳統。』此一說法，已獲得學者們普遍的認定。戲劇，當然也無法自外於此一抒情傳統。戲劇本應是表演故事、推進情節的，但中國的傳統戲曲，卻於敘事架構之上，展現了抒情的精神。」〔註26〕中國戲曲是主曲賓白，「曲」決定了戲曲具有濃鬱的抒情性、寫意性。因爲「『曲』的聲辭一體化屬性決定了『曲』不僅具有音樂的意義，同時亦具有文學的意義。對古代文人而言，曲的文學意義佔有主導的地位。民間本是『曲』的主要生原空間，『曲』進入文人圈後，則在兩個方面發生互相牽引的轉化：其一是功能的轉化。『曲』進入上層文化圈之初，往往以娛樂爲主要功能，而當越來越多的文人介入『曲』的創作，『曲』的功能便日益轉化爲或抒情言志、或遊戲筆墨的載體。與之相聯繫，曲體的性質也就由聲辭一體化的歌章日益轉化爲單純的文體，『曲』的創作日益成爲一種文學的行爲。」〔註27〕李昌集先生此段論述儘管主要是談散曲，但也能說明戲曲的特點，因爲戲曲的核心部分是唱曲，而這些唱曲便是加了對白科介的套曲。因此，戲曲作爲一種文學樣式，其核心便是曲，即繼承了我國詩詞藝術精神的詩，這便形成了我國傳

〔註26〕轉引傅謹的《中國戲劇藝術論》，山西教育出版社 2000 年版，第 115～116 頁。
〔註27〕李昌集：《中國古代曲學史》，華東師範大學出版社，1997 年版，第 5～6 頁。

統戲曲重抒情的文化特質。但它又具有民間文化的通俗性，更接近人的真情的表露，王驥德《曲律》就說：「詩不如詞，詞不如曲，故是漸近人情。……快人情者，要毋過於曲也。」吳梅先生也說：「余嘗謂天下文字，惟曲最真，以無利祿之見，存於胸臆也。」〔註28〕故戲曲重視對人物內心細膩地刻畫，突出人物的性格，而對人物的外形往往採用臉譜化勾勒；對故事情節的敘述不追求逼真，而往往採用虛擬象徵的手法，以虛寫實、重在寫意，反映對人生的理解，表達人物的情感；在藝術上追求像詩詞一樣的意境，講求情景交融，文辭優美，給觀眾充分以美的享受，如葉朗談到中國戲曲的典範樣式京劇時說：「藝術的本體是審美意象。……京劇舞臺顯示給觀眾的是審美意象。換句話說，京劇舞臺在觀眾面前呈現一個完整的、有意蘊的感性世界，一個情景交融的美的世界。」〔註29〕

2. 綜合性。綜合性可以說是戲曲藝術的重要審美特性，「戲劇，向有『綜合藝術』之稱，或亦名之為『第七項藝術』。這是因為它本身所包含的藝術成分，兼具詩歌、音樂、舞蹈、繪畫、雕塑、建築等六項藝術的緣故。其所謂綜合，是指其能夠融合眾長，由是而形成一項不同於其它藝術的獨立形式。並不是說，戲劇這一部門，是由詩歌、音樂、舞蹈、繪畫、雕塑、建築等六項藝術拼湊而成。也不是有了詩歌等六項藝術以後，才有戲劇，因而名之為『第七項藝術』。換一句話說，詩歌等六項藝術，在性質上或屬時間藝術，或屬空間藝術。戲劇，則兼備時間和空間兩項藝術性質。其主要的作用，則為故事的表演。表演的意思，是把一個故事的全部情節或部分情節，由演員們裝扮劇中人物，用歌唱或說白，以及表情動作，根據規定的情境表演出來。這裏面，便和詩歌等六項藝術直接或間接地相與聯繫，逐漸地相與融合。」〔註30〕可以說戲曲藝術是在它之前眾多類型藝術的融合，它集文學、音樂、美術、舞蹈，乃至雜耍等為一體，像王國維先生說的「必合言語、動作、歌唱以演一故事，而後戲劇之意義始全」。這種藝術構成形式正顯示出我國戲曲多彩多姿的審美風貌。就文學性而言，它具有敘事性文學小說的故事性和對人物形象的刻畫，又具有詩詞的意境，從而形成具有獨特風格的戲曲文學，即代言體，由演員表演、歌舞

〔註28〕王衛民編：《吳梅全集》（理論卷上），河北教育出版社 2001 年版，第 237 頁。
〔註29〕葉朗：《京劇的意象世界》，《胸中之竹——走向現代之中國美學》，安徽教育出版社，1998 年版，第 186 頁。
〔註30〕周貽白：《中國戲曲發展史綱要》，上海古籍出版社，1979 年版，第 7 頁。

結合演唱一定的故事；其音樂包括聲樂、器樂，音樂腔調多樣，如元雜劇是北曲，南戲是南方音樂，演唱形式也是多種多樣，獨唱、和唱根據情況靈活安排；動作表演，文武場面、滑稽幽默、插科打諢，無不包含，角色分工細緻，生旦淨丑俱全，由於戲曲是訴諸視角的藝術，故演員的表演好壞直接影響戲曲的藝術感染效果，故歷來戲曲理論家對此都很重視，如元人胡祗遹就對演員提出所謂的「九美」要求：「一、姿質濃粹，光彩照人；二、舉止閒雅，無塵俗態；三、心思聰慧，洞達事物之情況；四、語言辨利，字句眞明；五、歌喉清和圓轉，累累然如貫珠；六、分付顧盼，使人解悟；七、一唱一說，輕重疾徐中節合度，雖記誦閒熟，非如老僧之誦經；八、發明古人喜怒哀樂，憂悲愉佚，言行功業，使觀聽者如在目前，諦聽忘倦，惟恐不得聞；九、溫故知新，關鍵詞藻，時出新奇，使人不能測度爲之限量。九美既備，當獨步同流。」〔註31〕

　　3. 虛擬化的程式表演。如果說我國戲曲的「曲」形成了戲曲的抒情性，那麼戲曲的「戲」便形成了它表演的虛擬性，它是我國戲曲藝術的美學原則。中國戲曲藝術所追求的是對生活的反映是求實，「戲如人生」，而對藝術的表演是虛擬化的，明代戲劇理論家王驥德在《曲律·雜論第三十九上》中就說：「戲劇之道，出之貴實，用之貴虛。……以實而用實也易，以虛而用實也難。」王氏實際談及的是戲劇藝術的內在本質與外在表現應該達到虛實統一的美學原理。所謂的「出之貴實」是指戲劇的情感意蘊應十分充實，所謂的「用之貴虛」，「用」，即唐代詩論家皎然在《詩式》中說的「眞於情性，尚於作用」的「用」，是「藝術構思」的意思。因此，「用之貴虛」是指戲劇的創作構思、情節結構和藝術表現手法應具有想像的藝術空間，可採用虛構、誇張、象徵性動作、寓意性的道具，如演員做開關門動作就可象徵門，用馬鞭猶可代馬，船槳就可代船，加之借助觀眾的聯想，就可構成與劇中人物相吻合的景物與環境。因而，戲曲的虛擬性使它還可以超越時空的局限，以小小的舞臺展示更廣闊的現實生活。正由於戲曲的虛擬性特點，規定了它在表演上的程式化，「程式深深滲透在國劇表演之中，是中國戲劇的靈魂」。〔註32〕由於戲曲的觀眾有讀書人與不讀書人，爲了使他們更好地理解戲曲演出，從而形成了中國戲曲在結構與表演上一整套的程式化的固定形式。如在結構上元雜劇的一本

〔註31〕 胡祗遹：《黃氏詩卷序》，《全元文》（5），江蘇古籍出版社，1998年版，第272頁。

〔註32〕 傅謹：《中國戲劇藝術論》，山西教育出版社2000年版，第201頁。

四折，南戲、傳奇的「齣」，第一齣往往是「副末開場」介紹劇情概況與創作意圖。在表演動作上，「唱、念、做、打」都有各自的程式，形成了中國戲劇最鮮明的民族文化特徵。

總之，藝術的綜合性、抒情的寫意性、表演的虛擬性等構成了中國戲曲藝術的高度自由的藝術審美精神，抒情性使它從傳統的詩詞繼承了「觀古今於須臾，撫四海於一瞬」的想像力，虛擬性使它具有了皎然所說的「眞於情性，尙於作用」的以情爲眞，以虛映實的藝術原則。

三、中國戲曲的文化精神構成

在上一節裏，我對中國文化精神作了簡單闡釋，其目的就是爲了更方便地闡釋戲曲文化精神的構成。作爲中華文化一部分的戲曲，中華文化是它的母體，故在它的軀體上必然具有母體的胎記。遍觀中國戲曲的優秀劇目，其思想內涵無不是遵循著中華民族的傳統美德，讚美忠臣義士、愛國仁人，鼓吹中和之美，宣揚因果報應，自覺不自覺地承擔了傳統文化宣傳的載體，所以說，中國文化是中國戲曲文化精神的魂，反過來中國戲曲又是中國文化通俗化傳播的手段。世世代代的中國民眾，一向把戲曲視爲「如稻菽布匹，須臾不可或缺」的東西，在一個相當漫長的歷史時期，由於無緣受教育的普通民眾，他們的文化知識、歷史觀念、道德準則，乃至處世方式，幾乎都是從戲臺上所獲得的，因此，通過戲曲舞臺，中國文化與哲學的基本精神便滲透到普通民眾，潛意識地影響到他們的日常行爲和文化心理結構。加之統治階級的有意利用，如《大明律》就規定：「凡樂人搬做雜劇戲文，不許妝扮歷代帝王后妃、忠臣節烈、先聖先賢像，違者杖一百。官民之家容扮者與同罪。其神仙道化及義夫節婦、孝子賢孫、勸人爲善者不在禁限。」〔註33〕理學家王陽明也看到戲曲所具有的的教化作用：「《韶》之九成，便是舜的一本戲子，《武》之九變，便是武王的一本戲子。聖人一生實事，俱播在樂中。所以有德者聞之，便知他盡善盡美與盡美未盡善處。若後世作樂，只是做些詞調，於民俗風化絕無關涉，何以化民善俗？今要民俗反樸還淳，取今之戲子，將妖淫詞調俱去了，只取忠臣孝子故事，使愚俗百姓，人人易曉，無意中感激他良知起來，卻於風化有益。」（《傳習錄》下）因此，中國戲曲的文化精神構成主

〔註33〕王利器輯錄：《元明清三代禁燬小說戲曲史料》，上海古籍出版社，1981年版，第 11 頁。

要來源於中國傳統文化與哲學精神。

1. 儒家思想的影響。儒家思想是中國傳統文化的核心，所以對中國戲曲文化的影響也最大。戲曲的社會教化作用，也是它對儒家倫理觀念的認同。尤其是儒家強調的禮樂教化作用，形成了戲曲說教的文化特質。儒家的道德倫理「忠、義、禮、智、信」，「孝慈」、「寬恕」、「知恥」「禮讓」等等，都是戲曲所張揚的基本道德規範。由於中國的大部分戲曲作家都是從小深受儒學思想教育的文人，儒家的思想在其心靈上打下深深的烙印，因而在他們的心目中往往把戲曲看作是政治教化的不可或缺的手段。湯顯祖就說戲劇「可以合君臣之節，可以浹父子之恩，可以增長幼之睦，可以動夫婦之歡，可以發賓友之儀，可以釋怨毒之結，可以已愁憒之疾，可以渾庸鄙之好。然則斯道也，孝子以事其親，敬長而娛死；仁人以此奉其尊，享帝而事鬼。老者以此終，少者以此長。外戶可以不閉，嗜欲可以少營。人有此聲，家有此道，疫癘不作，天下和平。豈非以人情之大竇，爲名教之至樂也哉。」（《宜黃縣戲神清源師廟記》）湯顯祖指出借戲曲有助於通過陶冶情操而達到道德教化的積極效果。因此，他在《牡丹亭》裏就是要突出他「至情」的偉大力量，以肯定人欲對天理的否定。明代另一位戲劇理論家祁彪佳在談論孟稱舜的《嬌紅記》等五種曲時就將它與「五經」相提並論：「（戲劇）按拍填詞，和聲協律，盡善盡美，無容或議。可興、可觀、可群、可怨，《詩》三百篇莫能逾之。則以先生（孟稱舜）之曲爲古之詩與樂可，而且以先生之五曲作『五經』讀，亦無不可也。」（《孟子塞五種曲序》）清人劉念臺更是強調戲曲對人們的教化作用遠超過鴻儒老僧的講經布道，他在《人類譜記》中說：「每演戲時，見有孝子、悌弟、忠臣、義士，雖婦人牧豎，往往涕泗橫流。此其動人最切，較之老生擁皋比，講經義，老衲登上座說佛法，功效百倍。」由於中國傳統文化中儒家思想既是主幹、核心，又是最基本的參照系統，所以歷代戲劇家爲了提高戲劇的地位，就不得不沿用儒學的諸如君臣父子、忠孝節義等思想原則和倫理道德標準對戲劇的審美作用作以闡發。可以看出，不管是元雜劇，還是明清傳奇，其主要的思想仍是儒家思想。

2. 道教文化對戲曲精神的鑄造。魯迅先生說：「中國根柢全在道教。」〔註34〕可見道教對中國文化、中國人影響之大。同樣，道教及其思想淵源

〔註34〕 魯迅：《致許壽裳》，《魯迅全集》卷九，人民文學出版社，1958年版，第285頁。

道家對戲曲的影響頗大，它不僅僅影響到戲曲的藝術形式，而且鑄造了戲曲的精神。「道教以《老子》、《莊子》爲根本經典，也融彙《呂氏春秋》、《淮南子》，提煉民間巫術，吸收《山海經》、《楚辭》等神話傳說，整治醫學、保健、化學、物理成果，築構了中國式的宗教。」〔註35〕因此，道教及道家思想對戲曲的影響也是很大的。如果說儒家讓人們關注社會，實現現實人生的價值，那麼道家就是讓人脫離凡塵，以審美的態度對待人生，道教是讓人們陶醉在修道升仙的虛幻美中，從而使人能夠達到對生命的超越。道家文化更體現了人與自然的關係，它是一種自然主義的文化，它與儒家的禮、樂文化不同，它是要教人如何同自然協調，人如何保持自我的獨立性，故主張「我無爲而民自化，我好靜而民自正，我無事而民自富，我無欲而民自樸。」〔註36〕所以老子認爲在紛囂的人世，人只有返回「清靜」狀態爲宜。莊子更是以審美的目光審視人生，「天地與我並生，而萬物與我爲一」，〔註37〕達到這種沒有我與物、人與自然的區別，沒有生死榮辱的界線，物我兩忘，物我同一，渾然一體，「我」即永恒宇宙，永恒宇宙即「我」的境界，這就是審美。故莊周分辨不清「莊周夢蝶」還是「蝶夢莊周」。道家的這些精神無疑是後來中國隱逸文學樂山好水、追求自然之趣的精神淵源。之後「道學與民間巫術的結合產生了道教」。〔註38〕正如魯迅先生說：「中國本信巫，秦漢以來，神仙之說盛行，漢末又大暢巫風，而鬼道愈熾，小乘佛教亦入中土，漸見流傳。凡此皆張皇鬼神，稱道靈異，故自晉迄唐，特多鬼神志怪之書。」〔註39〕道教正是產於漢末，它源出於老莊，又主張通過修煉章醮，以達到成仙；從原始鬼神信仰和巫儀方術繼承過來的齋醮祈禳和符籙仰劍，最具有生動的形式，道教集合了歷來巫覡的遺產，又學習了佛教輪迴地獄的鬼話，製造了最爲龐大的鬼神譜系。尤其是金元時期，道教又與儒學、佛教的融合而形成「全眞教」，對當時文人的戲曲創作影響極大，神仙道化劇的大量出現就是它影響的直接結果。

〔註35〕 張立文、劉大椿主編：《道教與中國文化》，人民出版社，1996 年版，第 167頁。
〔註36〕 任繼愈：《老子新注》，上海古籍出版社，1978 年版，第 184 頁。
〔註37〕 曹礎基：《莊子淺注》，中華書局，1982 年版，第 30 頁。
〔註38〕 張立文、劉大椿主編：《道教與中國文化》，人民出版社，1996 年版，第 166頁。
〔註39〕 魯迅：《中國小說史略》，《魯迅全集》（九），人民文學出版社，1973 年版，第183 頁。

3. 佛教文化的影響。佛教自漢代傳入我國以後，爲了適應我國的國情，歷經魏晉南北朝的發展，很快同我國故有的儒、道在衝突中融合，到了隋唐便變爲中國化的佛教，也便成爲中國文化組成的一部分，正如趙樸初在《佛教與中國文化》中說：「不懂佛學就不能全面弄懂中國文化。」佛教文化對中國戲曲理論影響也較大。佛教講究「因緣生法」，「因果相續」，認爲人的生死是輪迴不休的，「人生有八苦：生苦、老苦、病苦、死苦、愛別離苦、怨憎會苦、所求不得苦、五取蘊苦（煩惱）。人生之苦皆有因緣，所以提出『不修今世，修來世』，願望死後登上西方淨土——極樂世界。」〔註 40〕因而，《維摩詰經・佛國品》僧肇注云：「前後相生，因也；現相助成，緣也。諸法要因緣相假，然後成立。」清初小說戲曲理論家金聖歎就用佛教這套理論品評《西廂記》，在《第六才子書〈西廂記〉》總評中就說：「佛言：一切世間皆從因生。有因者則得生，無因者終竟不生。不見有因而不生，無因而反忽生。亦不見瓜因而豆生，豆因而反瓜生。」因而在小說戲曲裏往往很講究情生有緣。另外，佛教認爲要擺脫人生諸多「苦」，除修來世外，還要進行心靈的淨化，即禪宗所謂的「頓悟成佛」。其修行方法爲「坐禪」，不管是行、住、坐、臥，只要本心不散亂，便可頓悟成佛。說白了，頓悟成佛，即是要人們排除心中一切雜念，一心想著成佛便可悟出佛理。實際就是採用自我心理調節方法排除現實的苦惱，因此，佛教認爲「色即是空」、「人生如夢」。作家們在對現實黑暗不滿，但又無能爲力，對自己的懷才不遇感到無奈時，往往借助佛教的這些思想進行自我安慰。所以在戲曲名篇中大多都可看到佛教的影子，元雜劇裏的「神佛劇」如《西遊記》、《猿聽經》、《來生債》等不用說，就是其它內容的戲曲如《竇娥冤》、《西廂記》等，以及湯顯祖的「臨川四夢」、洪昇的《長生殿》，無不受到佛教文化的影響。

總之，儒、道、佛三大文化是中國文化的基本精神，對中國戲曲精神的鑄造起到非常大的作用，而中國古代的戲曲家大都有三教合一的思想，往往是以儒家思想作爲主導，佛道則爲輔助，從而形成三教融合爲一的文化態勢。如金元時人全眞教始祖王喆就主張三教合一的，他要求自己的弟子在誦讀《道德經》的同時也要讀《般若心經》和《孝經》，他在《金關玉鎖訣》中就說：「三教者，不離眞道也，喻曰：似一根樹生三枝也。」元人燕南芝庵在《唱論》中也說：「三教所唱，各有所尙：道家唱情，僧家唱性，儒家唱理。」「『三

〔註40〕 趙吉惠：《中國傳統文化導論》，陝西教育出版社，1994 年版，第 154 頁。

教所唱，各有所尚』在戲曲中的體現，並不是截然分開的，而是你中有我，我中有他。如道家的天人之和，在儒佛二家中也有體現，董仲舒的『天人感應』、瑜珈的『梵天合一』，都是同一內容的不同說法。佛家的『明心見性』，與道家的『坐忘』、儒家的『心學』，又有共同之點。」〔註41〕越是到了明清之際，三者愈是在走向融合，影響著中國文化的各個層面，也形成了中國文藝的特點。「以儒化的思想為其基本內容，又由道的精神建築了傳統的藝術思維模型和藝術精神的基本框架。以後，道佛屈三者互補，使這一傳統藝術精神得以成形和完善。要是把思想內容和藝術精神合起來看，就中國文藝的總的情況而言，則正如李澤厚先生所說的：由於有屈莊的牽制，中國文藝便總能夠不斷衝破種種儒學正統的『溫柔敦厚』、『文以載道』、『怨而不怒』的政治倫理束縛，而蔑視常規，鄙棄禮法，走向精神──心靈的自由和高蹈。由於儒、屈的牽制，中國文藝又不走向空漠的殘酷、虛妄的超脫或矯情的寂滅，包含著名佛家如支道林，不也因知友之喪而『風味頓蹶』以致殞亡的深情如此麼？」〔註42〕

　　4. 民間文化精神的影響。毫無疑問，中國戲曲是植根於民間文化的沃土中成長起來的一株藝術花蕾，如果說中國傳統的儒道佛文化所提供給它的是主要養料，那麼民間文化就是它賴以生存的沃土、水分，從中國戲曲發展的歷史就可清晰地看出民間文化所起的巨大作用。在中國傳統的戲曲裏對人物的評價、道德的審視，及其審美情趣上都明顯地具有民間文化的品位。民間文化有巨大的生命力，如陳思和先生說：「民間文化在各種文學文本中滲入的『隱形結構』的生命力就是如此的頑強，它不僅僅能夠以破碎形態與主流意識形態結合以顯形，施展自身魅力，還能夠在主流意識形態排斥它，否定它的時候，它以自我否定的形態出現在文藝作品中，同樣施展了自身的魅力。」〔註43〕中國戲曲一直都是被官方正統文學視為不登大雅之堂的俗的東西，從它誕生的那時起就與民間文化有著千絲萬縷的聯繫，盛行於商周時期並一直在民間延續著的「儺祭」活動直接影響到後世的某些戲曲現象的發生。儺祭是一種驅鬼、避邪、逐疫的儀式，儺舞幾千來一直在民間流傳。歷經南北朝、

〔註41〕蘇國榮：《宇宙之美人》，華文出版社，1999 年版，第 95 頁。
〔註42〕金丹元：《比較文化與藝術哲學》，上海文藝出版社 2002 年版，第 131 頁。
〔註43〕轉引自施旭升的《中國戲曲審美文化論》，北京廣播學院出版社 2000 年版，第 226 頁。

隋唐，民間以樂舞表演故事的形式終於產生了呈現戲曲雛形特徵的演藝活動，其代表性的有「缽頭」，「大面」、「踏搖娘」等，這些始終都是活躍在民間。戲曲直接的成熟期是宋元時期。戲曲主要的活動場所是勾欄瓦舍，這裏是在集市上供人們娛樂的大型綜合性遊藝場，它與宮廷、官府的演出不同，勾欄演出本質上是一種俗文化，是一種大眾性的娛樂，演唱者以其爲謀生手段，觀眾尋求消遣，故所演的東西以滿足觀眾的審美趣味爲準繩，因此，中國戲曲天然地帶有民間文化的精神，像施旭升所說：「民間文化有其自身的歷史形態與生活邏輯。它所包孕的民間的理想與智慧體現出民間生活的自身的邏輯性，顯示出一種民間的自在與自發的道德力量和文化魅力，代表著一種元氣充沛的文化精神。」〔註44〕正是這種民間俗文化精神使中國戲曲與民眾結下了不解之緣，戲曲既是他們喜聞樂見的娛樂形式，又是表現他們喜怒哀樂的情感宣泄場。

第三節　元雜劇的文化視角

我國戲曲的輝煌時代到來的標誌便是元雜劇，正如王國維先生所說：「而論眞正之戲曲，不能不從元雜劇始」。〔註45〕元雜劇可謂是「以歌舞演故事」的眞正戲曲，它通過一個個生動的故事，對元代社會現實作了廣泛深刻的反映，塑造了一大批具有時代特徵的典型人物形象，全方位地展示了元代社會的多個方面，它眞可謂是元代文化的「活化石」，通過對它的文本解讀，我們可以對當時的社會有一個更爲深刻的認識，反過來以審美文化的視角透視，也更能發現它豐富的思想意蘊。

對元雜劇進行文化闡釋時首先力求做到以「人」爲本的把握。因爲文化即是人文化，「人作爲文化與文明的核心主題，不僅是由人在社會結構中的特殊地位決定的，而且，人類文明史上的每一次進步，都程度不同地伴隨著人的覺醒與解放。『人的存在是有機生命所經歷的前一個過程的結果。只是在這個過程的一定階段上，人才成爲人。但是一旦人已經存在，人，作爲人類歷史的經常前提，也是人類歷史的經常產物和結果，而人只有作爲自己本身的產物和結果才成爲前提』。這就是說，人作爲社會歷史活動的主體，總是與該

〔註44〕施旭升：《中國戲曲審美文化論》，第 227 頁。
〔註45〕王國維：《宋元戲曲史》，上海古籍出版社，1998 年版，第 61 頁。

社會文化的演進過程密不可分，而人的本質、人性與人的存在的變化與發展，也總是根源於社會文化狀態的具體規定。」〔註46〕英國人文主義戲劇家莎士比亞就說人是「宇宙的精華，萬物的主宰」。文學本身就是人學，它通過對人物形象的塑造反映社會生活，尤其戲劇更是由演員來演出，形象地再現社會生命，即所謂「戲劇小舞臺，人生大社會」。因此，戲劇更注重對人物的思想、情感的抒發，通過藝術的形象展現生活的原型，所以我們對戲劇人物的分析更要注意從人物的內在精神及其它所處的外在環境來把握，以達到對劇作家的思想情感及人格結構的合理的觀照和對其思想情感人格外化的作品文化意蘊的理解。恩斯特·卡西爾在《人論》中就說：「從人類意識最初萌芽之時起，我們就發現一種對生活的內向觀察伴隨著並補充著那種外向觀察。人類的文化越往後發展，這種內向觀察就變得越加顯著。人的天生的好奇心慢慢地開始改變了它的方向。我們幾乎可以在人的文化生活的一切形式中看到這種過程。在對宇宙的最早的神話學解釋中，我們總是可以發現一個原始的人類學與一個原始的宇宙學比肩而立，世界的起源問題與人的起源問題難分難解地交織在一起。宗教並沒有消除這種最早的神話學解釋，相反，它保留了神話學的宇宙學和人類學而給它們以新的形態和新的深度。從此以後，認識自我不是被看成為一種單純的理論興趣；它不僅是好奇心或思辨的問題了，而是被宣稱為人的基本職責。」〔註47〕我們對元雜劇的文化分析就是應本著以「人」為本的闡釋，不但要通過文本的解讀，分析元雜劇的創作群體——作家、傳播群體——演員的內在精神，而且在展示出他們的外在環境，即他們活動的社會現實的同時，盡可能地對元雜劇所展示的當時人們的思想情感、價值觀念作出符合當時實際的闡釋，這也是本文力圖突破純文學角度而取文化角度分析元雜劇的用意所在。

其次，以文化視角對元雜劇闡釋將突出其審美的意義。「審美，是一種包含感知覺、想像、理解和情感的複雜的綜合心理活動。」〔註48〕審美是文學的基本屬性，也是文化的基本屬性。人類的審美意識是伴隨著人類文化的積澱在不斷提高，而「藝術成為從審美角度塑造個體心理結構、把社會總體運

〔註46〕 李西建：《重塑人性——大眾審美中的人性嬗變》，湖北人民出版社，1998 年版，第 2 頁。

〔註47〕 恩斯特·卡西爾：《人論》，上海譯文出版社，1985 年版，第 5～6 頁。

〔註48〕 周長鼎、尤西林：《審美學》，陝西人民出版社，1991 年版，第 22 頁。

動內化爲個體心理感受最集中而有效的形態。以藝術爲中心代表的這種日常文化積澱在現代已十分廣泛深入，從傳統藝術欣賞（音樂、美術、文學等）到大衆傳播媒介影視節目、廣告、時裝、流行口語等等，都在無孔不入地塑造著個體心理結構。」〔註49〕任何一種藝術形式都體現出創作者的個體文化心理，元雜劇正是在元蒙草原文化與中原農業文化的碰撞中產生的主要表現漢族文人對當時社會感知的藝術品，正如余秋雨先生說：

> 對戲劇藝術進行審美的把握，與社會學的把握和思想史的把握畢竟有著重大的區別。元雜劇中當然包括著不少可供社會學家和思想史家細細分析的內容，但是，它首先屬於審美領域，並不是關漢卿他們借雜劇的形式，在分頭苦苦地研究著社會上的賦稅問題、婚配問題、娼妓問題、司法問題，而另一些劇作家則沒有選準課題。不，這是一種強加給古代藝術家的誤解。他們乃是一個多側面的感應群體，各自傾吐著自己的心聲，從不同的角度反映了時代的精神魂魄，在審美領域留下了交響樂般的豐美和聲。〔註50〕

余秋雨先生這番話語眞可謂一語中的，道出了我們以往對文學作品的誤解，即將充滿審美情趣的藝術品往往當作政治的附庸，以庸俗的政治學的目光打量文學作品，因而對文學的理解往往是從抽象的說教概念出發，所以難以展示藝術品自身所具有的能引起人們審美享受的東西。有鑒於此，本文將從審美的視角來解讀元雜劇，並將其放在中華文化長河的大背景下加以闡釋。

第三，以文化視角研究元雜劇就應盡量借用新的方法、新的理論對元雜劇這種古老而又永具生命力的藝術形式進行探究，使其在今天仍能散發其誘人的藝術魅力。自從王國維、吳梅、盧前、王季思等老一輩學者用近代方法研究元雜劇以來，元雜劇研究登上了大雅之堂，逐漸成爲一門專門的學科，研究成果可謂碩果累累。上一世紀八十年代以後，元雜劇研究又出現了一個高潮，也湧現出像李修生、奚海、郭英德等一大批元雜劇研究專家，出版了一大批有影響的著作。但學術的事業需要繼往開來，不斷推陳出新，特別是在被譽爲中華文化將占主導地位的21世紀，弘揚中華文化是每一個炎黃學子義不容辭的責任。中央宣傳部編寫的《「三個代表」重要思想學習綱要》中說：「文化與經濟和政治相互交融，在綜合國力競爭中的地位和作用越來越突

〔註49〕 周長鼎、尤西林：《審美學》，陝西人民出版社，1991年版，第123頁。
〔註50〕 余秋雨：《中國戲劇文化史述》，湖南人民出版社，1985年版，第150頁。

出。文化的力量，深深鎔鑄在民族的生命力、創造力和凝聚力之中。隨著世界多極化和經濟全球化趨勢的發展，世界各種思想文化相互激蕩，有吸納又有排斥，有融合又有鬥爭；有滲透又有抵禦。面對這樣的形勢，努力建設先進文化，與努力發展先進生產力，都是我們實現社會主義現代化的戰略任務。」在元雜劇裏充滿著我們民族的傳統的進步的積極向上的文化，所以對其從文化視角研究，有利於我們繼承優秀傳統文化。但近幾年來，元雜劇研究用黃天驥先生的話說「似乎處在『卡殼』的階段。有些論著，不能說寫得不深不細，但始終在幾十年耕築的框架上徘徊，學術水平沒有新的進展。究其原因，我想，很可能是由於研究者沒有擺脫過去蘇歐戲劇觀念的約束，依然以蘇歐的話劇理論，作為分析評價中國戲曲的依據。」〔註51〕同時，黃先生又說：「研究元雜劇，還會碰到一個難題。這就是：如何認識、表述居於北方的少數民族的文化對中原地區漢族文化的影響。時下流行文化『碰撞』說。文化而曰『碰撞』，多少變得有點『武化』的味道，這措詞未必妥貼。不過，不同文化思潮的聚合交匯，在激起波瀾的同時又相互滲透，其間出現種種變化，確實值得研究。在元蒙時代，雜劇的興起、發展，作者的思想感情乃至語言風格，明顯有著文化『碰撞』的烙印，我們翻讀經過明人臧晉叔修飾過的《元曲選》，在一些劇本裏，還可以感受到其中濃鹽赤醬或檀香辛辣的滋味。」正是讀了這篇文章，我產生了從文化角度來研究元雜劇的衝動，我又想起馮文樓先生的一段教導：「如果失去文化批判，文化反省的立場和視角，都將造成某種盲目的認同或否定，這才是我們應該警惕與防止的傾向。」〔註52〕更堅定了我從文化視角闡釋元雜劇的信念，儘管自己已過不惑之年，但學業之途可謂才望孔子之門，故只有盡綿薄之力而為之。

　　在研究方法上，本文主要著眼於一種文化學的描述與審美學的思辨的結合。因為戲曲本質上是作為一種大眾的審美文化，從而，一種文化上的追根溯源就顯然是必要的。同時，我主張回歸到文學文本的解讀上，拋開西方戲劇觀念的束縛，還原元雜劇的民族文化特徵，但又盡可能地借用文學研究中的新理論、新方法，諸如人類文化學、審美文化學、精神分析學、闡釋學，以及接受美學理論等，以文化精神作為本質的社會學研究將作為元雜劇研究

〔註51〕李修生：《元雜劇史·序》，江蘇古籍出版社，1996年版。
〔註52〕馮文樓：《四大奇書的文本文化學闡釋》，中國社會科學出版社2003年版，第28頁。

的重要方面，正如張隆溪所說：「我們無須排除任何一種有助於我們理解文學的觀點：作者、文本、讀者都以自己的要求和方式影響著意義的形式。對文學的深刻理解只能來自所有這些要求的綜合、所有這些力量的暫時平衡和協調一致，來自從視野融合的瞬間產生出來的學識和教養。」〔註53〕因此，我們要借用一切有利於對元雜劇理解的理論、方法，力圖以元雜劇作為元代文化的「活化石」，通過對它的研究，以顯示元代文化的特徵以及元雜劇的思想認識價值和感人的藝術魅力。

第四，從文化視角對元雜劇分類。作為元代文學最高成就代表的元雜劇，單就數量上，也可謂蔚為壯觀。據元人鍾嗣成《錄鬼簿》載，作家有152人，劇目有452種。明無名氏（一說賈仲明）的《錄鬼簿續編》收錄元明間作家71人，劇目158種，明初戲劇家朱權的《太和正音譜》收錄「古今群英樂府格勢」元作家187人，「群英所編雜劇」535種。今人傅惜華的《元代雜劇全目》「共著錄了元代雜劇目七百三十七種。其中包括元人雜劇作品五百五十種，元明之間無名氏作品一百八十七種。」〔註54〕但現在保留下來的完整雜劇有明人臧晉叔編的《元曲選》，收100種。今人隋樹森先生搜集到《元曲選》未錄的62種編為《元曲選外編》。徐徵等主編的《全元曲》是目前元曲作品最全的書，「收錄元代二百七十八位存名曲作家和諸佚名曲作者現存的所有作品，計完整雜劇一百六十二種、殘劇四十六種，著錄佚目四百二十九種，共六百三十七種。」〔註55〕這便是我們今天研究元雜劇的最主要資料和依據。

元雜劇所涉及的內容相當廣泛，用元初曲論家胡祗遹的話來說：「既謂之雜，上則朝廷君臣政治之得失，下則閭里市井父子兄弟夫婦朋友之厚薄，以至醫藥卜筮釋道商賈之人情物理，殊方異域，風俗語言之不同，無一物不得其情，不窮其態。」（《贈宋氏序》，《紫山大全集》卷八）元末夏庭芝在《青樓集志》中已將元雜劇根據其不同角色作以分類：

> 雜劇則有旦、末。旦本女人為之，名妝旦色，末本男子為之，名末泥。其餘供觀者，悉為之外腳。有駕頭、閨怨、鴇兒、花旦、披秉、破衫兒、綠林、公吏、神仙道化、家長里短之類。

〔註53〕張隆溪：《道與邏各斯》，馮川譯，四川人民出版社，1998年版，第246頁。
〔註54〕傅惜華：《元代雜劇全目·出版說明》，作家出版社，1957年版。
〔註55〕徐徵等主編：《全元曲·凡例》，河北教育出版社，1998年版。

夏庭芝是從腳色與內容兩方面來分的，儘管不十分科學，但他已對元雜劇的內容作了歸類：

駕頭雜劇：「駕頭」，指皇帝的儀仗，楊文公《談苑》載：「宋鹵簿有所謂駕頭者，乃繡裏杌子香木爲之，金飾四足，更一朝加一黃帽，每車駕巡幸，使老內人抱之，謂之駕頭。」〔註56〕故此類雜劇表演與帝王有關的題材。

閨怨雜劇：是表演大家閨秀戀愛婚姻題材的雜劇。

鴇兒花旦雜劇：是表演風月場中男歡女愛題材的雜劇。「鴇兒」是妓院裏的鴇母，「花旦」指的是妓女，「《青樓集》中說：『凡妓以墨點破其面者，爲花旦。』根據這個說明，那麼好像是在臉上打著臉譜，大半是扮演妓女、妖婦等輕佻女人的。」〔註57〕

披秉雜劇：是主要表演朝中大臣題材的雜劇。「披秉」即朱權所說的「披袍秉笏」之義，代指朝中大臣。

破衫兒雜劇：即扮演貧苦人或落魄人物爲主的雜劇，也就是宋元時期話本常說的「始困終亨」、由賤變貴、由貧變富的故事的。

綠林雜劇：寫綠林好漢的雜劇，如「水滸戲」。

公吏雜劇：即公案戲，主要以地方官吏爲主，稱頌他們公正斷案的品行，如「包公戲」。

神仙道化雜劇：主要是表演神仙度脫凡人入道成仙故事的雜劇。

家長里短雜劇：主要是描寫家庭與鄰里的各種日常生活的雜劇，以表現家庭倫理道德和家庭人物的悲歡離合之情。

明初戲曲家朱權在吸收元人的戲曲觀點和宋元之際的一些話本評論的基礎上對元雜劇作出基本符合其題材狀況的分類：

> 雜劇十二科：一曰神仙道化，二曰隱居樂道（又曰「林泉丘壑」），三曰披袍秉笏（即君臣雜劇），四曰忠臣烈士，五曰孝義廉節，六曰叱奸罵讒，七曰逐臣孤子，八曰鈸刀杆棒（即脫膊雜劇），九曰風花雪月，十曰悲歡離合，十一曰煙花粉黛（花旦雜劇），十二曰神頭鬼面（即神佛雜劇）。〔註58〕

〔註56〕參見周貽白《中國戲劇史》（中冊），中華書局，1953年版，第309頁。

〔註57〕青木正兒：《元雜劇概說》，中國戲劇出版社，1957年版，第29頁。

〔註58〕朱權：《太和正音譜》，載《錄鬼簿》（外四種），上海古籍出版社，1978年版，第135頁。

這些個分類，儘管比較全面，但過於瑣細，其中還有重複的地方，如「神仙道化」與「隱居樂道」，「披袍秉笏」與「忠臣烈士」，「叱奸罵讒」與「逐臣孤子」等，都有相同之處。

近現代的中外學者對元雜劇也有多種分類，「如法國巴贊把雜劇分爲七門：史劇、道家劇、性質喜劇、術策喜劇、家庭劇、神話劇和裁判劇。」〔註59〕許金榜先生在他的《元雜劇概論》和《中國戲曲文學史》中都把元雜劇分爲「清官斷獄劇，忠智豪傑劇，愛情婚姻劇，遭困遇厄劇，倫理道德劇和道佛隱士劇」。鄧紹基先生在他主編的《元代文學史》中說：「比較常見的是以愛情婚姻劇、神仙道化劇、公案劇、社會劇和歷史劇這類名稱來敘說元雜劇的內容，這種分類雖然也未必十分妥當，但大抵約定俗成。」〔註60〕羅錦堂先生在《現存元人雜劇本事考》中把雜劇分爲：歷史劇、社會劇、家庭劇、戀愛劇、風情劇、仕隱劇、道釋劇和神怪劇等八類，羅先生又在每大類內有很詳細的分類，但他仍說：「社會情態，千緒萬端，自非三數種類之所能盡。」〔註61〕可見，對元雜劇的分類要做到既科學又能完全涵蓋其豐富的內容也是很不容易的事情。

本文在元雜劇的文化闡釋時，爲了條理清晰，又能盡可能地涉及到現存元雜劇的內容，故採用學術界比較常用的分類，但主要突出從文化的意義上論述，即唐君毅先生所說的「中國文化中道德精神藝術精神貫注主宰於中國之宗教與科學精神中。吾人既已言道德與藝術精神，爲融合主觀客觀之精神，與科學宗教精神之爲主客對待者異矣。故中國文化中之道德精神與藝術精神，復互相增上緣引，合力以使中國之宗教科學不得發展。中國道德精神之貫注於藝術文學，則使中國文學，富道德教訓之意味。而戲劇小說尤多意在勸善懲惡。蓋爲善而得罰，不可以垂訓。加以中國人之不肯定人之強烈意志與神力自然力之衝突對待，故小說戲劇恒終於大團圓。」〔註62〕因此，本文重點從元雜劇所反映出的社會價值觀念、審美文化心理、道德倫理和劇作家的文化人格等方面挖掘元雜劇的道德精神與藝術精神。

〔註59〕鄧紹基主編：《元代文學史》，人民文學出版社，1991年版，第72頁。

〔註60〕鄧紹基主編：《元代文學史》，人民文學出版社，1991年版，第46頁。

〔註61〕羅錦堂：《現存元人雜劇本事考》，臺北：順先出版公司1976年版，第422～423頁。

〔註62〕唐君毅：《中西文化精神之比較》，見郁龍餘編的《中西文化異同論》，三聯書店1989年版，第46頁。

第二章　衝突與融合——元雜劇繁榮原因的文化透視

　　在中國文化史上，元代是一個很重要，也很有特點的時代。中原以儒學為主幹的農業文化受到來自大漠的蒙古草原文化的強烈衝擊，帶來了中華文化的大裂變。多元文化在衝突與融合中推進了我國傳統文化的演進，尤其是傳統文化中強調的整體思維在弱化，漸漸興起了肯定人的個體價值、個體享受的注重自我的、新的思維。可以說，這正是明清以來以個性解放為核心的文化思潮的濫觴。作為元代文化的主要代表的元曲，正是在這樣的文化大背景下產生，並走向繁榮的。因此，本章將主要從文化的角度推究元曲繁榮的原因。

第一節　草原游牧文化與中原農耕文化的互相衝突和融合

　　馮天瑜、楊華在《中國文化發展軌跡》中說：「游牧文明與農耕文明的互動是世界工業化到來之前的主要矛盾。自唐末五代始，北部和西北部的游牧民族再度相繼崛起，對中原農耕世界發動規模日益巨大的撞擊。」在這民族的大撞擊中，首先是文化上的衝突和整合。在十三世紀的中國，這種文化衝突與整合的標誌就是從中國朔方崛起了一個剽悍的民族——蒙古族，建立了強大的蒙古國。蒙古帝國的建立有著很大的意義，蒙古人利用他們的鐵騎很

快踏碎了北方一個個分裂王朝，統一了北方。公元 1271 年，忽必烈改國號為「元」，揮師南下，於 1279 年滅掉了南宋，終於結束了自唐末五代以來長期分裂的局面，完成了全國規模的統一，建成了我國歷史上領土最遼闊的朝代，「北逾陰山，西極流沙，東盡遼左，南越海表」，「東南所至，不下漢、唐，而西北則過之」。〔註 1〕元朝初步奠定了中國疆域的規模，給經濟的發展、文化的交流也帶來了一定的保障。

「元代是一個政治現實嚴峻的時代，文明程度較高的漢族被處於較低社會發展階段的游牧民族所征服，人們習以為常的傳統信念受到空前的挑戰，國破家亡的巨大痛苦，使漢族產生了漢代以來最為深沉的鬱悶。元代又是一個活力抒發的時代，蒙古鐵騎以草原游牧民族勇猛的性格席卷南下，給漢唐以來漸趨衰老的帝國文化輸入進取的因子。於是，整個社會的思想文化處於一種游牧文明與農業文明、北方文化與南方文化、雅文化與俗文化等多重交融的狀態。這種時代心理的典型表現，就是輝映千古的元曲。」〔註 2〕確實如此，來自北方大漠的蒙古人南下中原，從而使草原游牧文化與中原農耕文化產生了撞擊，在這種文化的碰撞中，兩種文化逐漸由互相衝突走向融合，使以漢族文人為主體的元曲作者的思想觀念發生了巨大的變化。由於民族和地域的差異，以蒙古族文化為代表的草原游牧文化和以漢族文化為代表的中原農耕文化，具有不同的民族地域和民族性格特點。蒙古族入主中原，一方面必然使兩種文化互相衝突，另一方面也必然使之互相影響，在某些方面最後甚至互相融合。忽視任何一個方面都是狹隘片面的。此正如王季思先生在《元曲的時代精神和我們的時代感受》中說：「我們在考察元代的時代特徵時，過分強調了民族之間的衝突、鬥爭，看不見當時不同民族之間有互相轉化、互相融合的一面。至於當時北方契丹、女真、蒙古族的尚武精神，在歌曲和音樂上的積極影響，更少注意。而把元曲的時代精神只理解為反抗民族壓迫，這是未免狹隘和片面的。」王先生特意提到「歌曲和音樂」，而這正是最能體現民族特點的文化組成部分，故我們就以此為例，談談草原游牧文化與中原農耕文化在民族性格和對待音樂不同的審美觀念上表現出的互相衝突和互相融合，從而對元曲的繁榮所起的作用。

〔註 1〕宋濂等：《元史‧地理志》，中華書局，1976 年版，第 1345 頁。
〔註 2〕馮天瑜、楊華：《中國文化發展軌迹》，上海人民出版社 2000 年版，第 262 頁。

一、性格與地域特徵帶來的文化衝突

　　由於民族和地域的差異，以蒙古族文化爲代表的草原游牧文化和以漢族文化爲代表的中原農耕文化，具有不同的民族性格和地域特點。從總體上看，草原游牧文化表現爲尙武外向、縱橫不羈、張揚個性、率意進取等特點。由於蒙古人在入主中原以前，其文化基本上還處在奴隸社會時期，加之他們的草原生活習俗，使他們與中原漢文化及已被漢化的民族相比，具有鮮明的民族文化特點：「他們沒有固定的住房，住的是用木杆和氈子搭起來的帳篷，圓形，不用時可以隨時折疊起來，卷成一團，當做包裹。當他們必須遷徙時，把它們一起帶走。他們在張搭帳幕時，常常把出入口的門朝著南方。除了運送帳幕的這些車子外，還有一種雙輪的上等轎子，質量很好，構造精密，上面也用黑氈子覆蓋著，雖然整天下著大雨，車子裏面的人也不會受潮。韃靼人的妻兒子女，日用器皿，以及必需的食物，都用車子運送，由牛和駱駝拉著前進。家庭裏面凡有什麼買進賣出的商業（生意）由婦女經營。也就是說，丈夫和家庭所需的一切物品，都是由婦女準備；至於男人的時間，全部用來狩獵、放鷹和軍事生活方面。他們擁有世界上最好的隼和最優良的獵犬。」〔註3〕宋人趙珙在《蒙韃備錄》中說：「韃人賤老而喜壯，其俗無私鬥爭。正月一日必拜天，重午亦然。此乃久住燕地，襲金人遺制，飲宴爲樂也。摩睺國王每征伐來歸，諸夫人連日各爲主禮，具酒饌飲燕。在下者亦然。其俗多不洗手，而每拿攫魚肉手有脂膩，則拭之衣袍上。其衣至損，不鮮浣濯。婦人往往以黃粉塗額，亦漢舊妝，傳襲迄今不改也。上至成吉思汗，下及國人，皆剃婆焦如中國小兒，留三搭頭在囟門者，稍長則剪之。在兩下者，總小角垂於肩上。」他們即使進入了中原，在生活上仍然保留著他們固有的生活習慣。「蒙古人從事游牧生活，因地制宜，馬奶以及用馬奶發酵而成的『忽迷思』（馬奶酒）便成爲他們喜愛的飲料。」「進入農業地區以後，蒙古人喜愛馬奶酒的習慣一直保持下來。皇帝和貴族都養有專門供取乳用的馬群。『車駕行幸上都，大僕卿以下皆從。先驅馬出健德以及諸王百官，各以脫羅氈置撒帳，爲取乳室。』」〔註4〕正是甘甜的「馬奶酒」滋潤著勇猛的草原上的剽悍民族，

〔註3〕《馬可波羅遊記》，陳開俊等譯，福建科學技術出版社，1982 年版，第 62～63 頁。

〔註4〕史衛民：《都市中的游牧民──元代城市生活長卷》，湖南大學出版社 2000 年版，第 142 頁。

形成了蒙古人豪邁尚武、直率曠達的民族性格。加之，他們當時還處在奴隸制社會制度時期，因此，他們大腦中還沒有嚴格的禮法。「蒙古建國之初，制度簡樸，對於朝覲拜見及君臣議事等禮節沒有嚴格規定。」〔註5〕正像明人葉子奇在《草木子》卷 3 下《雜制篇》中說：「（蒙古）起自漠北，風俗渾厚質樸，並無所諱，君臣往往同名」。他們不像漢族要避諱，尊卑界限分明。即使業餘生活，他們也仍然保留著草原文化的風俗。「游牧民愛好的娛樂活動，並沒有因為他們走進了城市而被擯棄，而是繼續發揚光大。於是在都城周圍，就有了專門的獵場；都市中則每年都要因射柳和競走等而大大熱鬧一番。」〔註6〕

由蒙古人的生活習俗而形成的民族性格具有鮮明的草原文化的特質。這是一個崇尚競爭、勇敢善戰的民族，他們更喜歡的是有高興事時盡情狂歡，有傷心事時放聲長哭，無須壓抑、無須造作的直率。這與禮教傳統已經相當完備的中原民族確實在文化上產生了很大的衝突，尤其是在忽必烈之前，蒙古統治者在征服其它民族過程中推行殺掠、屠城、強佔民田為牧場、變俘虜為「驅口」，嚴重地破壞了早已進入高度發展的封建社會的中原地區的社會政治秩序和經濟結構。「舊制，凡攻城邑，敵以矢石相加者，即為拒命，既克，必殺之。」〔註7〕如蒙古人在攻打金國的過程中，從 1213 年冬到 1214 年春，前後三個月間「凡破九十餘郡，所破無不殘滅，兩河、山東數千里，人民殺戮幾盡，金帛子女牛羊畜席卷而去，屋廬焚毀，城廓邱墟矣」（《建炎以來朝野雜記》乙集卷 19《韃靼款塞》）。如此的作為確實與中原文化產生了極大的衝突。而中原民族，尤其是漢族已經經歷了幾千年的禮樂文化的積澱，到了宋金時期已經建立了一整套完整的生活規範和倫理制度，有嚴格的等級秩序。在此規範下形成了漢族講求禮儀、崇尚溫和、不喜張揚等民族性格。

二、音樂歌曲的審美觀念不同

以儒家思想為主體的中原農耕文化實際上是一種禮義文化、倫理文化，其在音樂歌曲的審美觀念方面歷來重視音樂歌曲（包括舞蹈）的政治教化功

〔註5〕史衛民：《都市中的游牧民——元代城市生活長卷》，湖南大學出版社 2000 年版，第 205 頁。

〔註6〕史衛民：《都市中的游牧民——元代城市生活長卷》，湖南大學出版社 2000 年版，第 239 頁。

〔註7〕宋廉等：《元史·耶律楚林傳》（十一），第 3459 頁。

能，是一種典型的政教功利審美觀。孔子說：「興於詩，立於禮，成於樂。」
（《論語・泰伯》）何晏《論語集解》引包咸注曰：「樂所以成性。」劉寶楠《論
語正義》曰：「樂隨禮以行，禮立而後樂可用也」；「樂以治性，故能成性，成
性亦修身也。」在孔子看來，「樂」的本質與「禮」相同，目的都在於使人正
心修身，成就「仁」性，所以他經常把禮樂相提並論，如「人而不仁，如禮
何？人而不仁，如樂何？」（《論語・八佾》）等等。基於這種政教功利審美觀，
孔子對音樂自有其讚揚和批評的標準。他所讚揚的是《韶》、《武》一類善美
兼具（孔子對《武》樂稍有不滿，認爲雖盡美而未盡善）、「雍容和鳴」的雅
樂，認爲這類音樂有利於政治教化。他所批評的是「鄭衛之音」和「鄭聲」，
認爲這種音樂歌曲從歌詞內容到曲調演唱都不符合「盡善盡美」和「雍容和
鳴」的雅樂標準，情感宣泄太過分，超過了常度（即所謂「淫」），不利於政
治教化，因此主張「放鄭聲」。中原農耕文化在音樂歌曲的審美觀念方面既如
上述，而草原游牧文化在音樂歌曲的審美觀念方面又如何呢？《元史・禮樂
志》曰：「古之禮樂，壹本於人君之身心，故其爲用，足以植綱常而厚風俗。
後世之禮樂，既無其本，唯屬執事者從事其間，故僅足以美聲文而侈觀聽耳。」
這裏所說的「古之禮樂」與「後世之禮樂」，其時間界線是指南北宋之交時期，
因爲下文論及禮樂發展史時肯定北宋禮樂仍然「號爲古雅」，而「及乎靖康之
變，禮文樂器，掃蕩無遺矣」。這樣，元代禮樂當然屬於「後世之禮樂」了。
古之禮樂，目的在於「植綱常而厚風俗」，這正是中原農耕文化的禮樂觀念；
後世之禮樂，目的在於「美聲文而侈觀聽」，這正是包括蒙元草原游牧文化在
內的禮樂觀念。《元史・禮樂志》又說：「元之禮樂，揆之於古，固有可議」，
「元之有國，肇興朔漠，朝會燕饗之禮，多從本俗」，「若其爲樂……大抵其
於祭祀，率用雅樂，朝會饗燕，則用燕樂，蓋雅俗兼用者也」。這裏清楚地說
明，肇興於朔漠的元朝，禮樂制度與中原不同，除在個別極爲莊重的場合採
用中原禮儀和雅樂（這是受漢族文化影響的結果，詳見後文）之外，其它場
合仍從蒙古族風俗，多用俗樂（即「燕樂」）。所以，草原游牧文化在音樂歌
曲的審美觀念方面並不一味追求「植綱常而厚風俗」的政教功能，而主要追
求「美聲文而侈觀聽」的愉悅性和觀賞性。正像《蒙古秘史》所說：「蒙古人
歡樂，跳躍，聚宴，快活。奉忽圖刺後，在枝葉茂密、蓬鬆如蓋的樹周圍，
一直跳到出現沒肋的深溝，形成沒膝的塵土。」他們的民族性格使他們難以
對講求含蓄、以教化爲目的的高雅的文藝感興趣，他們對娛樂性的歌舞有特

別的嗜好。元代的教坊樂部規模非常龐大,在中國歷史上前所未有。元代宮廷中也經常由教坊司演出各種歌舞和雜劇。正由於草原游牧文化與中原農耕文化在音樂歌曲的審美觀念方面有如此巨大的差異,因此,在草原游牧文化的衝擊下,中原農耕文化在元代出現了比歷史上任何時期都更為嚴重的「禮崩樂壞」的局面,許多傳統觀念都被懷疑淡化,甚至遭到否定反對。這種文化觀念的變化,是使作為俗文化範疇的雜劇在元代繁榮的直接文化因素。

如前所說,中原以孔子詩學精神為核心的音樂歌曲審美觀念給予音樂歌曲以重教化的功能,從而把音樂歌曲也納入了社會倫理的範圍內。孔子就說:「禮也者,理也;樂也者,節也。君子無理不動,無節不作。不能《詩》,於禮繆,不能樂,於禮素。」(《禮記・仲尼燕居》)《禮記・樂記》也說:「樂也者,情之不可變者也;禮也者,理之不可易者也。樂統同,禮辨異。禮樂之說,管乎人情矣。」中國文化給予了禮樂以倫理的調節功能,而以「禮」為主,「樂」是它的附庸。音樂歌曲表達人的感情必須做到「樂而不淫,哀而不傷」,追求溫柔含蓄的風格。這種文化氛圍恰恰不利於戲曲的發展。由於戲曲藝術其本質上就屬於民間大眾化的藝術,它追求的風格恰恰是大眾化的通俗直率,它的主要功能不是「載道」,而首先是娛樂。這就使大眾化的戲劇從本質上與中國傳統的禮樂文化精神發生衝突,故它一直只能在民間流傳,難以登上封建官方文化的大雅之堂。只有到元蒙統治時期,蒙古人入主中原,以愉悅為主要目的的草原游牧文化居於了主導位置,幾千年的漢族文化傳統遭到了前所未有的衝擊,「蒙古軍隊的鐵蹄在踏碎中原與南方山河大地的同時,也顛覆了漢族舊的傳統思想與傳統觀念,文化思想上形成了一個斷裂,斷裂的兩種表現形式:一種是對斷裂製造者的極大憤慨,如鄭思肖等一批由宋入元的遺民,有一種天崩地裂、世界末日的感覺,對失去的、傳統的一切懷著深深的眷戀之情;另一種是過去被排斥、抑制或可能被認為是異端的思想、行為失去了制約力,能夠決堤而出,加之游牧民族原始生命力的驅動,它所提供的是截然不同於漢族傳統的異質文化,新思想新事物不斷湧現,漢族倫理文化在遭受沉重打擊的同時,伴隨蒙古族統治而來的異質文化使當時社會呈現出一種清新、蓬勃的氣象,展示出一種民族與文化融合的新姿。這種現象,誠如恩格斯論述歐洲民族大遷移所說:『凡德意志人給羅馬世界注入的一切有生命力的和帶來生命的東西,都是野蠻時代的東西。的確,只有野蠻人才能使一個在垂死的文明中掙扎的世界年輕起來。』一個野蠻的民族可以拯

救垂死的文明民族，可以給一個僵死的世界帶來生機和活力。雜劇就是作為一個新的藝術形式，在元代文化造成的斷裂縫上破土而出的。由於戲劇思想的被抑制，戲劇力量長期積聚而沒有噴發，馬背民族的鐵蹄踏碎了千年冰封的漢族河山，也踏裂了戲劇噴發的那根神經，於是，成熟的戲劇形式——雜劇誕生了。」〔註8〕劉楨先生這段論述非常精闢，說明了元雜劇與蒙元文化的密切關係，真可謂一語中的。元雜劇的繁榮不是中國傳統文化發展的產物，恰恰是在傳統文化猝然斷裂的縫隙間茁壯而出的，所以，在它的身上明顯帶有蒙元文化的胎記。趙義山據《中原音韻》等對元曲所用 335 支曲牌作過統計，其中出於唐宋詞者約 112 支，出於諸宮調者約 22 支，出於大麴者 14 支。三者加起來共 148 支，僅占全部曲牌的五分之二稍強。〔註9〕其餘大部分曲牌當來自北方少數民族和漢族民間歌曲。正如明人王世貞在《曲藻‧序》中所說：「曲者，詞之變。自金、元入主中國，所用胡樂，嘈雜淒緊，緩急之間，詞不能按，乃更為新聲以媚之。」因此，元曲的繁榮，直接的原因就是北方草原游牧文化的介入帶來的結果。

三、蒙漢文化融合的魅力

有著幾千年歷史文化傳統的華夏民族，對於外來文化既有本能的抵禦，也有更多的吸收。蒙漢文化在碰撞、對峙中又漸趨交流、互相影響，逐漸出現你中有我、我中有你的情況，以致於在某些方面最後互相融合。而民族文化的交流本來就是互動、循序漸進和潛移默化的，是不以人的主觀意志為轉移的。

對元代統治者來說，他們雖然堅守草原游牧文化的民族特點，力避被中原農耕文化所同化，但要在以漢族為主體的全國實行有效統治，就不能對中原農耕文化中能有效維繫統治的禮樂文化一概加以反對，而必須有選擇地加以採用。前文曾提及元代在莊重場合亦用中原禮儀和雅樂，這實際就是有選擇地採用漢族文化。《元史》和其他相關資料記載了元代統治者接受漢族文人與已經漢化的契丹族文人及女真族文人的建議而選用漢族禮樂制度的很多事例，就是證明。如果說蒙古人從成吉思汗到蒙哥對漢文化主要採用的政策是「破」，那麼從忽必烈登上汗位後對漢族文化主要採用的就是「立」。忽必烈

〔註8〕劉楨：《勾欄人生》，河南人民出版社 2000 年版，第 90～91 頁。

〔註9〕趙義山：《王國維元曲考源補正》，載《文學遺產》，1999 年第 5 期。

是一位具有遠見卓識的政治家，他一改前任大汗對漢文化排斥的態度，聽取了很多漢文化專家的建議，採用了一系列的改革措施。他於公元 1260 年陰曆三月即汗位，五月十九日就「建元中統」。在他之前，自成吉思汗起，取國號為大蒙古，而無年號，直到第四任大汗蒙哥時，仍然如此。所以，忽必烈的改元建號對蒙古人統治來說很有進步意義，也是他主動向漢族文化靠攏的標誌。1271 年十一月，忽必烈下詔「建國號曰大元，蓋取《易經》『乾元』之義。」為了更好地有利於對中原地區統治，至元四年（1267），忽必烈不顧蒙古貴族質問：「本朝舊俗與漢法異，今留漢地，建都邑城郭，儀文制度，遵用漢法，其故如何？」〔註 10〕命令劉秉忠修築中都城，至元八年，劉秉忠「奏建國號曰大元，而以中都為大都」〔註 11〕。從此，大都就被定為元朝的都城。「把大都作為首都，不但可以加強蒙古政權在中原的統治，還可為確立正統中原王朝地位並進而實現統一全國的政治目標奠定基礎。以上都為陪都，通過定期的巡狩聯繫蒙古宗王和貴族，並保持大量的蒙古舊俗，對蒙古民族的發展亦會有很大的好處。」〔註 12〕同時，忽必烈還吸收了中原漢族封建王朝的官員制度，「世祖即位，登用老成，大新製作，立朝儀，造都邑，遂命劉秉忠、許衡酌古今之宜，定內外之官。其總政務者曰中書省，秉兵柄者曰樞密院，司黜陟者曰御史臺。體統既立，其次在內者，則有寺，有監，有衛，有府；在外者，則有行省，有行臺，有宣慰司，有廉訪司。其牧民者，則曰路，曰府，曰州，曰縣。官有常職，位有常員，……於是一代之制始備焉」。〔註 13〕在統治漢族的過程中蒙古人實際上也在不知不覺中使蒙、漢兩種文化在融合著。

對於中原漢族來說，吸收蒙古文化更是無法迴避的事實。由於蒙古人已經取得了政權，上陞為尊貴的統治者，他們就可以憑藉政權的威力，將其文化強行推行。被統治者在短時間內可以從心靈深處予以抵禦，但隨著時間的推移，蒙古文化觀念必然還是會潛入每一個社會成員的心目中。元人初入中原，漢族人雖然堅守中原農耕文化的民族特點，力避被草原游牧文化所同化，但在任何一個朝代，統治者的思想就是這個朝代居統治地位的思想。而在蒙古貴族統治的元代，草原游牧文化的各種思想觀念也自然就是整個元代居統

〔註 10〕 宋濂等：《元史‧高智耀傳》（十），第 3073 頁。
〔註 11〕 宋濂等：《元史‧劉秉忠傳》（十二），第 3694 頁。
〔註 12〕 史衛民：《都市中的游牧民——元代城市生活長卷》，湖南人民出版社 2000 年版，第 9 頁。
〔註 13〕 宋濂等：《元史‧百官志》（七），第 2119～2120 頁。

治地位的思想觀念，其對漢族所實行的文化同化政策有強制性，迫使漢族人不得不加以接受。另外，漢族人對中原農耕文化中某些循規蹈矩、陳舊腐朽、束縛自由、壓抑人性的傳統觀念也確有厭惡反感情緒，便主動從草原游牧文化中吸取新的思想觀念。於是，草原游牧文化中重視歌舞傳情、提倡敢愛敢恨、場面火爆熱烈、風格豪邁奔放等審美觀念，也逐漸被中原農耕文化所接受，從而在元曲這種新型的文化綠樹上結出了豐碩的果實。在元雜劇中，不管是歷史劇、社會劇，還是婚姻愛情劇、神仙道化劇，都具有一種同傳統文化觀念不同的新文化的因子，這正是草原游牧文化所給予它的。所以，對元雜劇繁榮的原因的闡釋，一定要放在蒙元文化的大背景下進行探究，才能看出問題的實質：它既有漢族傳統文化的精神，又吸收了蒙元草原游牧文化的某些思想觀念，還具有宋元以來市民階層的價值觀念。正如張大新先生所說：「元雜劇生成的思想文化背景是由漢民族傳統道德觀念、倫常規範、價值取向與入主中原的蒙古民族的生活習俗、文化特質、審美趣味碰撞交融而成的復合文化體系，其中不可避免地烙有蒙元強權政治及經過改造整合的官化理學的印記，也明顯地帶有宋金以來日益發展的市民意識和由它代表的通俗文化傾向。」〔註14〕

第二節　「書會才人」與「勾欄藝人」的才智

李修生先生說：「元雜劇之所以繁盛，是由於雜劇形式已漸於成熟時，出現了關漢卿、白仁甫等一批偉大作家，他們創作了一批重要作品，與此同時，還有一批演員把戲曲表演藝術推進到新的階段，從而出現了一個金聲玉振的新時期。」〔註15〕確實如此，一種藝術形式要繁榮，首先必須具備其願意為其獻身的主創人員。中國戲曲的因子產生很早，孕育期很長，為什麼到了元代突然繁盛？除了前面所說的文化審美觀念的變化外，很重要的一點就是元代為雜劇繁盛提供了高素質的創作和表演人才。

元代統治者由於是「以弓馬之利取天下」，經歷了馬背上的征戰取而得天下，加之蒙古人重視實用的直觀思維，故重視武備，精騎善射，而輕視文化

〔註14〕張大新：《元雜劇興盛的思想文化背景》，載《河南大學學報》，2002 年第 6 期。

〔註15〕李修生：《元雜劇繁盛原因之我見》，載《光明日報》，1985 年 12 月 3 日。

教育，一直發現不了儒生對鞏固統治的重要性。因此，元代統治者對從隋唐以來興起的科舉制採取輕視的態度，使以漢族文人爲主體的雜劇作家的社會地位普遍下降，從而使他們同社會的統治階層產生離心力，而更接近下層民眾，對社會現實認識更爲深刻。

元代統治者對科舉取士制度的態度，是關係當時文人特別是漢族文人社會地位的重大問題。但對這一重大問題，以往的說法大多籠統含混，不夠具體明確，因此這裏很有必要先對元代科舉取士制度的基本情況加以系統梳理。

《元史·選舉志》曰：「太宗始取中原，中書令耶律楚材請用儒術選士，從之。九年秋八月，下詔命斷事官朮忽觸與山西東路課稅所長官劉中，歷諸路考試……其中選者，復其賦役。令與各處長官同署公事。得東平楊奐等凡若干人。皆一時名士，而當世或以爲非便，事復中止。」但元太宗九年（1237）採納耶律楚材的建議而進行的這次選士活動，是由朝廷派朮忽觸和劉中「歷諸路考試」，即派員下到地方，按行政區劃分先後進行考試，這樣，全國的考試既不是同時進行，試題也自然各不相同，且對入選人士未授任何稱號。所以，這次選士活動還不是眞正意義上的科舉取士，只可算作元代科舉取士的濫觴。

元世祖統治的 35 年間，雖然史天澤、王鶚、火魯火孫和留夢炎等人不斷建議科舉取士，世祖也表示同意，但由於各種原因，終未付諸實施。不過，世祖時期所造的輿論和所進行的制度準備，爲以後眞正的科舉取士奠定了基礎，正如《元史·選舉志》所說：「事雖未及行，而選舉之制已立。」《元史紀事本末》卷八《科舉學校之制》載：「二十四年（1287）閏二月，初置國子監，以耶律有尙爲祭酒。初，太宗設總教國子之官。至元初，以許衡爲祭酒，而侍臣子弟就學者才十餘人。衡既去，教益廢，而學舍未建，師生寓居民舍。國子司業耶律有尙屢以爲言，始立國子監，設監官，增廣弟子員，遂以有尙爲祭酒。」〔註16〕

元代眞正意義上的科舉取士，是從元仁宗時期開始的。皇慶二年（1313），仁宗與中書省大臣李孟多次論及用人之方，李孟建議道：「人才所出，固非一途，然漢、唐、宋、金，科舉得人爲盛。今欲興天下之賢能，如以科舉取之，猶勝於多門而進；然必先德行經術，而後文辭，乃可得眞材也。」〔註17〕仁宗深然

〔註16〕陳邦瞻：《歷代紀事本末·元史紀事本末》，中華書局，1997 年版，第 2065 頁。

〔註17〕宋濂等：《元史·李孟傳》（十三），第 4089 頁。

其言，決意行之。同年十月，中書省臣又提出更具體的建議：「夫取士之法，經學實修己治人之道，詞賦乃摛章繪句之學，自隋、唐以來，取人專尚詞賦，故士習浮華。今臣等所擬將律賦省題詩小義皆不用，專立德行明經科，以此取士，庶可得人。」仁宗然之，於十一月下詔，正式宣佈實行科舉取士：

　　惟我祖宗以神武定天下，世祖皇帝設官分職，徵用儒雅，崇學校爲育材之地，議科舉爲取士之方，規模宏遠矣。朕以眇躬，獲承丕祚，繼志述事，祖訓是式。若稽三代以來，取士各有科目，要其本末，舉人宜以德行爲首，試藝則以經術爲先，詞章次之。浮華過實，朕所不取。爰命中書，參酌古今，定其條制。其以皇慶三年八月，天下郡縣，興其賢者能者，充賦有司。次年二月會試京師，中選者朕將親策焉。具體行事宜于後：

　　科場，每三歲一次開試。舉人從本貫官司於諸色户内推舉，年及二十五以上，鄉黨稱其孝悌，朋友服其信義，經明行修之士，結罪保舉，以禮敦遣。（資）〔貢〕諸路府。其或徇私濫舉，並應舉而不舉者，監察御史、肅政廉訪司體察究治。

　　考試程序：蒙古、色目人，第一場問五條，《大學》、《論語》、《孟子》、《中庸》内設問，用朱氏章句、集注。其義理精明，文詞典雅者爲中選。第二場策一道，以時務出題，限五百字以上。漢人、南人第一場明經、經疑二問，《大學》、《論語》、《孟子》、《中庸》内出題，並用朱氏章句、集注，復以己意結之，限三百字以上。經義一道，各治一經，《詩》以朱氏爲主，《尚書》以蔡氏爲主，《周易》以程氏、朱氏爲主，已上三經，兼用古註疏，《春秋》許用《三傳》及胡氏「傳」，《禮記》用古註疏，限五百字以上，不拘格律。第二場古賦、詔誥、章表内科一道，古賦、詔誥用古體，章表四六，參用古體。第三場策一道，經史時務内出題，不矜浮藻，惟務直述，限一千字以上成。蒙古、色目人，願試漢人、南人科目，中選者加一等注授。蒙古、色目人作一榜，漢人、南人作一榜。第一名賜進士及第，從六品，第二名以下及第二甲，皆正七品，第三甲以下，皆正八品，兩榜並同。〔註18〕

〔註18〕　宋濂等：《元史・選舉志》，第 2018 頁。

關於第一次考試的時間，詔書規定：皇慶三年（即延祐元年，1314）八月，天下各郡縣推舉年滿二十五歲以上者參加鄉試，鄉試中選者於延祐二年（1315）二月參加禮部會試，會試中選者於三月參加御試（即「殿試」）。以後每三年考試一次，每次考試都包括鄉試、會試、御試三個級別，以為定式。元代第一次真正意義上的科舉會試和御試的時間，就是仁宗延祐二年（1315），詔書詳細規定了考試的程序和內容，御試中選者的授官情況，真可謂完備。

中書省根據仁宗的這個詔書，又定出具體的實施細則，其中最主要的內容有：鄉試和會試一律按詔書規定的考試程式和內容進行，而御試程序和內容則加以簡化：「漢人、南人，試策一道，限一千字以上成。蒙古、色目人，時務策一道，限五百字以上成。」（《元史・選舉志》）至於錄取名額，中書省的實施細則規定：鄉試每次共錄取三百人參加禮部會試，其中蒙古、色目人、漢人、南人各錄取七十五人。會試每次共錄取一百人參加御試，其中蒙古、色目、漢人、南人各錄取二十五人。御試每次錄取的總名額雖然不等，但每次分給兩榜的錄取名額卻大體相等，且兩榜分別確定狀元。

根據《元史・選舉志》與《元史・百官志・選舉附錄》及《元史》有關諸帝「本紀」的資料統計，元代自仁宗延祐二年（1315）舉行首次御試，至亡國前二年的順帝至正二十六年（1366）舉行最後一次御試，共舉行御試十六次，錄取進士總計 1139 人，其中蒙古、色目榜與漢人、南人榜大體上各取570 人左右。

以上就是元代科舉取士的基本情況。這個基本情況，證明了以下三點事實：第一，元代在很長一段時間內曾廢除前朝的科舉取士制度。金滅北宋之後，在其統治的中原地區仍實行科舉取士制度，但自 1234 年蒙古滅金佔領中原並廢除科舉取士，直至元仁宗延祐二年（1315）首次恢復御試，中原地區科舉取士制度被廢時間長達 81 年。而在原屬南宋統治的南方地區，自 1279年元滅南宋統一全國，直至元仁宗延祐二年（1315），南方地區科舉取士制度被廢時間亦長達 36 年。第二，元代科舉取士制度錄取進士甚少。我們可將元代與曾經和它並存一段時間的南宋加以比較。南宋從 1127 年建國至 1279 年亡國，共 152 年。據《宋史》南宋諸帝「本紀」的記載統計，在這 152 年間共考試 49 次，除三次未載錄人數外，其餘 16 次錄取進士總計 20978 人，每次平均錄取 456 人。若按每次平均錄取人數補上三次，則南宋錄取進士總計 22346

人。也就是說，在南宋 152 年間，每年平均有 147 位（22346÷152）文人通過進士渠道進入仕途。在只有半壁江山的南宋，這個數量無疑夠多了。元代如果從 1234 年滅金佔領中原算起，至 1368 年亡國，共 134 年，如前所述，在這 134 年間共考試 16 次，錄取進士總計 1139 人，大約只相當南宋進士總數的二十分之一。每次平均錄取 71 人，不到南宋每次平均數的六分之一。也就是說，在元代佔領中原以後的 134 年間，每年平均只有八九位（1139÷134）文人通過進士渠道進入仕途。在前期佔領中原、後期統一全國的元代，這個數量無疑太少了。第三，元代科舉取士制度明顯歧視漢族人。元代實行「四等人」制，將其作為法定的民族等級制度。第一等「蒙古人」，是元代的「國族」，被元統治者稱為「自家骨肉」，地位最高。第二等「色目人」，意為「各色名目」之人，指我國西北各少數民族和元朝境內的中亞及歐洲各民族，地位僅次於蒙古人。第三等「漢人」（亦稱「漢兒」），指淮河以北原金朝境內的漢族、契丹、女眞、高麗等民族及較早被蒙古征服的雲南、四川兩省人，地位低下。第四等「南人」（亦稱「蠻子」、「新附人」），指最後被元朝征服的南宋遺民，地位最低。元代的各種法律制度都將蒙古人和色目人歸為一類，予以優待，將漢人和南人歸為一類，加以歧視。科舉取士制度同樣如此。元仁宗詔書規定蒙古人、色目人與漢人、南人分別考試發榜的做法，無論在考試場次的多少、考試內容的難易，還是在中選者授官品級的高低等方面，都明顯優待蒙古人和色目人，歧視漢人和南人。中書省的實施細則雖然規定在三級考試中分給四等人的錄取名額相等，貌似公平，但由於漢人和南人的人口總數大大超過蒙古人和色目人，因此，貌似公平的背後仍是優待蒙古人和色目人，歧視漢人和南人。如前所述，元代每年平均錄取進士只有八九人，而人數眾多的漢人和南人又只占其中的二分之一名額，不過四五人而已。而漢人和南人的主體都是漢族人，所以，歧視漢人和南人，實際就是歧視漢族人。以上三點事實充分說明，元代不但輕視科舉取士制度，而且在科舉取士中歧視漢族人。

　　在元代前期長達 81 年廢除了科舉取士制度，恢復後又採用輕視的態度的情況下，使那些從小就受傳統科舉文化薰陶的漢族文人不但人生的航船迷失方向，仕進無望，而且因此社會地位一落千丈，由宋代時令人羨慕的階層淪落到社會的底層，如鄭思肖在《大義略序》中說：「韃法：一官、一吏、三僧、四道、五醫、六工、七獵、八民、九儒、十丐，各有所轄。」謝枋得在《送

方伯載歸三山序》中也說:「滑稽之雄,以儒爲戲者曰:我大元制典,人有十等,一官二吏,先之者貴之也,貴之者謂有益於國也。七匠八娼九儒十丐,後之者賤之也,賤之者謂無益於國也。嗟乎卑哉,介乎娼之下丐之上者,今之儒者也。」鄭思肖和謝枋得都是漢族意識很強的南宋遺民,他們的說法不一定有官法正式頒佈的典章制度的依據,但起碼反映了當時知識分子對自己的低下位置的不滿情緒。

　　元代文人社會地位低下,並不僅僅是經濟上,而主要的是他們的「達則兼濟天下」的遠大理想難以實現,帶來的更多的是他們心靈上的痛苦。中國歷來是一個「官」本位的國度,官吏階層是社會的主宰階層,從隋唐開闢了用科舉取士的方式爲封建官僚機制補充官吏以來,較之於南北朝的門閥制度,可以說是一大進步。讀書人不管門第高低,只要通過科考,便可步入官吏行列,從而享受榮華富貴,同時也實現了儒學精神賦予他們的「修齊治平」的理想。因此,「科舉制度在中國整整實行了一千三百年之久,從隋唐到宋元到明清,一直緊緊地伴隨著中華文明史。科舉的直接結果,是選拔出了十萬名以上的進士,百萬名以上的舉人」。「這種歷久不衰的動員也就造就了無數中國文人的獨特命運和廣大社會民眾的獨特心態,成爲中華民族在群體人格上的一種內在烙印,絕不是我們一揮手就能驅散掉的。」〔註19〕在這1300多年的科舉長鏈中偏偏元代前期斷裂了,不難想像它給讀書就是爲了中舉的讀書人帶來了多麼大的打擊!即使後期恢復了科舉取士制度,「科目取士,止是萬分之一耳,殆不過粉飾太平之具。世猶日無益,直可廢也」。〔註20〕儒生政治前途的渺茫、經濟生活的困頓,從而使他們思想中產生出對傳統觀念的反叛,尋求自我精神的新家園。他們背離傳統文人的生活軌跡,而多選擇爲用世者「噬之」的嘲風弄月、放浪不羈的生活態度,如元末人朱經說:「我皇元初並海宇,而金之遺民若杜散人、白蘭谷、關已齋輩,皆不屑仕進,乃嘲風弄月,留連光景,庸俗易之,用世者噬之。三君之心,固難識也。百年未幾,世運中否,士失其業,志則鬱矣!」〔註21〕他們之所以甘願過「嘲風弄月」的生活,是因爲「士失其業,志則鬱矣」。明人胡侍《眞珠船》(卷四)中說

〔註19〕 余秋雨:《山居筆記》,文匯出版社,1999年版,第227頁。

〔註20〕 葉子奇:《草木子》卷四下,中華書局,1959年版,第82頁。

〔註21〕 朱經:《青樓集序》,《中國古典戲曲論著集成》(二),中國戲劇出版社,1959年版,第15頁。

得更明瞭:「蓋當時臺省元臣、郡邑正官,及雄要之職,盡其國人為之,中州人每每沉抑下僚,志不獲展。如關漢卿入太醫院尹,馬致遠江浙行省務官,宮大用釣臺山長,鄭德輝杭州路吏,張小山首領官,其它屈在簿書,老於布素者,尚多有之。於是以其有用之才,而一寓之乎聲歌之末,以舒其怫鬱感慨之懷,蓋所謂不得其平而鳴焉者也。」於是,他們借之於「曲」,把自己胸中的「怫鬱感慨」之情抒發出來。他們主動走向市井勾欄,成為了「書會才人」,從而提高了這種原本文化品位粗俗的勾欄藝術,使之在文化藝術上有了很大的提高。從這個意義上來說,元代統治者輕視科舉取士制度,是文人個人人生的不幸,但對於元雜劇來說又是它的大幸,正如王國維先生所說:「余則謂元初之廢科目,卻為雜劇發達之因。蓋自唐宋以來,士之競於科目者,已非一朝一夕之事,一旦廢之,彼其才力無所用,而一於詞曲發之。且金時科目之學,最為淺陋。(觀劉祁《歸潛志》卷七、八、九數卷可知。)此種人士,一旦失所業,固不能為學術上之事。而高文典冊,又非其所素習也。適雜劇之新體出,遂多從事於此,而又有一二天才出於其間,充其才力,而元劇之作,遂為千古獨絕之文字。」〔註22〕

　　「書會」在宋代就已經出現,主要是為勾欄瓦舍戲班演出雜劇、講史、諸宮調等通俗文藝撰寫文學腳本的一種以民間藝人為主體的行會組織。耐得翁《都城紀勝》「三教外地」載:「都城內外,自有文武兩學,宗學、京學、縣學之外,其餘鄉校、家塾、舍館、書會,每一里巷須一二所,弦誦之聲,往往相聞。遇大比之歲,間有登第補中舍選者。」書會原本是官學以外讀書應舉的地方,可能以窮書生居多,也常參加市民的文藝活動,最後完全走入市井藝人行列,如《張協狀元》注「九山書會編寫」,《宦門子弟錯立身》、《小孫屠》為「古杭書會編寫」。書會的成員,在宋代不稱「才人」,到了元明時期才稱「才人」,這一問題吳晟先生論述較為精確:

　　　　為什麼宋代「書會」中人不稱「才人」而元明創作南戲,尤其
　　是創作雜劇的「書會」中人始稱「才人」呢?至此就十分清楚了。
　　從宋代戲文《張協狀元》與元代《宦門子弟錯立身》、《小孫屠》及
　　元明雜劇比較便知,《張協狀元》藝術上比較粗糙,我認為它是粗通
　　文墨但文化水平不高的讀書人與民間藝人編寫,所以夠不上稱「才
　　人」。元明時期,一批有才華卻沒有出路的文人加入了「書會」,使

〔註22〕王國維:《王國維戲曲論文集》,中國戲劇出版社,1984年版,第67頁。

得劇本的質量明顯提高，所以將這批人稱爲「才人」理所當然。因此，我認爲籠統地把書會的成員稱做「才人」顯然不妥。「才人」應專指元明書會編撰劇本（包括其它伎藝腳本）的文人，並不包括兩宋書會的成員在內。〔註23〕

確實如此，兩宋的書會主要是民間藝人，到了元代，由於統治者廢除了科舉取士制度，於是使很多優秀文人投身「書會」，從而爲雜劇的繁榮提供了文學劇本創作人員的保障，如當時有名的書會有「玉京書會」、「元貞書會」、「武林書會」等，「一時人物出元貞，擊壤謳歌賀太平，傳奇樂府新時令，錦排場，起玉京。《害夫人》、《崔和擔生》，白仁甫、關漢卿，麗情集，天下流行」。〔註24〕「元貞書會李時中、馬致遠、花李郎、紅字公，四高賢合撰《黃粱夢》，東籬翁，頭折冤，第二折，商調相從，第三折大石調，第四折是正宮，都一般愁霧悲風。」〔註25〕

「書會才人」主要有兩種：其一是寄生勾欄的以寫劇本爲生的專業作家，如楊顯之，以編寫劇本爲生，還兼爲演員的教師，「順時秀」稱他爲「伯父」，順時秀的相好王元鼎尊稱他爲「師叔」；其二是有自己的職業，以寫作劇本爲第二職業的作家，如關漢卿，本爲「太醫院尹」，但不僅寫劇本，而且還常常「躬踐排場，面傅粉墨，以爲我家生活，偶倡優而不辭者」。〔註26〕

由於這些「書會才人」既有很高的文化水平，熟讀典籍，通曉樂律，又和下層人民打成一片，瞭解了社會百態，加之他們已淪爲了市井藝人中的一員，如此的社會地位、經濟狀況，自然會給他們的創作帶來影響，引起他們在觀察感受社會生活的角度、藝術風格的構成等方面發生變化。這對元雜劇的繁榮起到了積極的作用。如么書儀先生所說：「首先是元雜劇的視野得到開拓。除了傳統詩、詞、文、賦所關心的家國命運和書生的憂樂之外，元雜劇特別注重表現市民的生活和思想感情。」「其次是元雜劇所體現的作家視境和價值觀出現的變化。中國的正統文學中，原有反映民生疾苦的傳統，不少封建時代文人創作，都具有這方面的特質。……元代書會才人們的創作則有所不同，他們所寫的雜劇，對於社會現象由於具有切身的體驗而更多揭示出普

〔註23〕 吳晟：《瓦舍文化與宋元戲劇》，中國社會科學出版社 2001 年版，第 101 頁。

〔註24〕 鍾嗣成：《錄鬼簿》（外四種），上海古籍出版社，1978 年版，第 21 頁。

〔註25〕 鍾嗣成：《錄鬼簿》（外四種），上海古籍出版社，1978 年版，第 23～24 頁。

〔註26〕 臧晉叔：《元曲選序》，中華書局，1958 年版，第 3 頁。

通百姓的思想感情和生活願望。」「第三是元雜劇體現了雅、俗文學的又一次合流。這種合流表現了傳統詩歌的抒情性與說唱文學敘事特徵、詩詞的音樂性與民間歌舞的結合；表現了正統文學的教化功能與民間藝術娛樂特質的結合；表現了正統儒生思維方式與下層市民社會經驗的結合。」〔註 27〕所以說元初廢除科舉取士制度，對文人本人來說是一件不幸的事，但對促使雜劇的繁榮來說又是一件幸事。

雜劇是舞臺藝術，是要靠演員表演的，不是案頭的文學作品。因此，雜劇在元代走向繁榮，和當時有一支演藝水平很高的勾欄藝人隊伍是分不開的。元人夏庭芝在《青樓集》中記載元代雜劇、南戲、諸宮調等各類藝伎 152人，其中女藝人 117 人，男藝人 35 人。其中以演雜劇見長者達 50 人之多，尤其是女藝人中，容顏秀麗，演技精湛，名響藝壇者比比皆是。如張怡云「能詩詞，善談笑，藝絕流輩，名重京師」；珠簾秀「雜劇爲當今獨步，駕頭、花旦、軟末泥等，悉造其妙」；順時秀「姿態閒雅，雜劇爲閨怨最高，駕頭諸旦本亦得體」；天然秀「高豐神韶雅，殊有林下風致。才藝尤度越流輩，閨怨雜劇，爲當時第一手。花旦、駕頭，亦臻其妙」；李芝秀「賦性聰慧，記雜劇三百餘段，當時旦色，號爲廣記者，皆不及也」；朱錦繡「雜劇旦末雙全，而歌聲墜梁塵，雖姿不逾中人，高藝實超流輩」；李嬌兒「姿容姝麗，意度閒雅，時人號爲『小天然』。花旦雜劇，特妙」。

元代文人往往與這些勾欄藝人關係密切，相互欣賞，共同合作，從而構成了元代文化的一道靚麗的風景線，也是雜劇藝術走向繁榮的內在因素。如關漢卿同珠簾秀的關係就是如此。就連官高權重的胡紫山也給她寫曲相贈。順時秀稱楊顯之爲「伯父」，可見其關係之融洽。天然秀「高潔凝重，尤爲白仁甫、李漑之所愛賞」。「作家與演員之間交往，相互砥礪，對藝術上的提高大有裨益。這些藝人在演出時使劇中人物活現於舞臺之上，教育和感染觀眾，激起共鳴，這就更鼓勵和刺激作家深入生活實踐、舞臺實踐，不斷地提高寫作水平，反映時代的精神風貌，寫出人民的要求和希望。」〔註 28〕因此，我們可以說元雜劇繁榮的另一個很重要的原因便是「書會才人」和勾欄藝人的璧連珠合的結果。

〔註 27〕么書儀：《元人雜劇與元代社會》，北京大學出版社，1997 年版，第 111～112頁。
〔註 28〕劉蔭柏：《元代雜劇史》，花山文藝出版社，1990 年版，第 16 頁。

第三節　開放、寬鬆、多元的文化環境

　　隨著蒙古大元的統一，促使了多種民族的融合，形成了多元文化的並存態勢。加之元朝統治者是興起於漠北荒蠻的草原，還處在落後的奴隸制時期，在文化上沒有漢民族的那麼深厚的傳統的思維定勢，因此，沒有任何固定的思想模式，容易包容新的不同文化。在文化制度上，元代表現出了包容、寬鬆的態度，基本上對不同的思想文化、不同的價值觀念、不同的風俗習慣，採取了寬容的措施，允許它們各自的自由發展。他們在硬環境上採取野蠻的民族歧視政策，但在意識形態上卻是很寬容的，這和他們處於文化修養很低階段不無關係，但客觀上帶來了元代多元文化並存的局面，有利於戲曲的發展。

　　在宗教上，元代統治者也是比較寬鬆的，允許多教並存。除了傳統的儒、道、釋外，薩滿教、伊斯蘭教、猶太教等隨著民族遷徙和中外交流的密切而傳入中國。「元代各宗教思想的流播，構成了元代多元文化的奇觀。」〔註29〕成吉思汗就說：「人類各階級敬仰和崇拜四個大先知。基督教徒，把耶穌作為他們的神；撒拉遜人，把穆罕默德看成他們的神；猶太人，把摩西當成他們的神；而佛教徒，則把釋迦牟尼當作他們的偶像中最為傑出的神來崇拜。我對四大先知都表示敬仰，懇求他們中間真正在天上的一個尊者給我幫助。」〔註30〕因此，元代各種宗教並行，其中對戲曲影響最大的還是道、佛、儒。

　　道教在元代的廣泛傳播，尤其是全真派清靜無為思想的影響，對元雜劇中神仙道化劇的繁榮起到很大的作用。自唐代起，三教並行雖已成為大的趨勢，但具體到每個朝代，則三教之盛衰，卻往往繫乎時君之好惡。在元代，統治者雖然未廢儒學，但儒學獨尊的地位不復存在。與此相反，佛教和道教卻極為統治者所重視。據《元史·釋老傳》，雖然佛教在元代地位最尊，但元代的佛教是藏傳佛教（即「喇嘛教」），主要在藏族和蒙古族中傳播，對漢族影響不大。對漢族特別是文人影響最大的是道教。《元史·釋老傳》中說：「道家方士之流，假禱祠之說，乘時以起」，這說明道教在當時得到廣泛傳播。據《元史·釋老傳》載，元代道教有全真派、正一派、真大派和太一派等四大派別。他們都受到元統治者的重視。「全真派」的丘處機應成吉思汗之詔，於

〔註29〕張維青、高毅清：《中國文化史》（三），山東人民出版社 2002 年版，第 338
　　　　～339 頁。
〔註30〕陳開俊等譯，《馬可波羅遊記》，福建科學技術出版社，1982 年版，第 87 頁。

元太祖十四年（1219）率弟子 18 人西行萬餘里，途經數十國，歷時四年始達「雪山」（今阿富汗境內）面見太祖。1222 年 4 月，丘處機到達成吉思汗行營，前後講道三次，成吉思汗深契其言。曰：「天錫仙翁，以窹朕志」。從此全眞派道教受到禮遇，全眞道教的道宇院舍也都得到護持詔書，備受恩寵。「正一派」第三十六代傳人張宗演在元世祖至元十三年（1276）被世祖召進京城，特賜玉芙蓉、組金無縫服，命主領江南道教。「眞大派」、「太一派」的教主都受到元統治者的禮遇。由此可見元代統治者對道教的重視。

　　佛教在元代受到非常的重視。蒙古人原本主要信奉萬物有靈的薩滿教，後來接觸到佛教，尤其是藏傳佛教，受到了元統治者的極度崇奉。「十三世紀四十年代，吐蕃地區歸附蒙古政權。藏傳佛教僧侶在這個過程中起了很重要的作用。藏傳佛教也是佛教的一個派別，它是佛教密宗傳入吐蕃地區以後和當地的本宗教混合而成的。藏傳佛教內部也有不少宗派。1246 年藏傳佛教薩迦派首領薩班到甘肅西涼，與蒙古宗王闊端（窩闊台之子，鎮守河西）見面。在薩班號召下，吐蕃地區的僧俗首領都表示服從蒙古政權。1252 年，忽必烈奉憲宗蒙哥之命征雲南大理，道經吐蕃地區，薩班之俗八思巴應召入見，『日見親禮』。忽必烈即帝位後，『尊爲國師，授以玉印，任中原法主，統天下教門』。此後，薩迦派歷代領袖均被尊爲國師或帝師，許多藏傳佛教上層人物相繼被封官拜爵，『百年之間，朝廷所以敬禮盡尊信之者，無所不用其至。』忽必烈及其以後的歷代皇帝，對藏傳佛教特別尊奉，原因之一是它的理論和儀式，與蒙古族原來信奉的薩滿教有許多共同之處；但更重要的則是因爲吐蕃地區的藏傳佛教勢力很大，元朝統治者想要『因其俗而柔其人』，便利用它來有效地實現對這一地區的統治。」〔註31〕由於佛教有上層人士的支持，所以它在與道教的三次爭寵辯論中都以道教的失敗而告終，足見佛教在元朝時的受尊寵程度。

　　蒙古人由於是「以弓馬之利取天下」，所以看重的是武力，建國初期還未看到儒教治天下的重要性。在滅掉南宋、征服全中國的過程中，他們逐漸認識到封建文人對鞏固政權的重要性。耶律楚材、劉秉忠、許衡、姚樞、郝經、吳澄等都對元代興文治教化以安邦定國起到很重要的作用。元世祖忽必烈又是一位對儒學感興趣的君主，他崇尚儒家學說，任用各族儒士，注意用儒家經籍教育培養蒙古子弟。他開國之謀臣中有很多儒臣，幫他立朝政，定官例，

〔註31〕陳高華：《元史研究論稿》，中華書局，1991 年版，第 367～368 頁。

頒典章。元仁宗是元代帝王中漢文化修養較高的皇帝。他即位後，標榜儒學，恢復了科舉取士，儘管錄取人數與宋無法相比，但與元初相比總是一大進步，特別是所考內容都是儒學經典，這對於儒學的再興作用絕非僅僅是考試。仁宗認識到：「明心見性佛教為深，修身治國儒道為切。」（《元史·仁宗本紀》）在仁宗的倡導下，儒學得到了發展。

「在中國文化史上元代宗教是頗有特色的，其最大特色便是多元性和開放性，這與蒙古統治的遼闊版圖及其迫切需要的文明滋養是分不開的。蒙古諸部原本信奉原始的薩滿教，但其在權力擴張的過程中很快學會了接容與納取。在其兼容並蓄的宗教政策下，佛教、道教、伊斯蘭教、基督教等都在中國得到廣泛的傳播和發展。這種多元與開放有時令人想到唐代，但與唐代不同的是其鐵騎與商業的色彩更濃。這是由很大的歷史跨越造成的，當蒙古由蒙昧的部落逐漸形成強大的帝國時，其原始的血性與發達的文化結合勢必構成一道奇觀，而宗教便在其中成為一個獨具魅力的角色。」〔註32〕正由於元代這種多元性、開放性的文化環境，容許各種各樣的思想並存，統治者也沒有如明清那樣嚴密的文網，更少有「文字獄」，當然，這和蒙古統治者大多是一些文化素養較低的武夫有關，他們只看重戲曲的娛樂功能，對戲曲所表現的深刻內容、反映的社會矛盾缺乏敏銳的理解力，因此，對雜劇的創作、演出干預較少。這種寬鬆的文化環境，更利於本身就與封建禮教傳統相悖、體現民眾思想意識的俗文學的戲曲興盛。

第四節　戲曲藝術自身發展的結果

作為「以歌舞演故事」的元雜劇，是在宋金雜劇、諸宮調的基礎上發展起來的，如吳梅先生在《中國戲曲概論·金元總論》說：「今日流傳古劇，其最古者出於金元之間，而其結構，合唐之參軍、代面，宋之官劇、大麴而成，故金源一代，始有劇詞可徵。第參軍、代面，以語言動作為主。官劇、大麴，雖兼歌舞，而全體亦復簡略。若合諸曲以成全書，備紀一人之始末，則諸宮調詞，實為元明以來雜劇傳奇之鼻祖。」元人胡衹遹在《贈宋氏序》中就說：「樂音與政通，而伎劇亦隨時尚而變。近代教坊院本之外，再變而為雜劇。」

〔註32〕張維青、高毅清：《中國文化史》（三），山東人民出版社 2002 年版，第 376 ～377 頁。

陶宗儀在《南村輟耕錄》（卷二十七「雜劇曲名」）中也說：「稗官廢而傳奇作，
傳奇作而戲曲繼。金季國初，樂府猶宋詞之流；傳奇猶宋戲曲之變，世傳謂
之雜劇。」由此可知，元雜劇的形成確實與宋金雜劇院本、諸宮調等說唱藝
術聯繫密切。

　　宋雜劇「大抵全以故事，務在滑稽唱念，應對通遍。」〔註33〕王國維先
生也說：「宋人雜劇，固純以詼諧為主，與唐之滑稽劇無異。」〔註34〕據耐得
翁《都城紀勝》「瓦舍眾伎」云：「雜劇中，末泥為長，每四人或五人為一場，
先做尋常熟事一段，名曰豔段；次做正雜劇，通名為兩段。末泥色主張，引
戲色分付，副淨色發喬，副末色打諢，又或添一人裝孤。其吹曲破斷送者，
謂之把色。」可見宋劇基本上仍沿襲唐代參軍戲的表演形式，主要表演者仍
是參軍和蒼鶻，只是名目改為副淨與副末而已。內容也都較為簡單，大多是
表演滑稽的故事以含有勸誡、隱諫之意。隨著宋代城市經濟的繁榮，為滿足
市民的欣賞需求，城市裏的勾欄瓦舍遍佈，雜劇也得到進一步發展。據南宋
周密《武林舊事》卷十「官本雜劇段數」載，雜劇劇目就有二百八十本，其
中有名的如《鶯鶯六么》、《崔護逍遙樂》、《柳毅大聖樂》等，可以看出，它
已不僅僅是滑稽取樂，也吸收了當時流行在勾欄裏的其它講唱話本藝術的影
響，把歌舞吸收到表演中是宋雜劇較之於唐「參軍戲」的一大發展，但它還
不算成熟的戲曲。

　　隨著歷史的發展，到了金代，宋雜劇又被金院本所取代。元人陶宗儀在
《南村輟耕錄》（卷二十五「院本名目」）中說：「唐有傳奇，宋有戲曲，唱諢
詞說。金有院本、雜劇、諸宮調，院本、雜劇其實一也。國朝院本、雜劇始
釐而二之。」可見「院本」、雜劇其實是一回事，只是命名的不同。所謂「院
本」，即「行院之本」。「行院者，大抵金元人謂倡伎所居，其所演唱之本，即
謂之院本。」〔註35〕「『雜劇』以其所演技藝之種類為名；而『院本』則因技
藝演奏地點得名，此南北方言之差耳。」〔註36〕顧肇倉先生也認為「院本並
不是一個文學體制的名辭，只是說那是倡優行業中應用流傳的底本的意思。」

〔註33〕孟元老等：《東京夢華錄》（外四種），上海古典文學出版社，1956 年版，第
　　　　309 頁。
〔註34〕王國維：《宋元戲曲史》，上海古典出版社，1998 年版，第 27 頁。
〔註35〕王國維：《宋元戲曲史》，上海古典出版社，1998 年版，第 53 頁。
〔註36〕青木正兒：《中國近世戲曲史》上冊，王古魯譯，臺灣商務印書館 1936 年版，
　　　　第 27 頁。

〔註37〕陶宗儀《南村輟耕錄》卷二十五「院本名目」談到金院本的體制：

> 院本則五人，一曰副淨，古謂之參軍。一曰副末，古謂之蒼鶻。
> 鶻能擊禽鳥，末可打副淨，故云。一曰引戲，一曰末泥，一曰孤裝，
> 又謂之五花爨弄。……又有焰段，亦院本之意，但差簡耳，取其如
> 火焰，易明而易滅也。其間副淨有散說，有道念，有筋斗，有科泛。

可惜，金院本沒有完整的劇本流傳下來，也只能根據存目知道其在內容上與宋雜劇有因承關係。據劉念茲先生考證：（金院本）「改變了早期宋雜劇以副末、副淨詼諧為主的舞臺地位」，「已經擺脫宋雜劇早期的程式而發展為不是專以詼諧為主，而以表現人物、表演故事為主的戲劇」。〔註38〕但金院本仍不可稱為中國戲劇的真正成熟之作。

只有元雜劇的繁榮，中國戲劇的第一個輝煌時代才真正到來。那麼，為什麼到了元代真正意義上的戲劇才會誕生呢？前賢多有論述。除了社會、文化等因素外，很重要一點就是音樂自身發展的需要。中國傳統的韻文歷來和音樂聯繫在一起。從詩到詞，再由詞到曲。作為承接歌辭傳統的元曲本以曲為主，而其曲的主要來源並不是承宋金詞，而主要是來源於北曲，即隨著遼、金、蒙古族先後入主中原，少數民族的樂曲大量傳到中原，從行腔歌辭到作奏樂器，都給中原人以清新的感覺，於是他們有意將北來之樂與中原的民間小調融彙在一起，便創造了一種新聲新詞的新詩體──元散曲，正如王世貞《曲藻序》說：「曲者，詞之變。自金、元入主中國，所用胡樂，嘈雜淒緊，緩急之間，詞不能按，乃更為新聲以媚之。而諸君如貫酸齋、馬東籬、王實甫、關漢卿、張可久、喬夢符、鄭德輝、宮大用、白仁甫輩，咸富有才情，兼喜聲律，以故遂擅一代之長。所謂『宋詞、元曲』，殆不虛傳。」徐渭在《南詞敘錄》中說：「今之北曲，蓋遼、金北鄙殺伐之音，壯體狠戾，武夫馬上之歌，流入中原，遂為民間之日用。宋詞既不可被絃管，世人亦遂向此，上下風靡。」徐渭的學生戲劇理論家王驥德更是從「曲」的發展歷史的角度說明了這一問題：

> 曲，樂之支也。自《康衢》、《擊壤》、《黃澤》、《白雲》以降，
> 於是《越人》、《易水》、《大風》、《瓠子》之歌繼作，聲漸靡矣。「樂
> 府」之名，昉於西漢，其屬有〔鼓吹〕、〔橫吹〕、〔相和〕、〔清商〕、
> 〔雜調〕諸曲。六代沿其聲調，稍加藻豔，於今曲略近。入唐而絕

〔註37〕顧肇倉：《元人雜劇選・前言》，人民文學出版社，1956 年版。
〔註38〕劉念茲：《戲曲文物叢考》，中國戲劇出版社，1986 年版，第 46～47 頁。

句爲曲，如〔清平〕、〔鬱輪〕、〔涼州〕、〔水調〕之類；然亦不盡其變，而於是始創爲〔憶秦娥〕、〔菩薩蠻〕等曲。蓋太白、飛卿輩始作其俑。入宋而詞始大振，署曰「詩餘」，於今曲益近。周待制、柳屯田其最也。然單詞只韻，歌只一闋，又不盡其變。而金章宗時，漸更爲北曲，如世所傳董解元《西廂記》者，其聲猶未純也。入元益漫衍其制，櫛調比聲，北曲遂擅盛一代。〔註39〕

王驥德追溯曲之本源，宏觀曲之發展，故有一定道理。但不免話題有些扯遠了。其實，元曲主要就是因爲金元之際北方音樂的介入。王文才先生也說：「元世建國，屬土廣袤，種族既眾，樂律尤繁。燕樂舊存七宮十二調，固難遍用於按唱，故以中原樂系爲主，與契丹、女眞、蒙古諸樂，融成北曲，蔚爲一代新聲。」〔註40〕這種「新聲」以它極強的活力給中原音樂帶來了新的生氣，也大受人們的喜愛，在此散曲的基礎上，從而形成了以歌舞演故事的劇曲——雜劇。

　　丹納說：「作品的產生取決於時代精神和周圍的風俗。」〔註41〕元雜劇的產生並繁榮正是如此。元人虞集就說：「辛幼安自北而南，元裕之在金末國初，雖辭多慷慨，而音節則爲中州之正，學者取之。我朝混一以來，朔南暨聲教，士大夫歌詠，必求正聲，凡所製作，皆足以鳴國家氣化之盛，自是北樂府出，一洗東南習俗之陋。」〔註42〕正是由於元代的統一，朔風的勁吹，方「一洗東南習俗之陋」。文人士子與市井勾欄藝人結合，予以戲曲更多的是表現時代的精神，關注更多的也是社會底層人的遭遇、覺醒，乃至反抗，於是使音樂走向了民眾，雜劇受到市民的廣泛喜愛。如此之時代精神和金元異族樂曲風俗的習染，使元代之文學——曲——得到了繁榮，正如顧肇倉先生所說：「它大致只是用北方的歌曲做基礎，經過金代的醞釀，又受到了諸宮調那種漫長的敘述體的描狀人物故事的說唱文學的影響，從而創造了這種新的戲曲形式。而這種新的戲曲形式，得到了元朝的支持和接受，取得了普遍流行的地位，成爲了北方代表性的戲曲。」〔註43〕

〔註39〕王驥德：《曲律》，見《中國古典戲曲論著集成》（四），中國戲劇出版社，1959年版，第55頁。

〔註40〕王文才：《元曲紀事‧序》，人民文學出版社，1985年版。

〔註41〕丹納：《藝術哲學》，人民文學出版社，1981年版，第32頁。

〔註42〕虞集：《中原音韻序》，見《中國古典戲曲論著集成》（一），第173頁。

〔註43〕顧肇倉：《元人雜劇選‧前言》，人民文學出版社，1956年版。

第三章 論元曲對傳統文學精神背離的文化特質

　　自從王國維將元曲同唐詩、宋詞並列為一代之文學以來，此論即成定論，元曲便成為元代文學的代名詞。但從其表現的文學精神來說，元曲走的是同傳統的文學全然不同的道路，可以說是對傳統文學精神的背離，正是這種背離精神才使它具有了和唐詩宋詞並肩的魅力。

第一節　傳統文學精神巡禮

　　我國的文學傳統極其深厚，早就形成了自己的一整套文學理論，從《尚書・堯典》提出「詩言志」開始，我國文學便走上了重抒情的道路。尤其是孔子的詩學理論，直接形成了我國傳統文學精神的基礎。孔子重視文學的社會功能、對人的教化作用。他說：「小子何莫學夫詩？詩可以興，可以觀，可以群，可以怨。邇可事父，遠可事君，多識於鳥獸草木之名。」（《論語・陽貨》）這便是孔子的「興觀群怨」詩學理論，他強調文學對政治的批評和民情的表達。但這種批評和表達只能在一定的範圍內，要「樂而不淫，哀而不傷」（《論語・八佾》），正如孔安國解釋說：「樂不至淫，哀不至傷，言其和也。」（何晏《論語集解》引）這表現出孔子強調以中和為美的審美觀，他認為「溫柔敦厚」乃是詩教，正如寇養厚先生所說：「『溫柔敦厚』就是溫和寬厚。而所謂詩的溫和寬厚，就是指作者寫詩要和顏悅色，性情柔順，只能微言諷諫，不能激烈過火。」[註1] 孔子的這種中和審美觀對後世影響極大，形成了我國

〔註 1〕寇養厚：《古代文史論集》，濟南：山東大學出版社，1999 年版，第 15 頁。

的文學傳統。《毛詩序》對此進一步發展，承認詩要吟詠性情，但要「發乎情」，「止乎禮義」，要求詩歌對統治階級諷刺要有一個度，強調藝術的風格必須是溫厚婉轉，委婉含蓄，不能過於激烈。之後，劉勰提出的原道、徵聖、宗經的文學思想，都是強調文學對道的表現，要用它來治理國家，對人有教化作用。他在《原道》中說：「道沿聖以垂文，聖因文而明道，旁通而無滯，日用而不匱。」

到了唐代，更是強調文學的社會功能。「唐代士子接受的是以『六經』為主的儒學教育，而它的內容也是科舉的規定內容，同時又是居統治地位的社會意識形態。更進一步說，它又是國家政治生活的內容、依據和目的。這決定了他們的精神關懷和行為表現一般不能超越儒家的規範。」「唐代文人也只能在上述綱目規定下展開自己的精神生活和現實追求。而作為一個官吏，他們的最高追求一般只能是努力使自己的君王達到『聖賢』的境界，使自己能至於『修、齊、治、平』。」「因此，唐代文學大抵只是依據這些內容的展開，而其限度仍不離乎『中和』。」〔註2〕詩聖杜甫就非常重視詩歌的社會功能，要求詩歌反映民生，他自己的詩作正是如此。元稹、白居易掀起的新樂府運動更是強調詩歌的現實意義。白居易在《與元九書》中系統論述了他的文學理論，認為「文章合為時而著，歌詩合為事而作。」韓愈、柳宗元的古文運動，自覺繼承傳統文學明道精神，把文學納入政治教化之途。韓愈以繼承儒學傳統為己任，強調「文以載道」。柳宗元極力響應，高舉「文以明道」的大旗，他在《答韋中立論師道書》中說：「始吾幼且少，為文章，以辭為工。及長，乃知文章者以明道，是固不苟為炳炳烺烺，務采色誇聲音而以為能也。凡吾所陳，皆自謂近道。」降以兩宋，這一傳統精神更為完備。北宋文壇領袖歐陽修高舉韓柳大旗，力倡「文以載道」。他在《答祖擇之書》中說：「道純則充於中者實，中充實則發為文者輝光。」王安石等都是如此。程朱理學更是把文道之論推到了極致。朱熹論文重道輕文，在《與汪尚書》中說：「道者文之根本，文者道之枝葉，惟其根本乎道，所以發之於文者皆道也。三代聖賢文章皆從此心寫出，文便是道。」朱熹完全把文章視為了道的附庸，使文成為他宣揚理學的工具。

縱觀我國文學理論的發展歷史，不難發現所謂的傳統文學精神就是強調文學的社會功能，文學是儒學道統的載體，自覺把文學變為封建正統思想的

〔註2〕陳飛：《唐代科舉制度與文學精神品質》，《文學遺產》，1991年第2期。

附庸。其間儘管有人也喊出「詩緣情而綺靡」，詩要「吟詠性情」，針砭時政，但強大的傳統思維定勢，中庸的審美心態消解了文學的風骨，從而使文學很難衝破這張歷史積澱的堅固的樊籬，出現大膽表現人性，具有奇崛風格的作品。只有到了元代，蒙古高原上的游牧民族以其剽悍的馬蹄，踏碎了幾千年中原的漢族統治，也給近於死板的華夏文化吹進縷縷清新的空氣，使傳統文學的軀體裏產生了新的基因，從而使我國文學從元代起發生了明顯的變化。

在元代以前，由於受儒學傳統的文學觀的影響，強調文學的「言志」、「美刺」功能，所以形成一直是抒情文學占主導的雅文學傳統，從《詩經》、楚辭，到唐詩、宋詞，無一不是抒情文學的天下。到了元代抒情文學一統天下的局面被打破，元雜劇的出現，標誌著以敘事爲主的俗文學開始佔據我國傳統文學的主導地位。這具有劃時代的意義，正如胡適先生所說：「文學革命，至元代而登峰造極。其時，詞也，曲也，劇本也，小說也，皆第一流之文學，而皆以俚語爲之。其時吾國眞可謂有一種『活文學』出現。倘此革命潮流不遭明代八股之劫，不受明初七子諸文人復古之劫，則吾國之文學必已爲俚語的文學，而吾國之語言早成爲文言一致之語言，可無疑也。」〔註3〕胡適認爲我國傳統文學到了元代經歷了一場革命的論斷，很有道理。元代可以說是我國傳統文學發展的分水嶺。元以前文學以抒情的雅的詩文爲主，元以後以敘事的俗的戲曲小說爲主。不僅僅是這種明顯的形式上的變化，更重要的是思想文化上的變化。

第二節　元曲奇崛的文化特質

作爲元代文學主體的元曲，在其所表現出的時代精神、張揚個性、揭露黑暗、讚美人性等諸方面，都表現出同傳統文學精神背離的文化特質，顯現出新興文學樣式的博大生命力。其主要表現在以下幾方面：

首先，熱情歌頌人對情愛的追求，突破理學對人的合理情感扼殺的樊籠。不管是雜劇，還是散曲都表現出對愛情、乃至情慾的肯定，作者有意突破傳統觀念對人的束縛，閃現出人性解放新思想的火花。

追求愛情雖說是人的本能欲望，但傳統的觀念認爲包括愛情在內的人的所有感情，都要受到理（禮）的制約，不能違理而行。表現愛情雖然是文學

〔註 3〕姜義華：《胡適學術文集・新文學運動》，中華書局，1993 年版，第 4～5 頁。

作品的永恒主題之一，但傳統的文學觀念卻認為對愛情的表現應該遵循「發乎情，止乎禮義」和「樂而不淫」等原則，不能毫不掩飾地表現。宋儒更是把包括愛情在內的所有「人欲」與「天理」對立起來，朱熹就說：「天理存，則人欲亡；人欲勝，則天理滅。」〔註4〕他完全把人欲和天理對立，鼓吹「存天理，滅人欲」。因此，在元以前的正統文學裏即使描寫愛情的作品，也往往是「樂而不淫，哀而不傷」，如元稹的《鶯鶯傳》只能為男主人公開脫罪責，表現為「始亂之，終棄之」的悲劇結局，白居易的《井底引銀瓶》也只能發出「寄言癡小人家女，慎勿將身輕許人」的勸誡之詞，很難表現出愛情的轟轟烈烈之美。元曲則不同，它往往能突破封建理學牢籠，毫不掩飾地表現愛情（包括情愛、情慾和性愛），顯示出全新的思想特徵，大膽熱烈地讚頌男女對愛情追求的精神，譜寫出一曲曲以情反理的讚歌。

　　《西廂記》是這方面的代表作品。王實甫不但提出了男女婚姻要以真摯愛情為基礎、兩情相依，而且大膽地肯定人欲，細膩地展示了崔張二人追求情愛的心理歷程，具有現代情愛的意味。正如瓦西列夫所說：「研究和觀察表明，愛情的動力和內在的本質是男子和女子的性欲，是延續種屬的本能。」〔註5〕他用生動的語言表現出崔鶯鶯和張生這對妙齡青年對彼此的愛慕正是本能欲望推動的作用。作為相府千金的鶯鶯在佛寺邂逅相遇一男子，按照封建禮教她應迴避，但她不但不迴避反而「儘人調戲軃著香肩，只將花笑撚」，臨走時居然還敢「回顧覷末下」。崔鶯鶯的這些舉動，表明在她的潛意識裏有一種被壓抑的青春本能欲望需要釋放。張生更是如此，他功名未遂、本欲到京城應試，當他見到鶯鶯就把原來準備博取的功名忘得一乾二淨，完全被鶯鶯的美貌所打動：「顛不剌的見了萬千，似這般可喜娘的龐兒罕曾見。則著人眼花撩亂口難言，魂靈兒飛在半天。」張生之所以對崔鶯鶯一見鍾情，首先是因為被她的美麗容貌所吸引。戲曲通過一系列的感情糾葛，這對有情人終於掙脫禮教牢籠的束縛，大膽合歡。作者對男女主人公的首次結合進行了毫無掩飾的、淋漓盡致的描寫：「我將這紐扣兒鬆，把摟帶兒解，蘭麝散幽齋。不良會把人禁害，咍怎不肯回過臉兒來？」「我這裏軟玉溫香抱滿懷。呀，阮肇到天台，春至人間花弄色。將柳腰款擺，花心輕拆，露滴牡丹開」。「半推半就，又驚又愛，檀口搵香腮。」這種描寫，完全突破了「發乎情，止乎禮

〔註4〕黎靖德：《朱子語類》，中華書局，1986年版，第224頁。
〔註5〕瓦西列夫：《情愛論》，北京：三聯書店，1984年版。

義」等傳統觀念。作者的反傳統精神可謂驚世駭俗。《西廂記》在很長一段時間裏被列爲禁書，這便是很重要的原因之一。在作者的心目中，男女主人公的情慾和性愛是符合人性的，因而也是美好的，幸福的，合理的，應該理直氣壯地予以歌頌。這正如奚海先生所說，人慾和性愛是「人類蓬勃奔放、創造生命的永恒活力，是每一個人不可剝奪的天賦權利，因而是美，是善。人們不應被『天理』、『禮』的僞善說教所欺騙而對『人慾』、『性』遮遮掩掩，噤若寒蟬，而是要勇敢地去擁抱『人慾』，理直氣壯地去享受性愛的美和幸福」。〔註 6〕如果說崔鶯鶯是經歷了一番思想的鬥爭最終才「羞答答不肯把頭抬，只將鴛枕捱」般艱難地走上追求幸福的大道的話，那麼白樸的《牆頭馬上》裏的李千金卻是毫無羞澀忸怩之態，她完全把追求愛情幸福放在第一位。作爲一位大家閨秀她在三月上巳佳節因見屏圍所畫才子佳人，便春心蕩漾，大膽狂想：「我若還招得個風流女婿，怎肯教費工夫學畫遠山眉。寧可教銀釭高照，錦帳低垂；菡萏花深鴛並宿，梧桐枝隱鳳雙棲。這千金良夜，一刻春宵，誰管我衾單枕獨數更長，則這半床錦褥枉呼作鴛鴦被。流落的男遊別郡，虛擱的女怨深閨。」當她在牆頭上看見裴少俊就迸發出火辣辣的愛慕之情，並想像著兩人暗中結合後的性愛生活：「休道是轉星眸上下窺，恨不的倚香腮左右偎；便錦被翻紅浪，羅裙作地席。既待要暗偷期，咱先有意，愛別人可捨了自己。」對於裴少俊的主動求愛，她大膽應允，當晚便與裴少俊在自家花園幽會，後又離家私奔，隨裴少俊來到裴家，秘密在後花園同居生子。白樸筆下的李千金，爲了追求情愛和性愛，視封建禮教如草芥糞土。充分表現出女子在追求愛情中的主動性，大有現代女作家王安憶筆下的那種「顛覆了女性性屈辱的文化傳統，女性終於煥發了原有的光彩，女性的生命欲望得以淋漓盡致的宣洩與張揚」，「讓女主人公在性行爲中掌握主動，使情愛表現爲性愛，透露了女性意識的真切覺醒」的味道。〔註 7〕《倩女離魂》中的張倩女在送別赴京應試的意中人王文舉後，相思難耐，一病不起，靈魂離體，背著母親，月夜緊追王文舉並向他表示說：「我本眞情」，即使母親知道了，自己也「做的不怕」，於是靈魂跟隨王文舉一塊赴京，充分表現出她爲了愛情敢作敢當的豪俠氣概。最能說明「人欲」戰勝「天理」的是《竹塢聽琴》中的老

〔註 6〕奚海：《元雜劇論》，河北教育出版社 2001 年版，第 247 頁。
〔註 7〕李小玲：《中國文學女性形象中的洛神原型及其現代重述》，華東師範大學學報，2002 年第 3 期。

道姑。她諄諄告誡初入庵的鄭彩鸞:「須要堅心辦道,休要半路裏還了俗。」當她得知鄭彩鸞離庵還俗與心上人喜結良緣時,她便怒氣衝衝地找上門指責鄭彩鸞,巧逢前來造訪的梁公弼卻是她離散多年的丈夫,於是她馬上改變態度說:「我丟了冠子,脫了布衫,解了環絛,我認了老相公,不強如出家!」作者借鄭彩鸞之口揭示出人們追求性愛的不可抗拒性:「多應是慾火三焦,一時焰起,遍體焚燒。似這等難控難持,便待要相偎相傍,也顧不得人笑人嘲。」因而她讓師父和自己「總不如兩家兒各自團圓,落的個盡世裏同享歡樂」。戲劇通過師徒二人還俗的故事熱情謳歌了追求性愛是人所具有的本能屬性。《留鞋記》裏的賣胭脂女王月英見到秀才郭華便情不自禁地感歎:「好個聰俊的秀才也。」而郭華更是為情而癡,「日日來買胭脂,若能勾打動他,做得一日夫妻,也是我平生願足。」於是二人密約元宵夜在相國寺觀音殿中相會,王月英到時,郭華因酒醉而臥,王月英推喚不醒便以帕裹鞋放在郭華懷中而去。郭華醒來後發現繡鞋,悔恨吞帕而「死」,後包公斷他們二人為夫妻。《蕭淑蘭》裏的蕭淑蘭更是一位為了追求愛情天不怕、地不怕的女子。她看上了她家的坐館先生張世英便不顧一切主動向張世英示愛,遭到張世英的拒絕,她仍不洩氣,最終實現了自己的婚姻理想。人世間是如此,即就是神仙世界也是如此。《誤入桃源》、《柳毅傳書》、《張生煮海》等劇作「通過一個個不惜違逆『天理』,跨越人神、仙凡鴻溝而勇敢追求愛情幸福的令人迷醉的浪漫故事,進一步歌頌了人類愛欲的合理性」。〔註8〕

在散曲裏這些劇作家更是高揚人性美的大旗,大膽突破傳統觀念,熱情讚頌性愛情慾,撕去傳統文人的羞羞答答的偽善面孔,歌真性情,抒本能欲,表現出與傳統決裂的「銅豌豆」精神。作為元代的「梨園領袖」的關漢卿直言不諱自己對性愛的追求「我玩的是梁園月,飲的是東京酒,賞的是洛陽花,攀的是章臺柳」,並永不回頭:「你便是落了我牙,歪了我口,瘸了我腿,折了我手,天賜與我這幾般兒歹症候,尚兀自不肯休」,痛快淋漓,嬉笑怒罵,表現出他風流倜儻的奇特個性。如他的《雙調‧新水令》

　　　　楚臺雲雨會巫峽,赴昨宵約來的期話。樓頭棲燕子,庭院已聞鴉,料想他家,收針指晚妝罷。

　　〔喬牌兒〕款將花徑踏,獨立在紗窗下。顫欽欽把不定心頭怕。

〔註8〕奚海:《元雜劇論》,河北教育出版社 2001 年版,第 238 頁。

不敢將小名呼咱，則索等候他。

〔雁兒落〕怕別人瞧見咱，掩映在酴醾架。等多時不見來，則索獨立在花陰下。

〔掛搭鉤〕等候多時不見他。這的是約下佳期話，莫不是貪睡人兒忘了那？伏冢在藍橋下。意慇惱卻待將他罵，聽得呀的門開，驀見如花。

〔豆葉黃〕髻挽烏雲，蟬鬢堆鴉；粉膩酥胸，臉襯紅霞，嫋娜腰肢更喜恰。堪講堪誇。比月裏嫦娥，媚媚孜孜，那更掙達。

〔七弟兄〕我這裏覓他，喚他，哎！女孩兒，果然道色膽天來大。懷兒裏摟抱著俏冤家，搵香腮悄語低低話。

〔梅花酒〕兩情濃，興轉佳。地權為床榻，月高燒銀蠟。夜深沉，人靜悄，低低的問如花，終是個女兒家。

〔收江南〕好風吹綻牡丹花，半合兒揉損絳裙紗，冷丁丁舌尖上送香茶，都不到半霎，森森一向遍身麻。

〔尾〕整烏雲欲把金蓮躧，紐回身再說些兒話：「你明夜個早些兒來，我專聽著紗窗外芭蕉葉兒上打。〔註9〕

套曲描寫一對青年男女的幽會，從等待、見面、接吻，直到「地權為床榻」的交媾，風格大膽、自然，毫無忸怩之態。再看他的《一半兒‧題情》：「碧紗窗外靜無人，跪在床頭忙要親。罵了個負心回轉身。雖是我話兒嗔，一半兒推辭一半兒肯」。詩裏完全是眞情的流露，火辣辣的欲望的噴泄，讓蒼白無力的「天理」見鬼去吧！再如白樸的《陽春曲‧題情》：「笑將紅袖遮紅燭，不放才郎夜看書，相偎相抱取歡娛。止不過疊應舉，及第待如何？」作者把男女的歡娛置功名之上，認為及第還不如兩情相偎更富有人生的樂趣。貫雲石的《中呂‧紅繡鞋》：「挨著靠著雲窗同坐，偎著抱著月枕雙歌，聽著數著愁著怕著早四更過。四更過情未足，情未足夜如梭。天哪，更閏一更兒妨甚麼。」把一對「偷情」人的熱烈相愛，既怕分離，但又不得不離的心態描繪得細膩逼眞，洋溢著人性美的氣息。

所有這些都說明，元曲突破了「發乎情，止乎禮義」等傳統觀念，毫無

〔註9〕徐徵等主編：《全元曲》（第一卷），河北教育出版社，1998年版，第718～719頁。

掩飾地表現愛情，顯示出全新的思想特徵。

其次，在人格理想上同傳統精神的背離。中國文人的傳統審美觀是在儒學的「中庸」思想指導下形成的以強調「溫柔敦厚」為特徵的審美人格，從而形成文人做事持平和的態度，不偏不離的為人準則。壓抑個性，以適應社會的規範，文人的最高人生理想便是所謂的「修身、齊家、治國、平天下」。經過數千年的積澱，儒家的這套人格理想已成為後來文人自覺追求的為人規範和終極目標。為了實現這種人生理想，人們必須積極入世，不斷進取，即使明知理想難以實現，也要有孔子那種「知其不可而為之（《論語·憲問》）的執著精神。

可元曲的作者們則不同，他們突破了「治國平天下」等傳統觀念，表現出看破功名利祿、陶醉隱逸生活的人生理想，顯示出全新的思想特徵。因為他們出身低下，社會將他們拋入娼丐之列，從而使他們突破傳統人格理想，表現出放縱自我，怡情山水，看破紅塵，陶醉仙境的人生追求。

這集中體現在占元雜劇八分之一的「神仙道化劇」中。這類戲曲和一味宣揚成仙思想的作品不大相同，它只是借用「神仙道化」的外殼，實際所表現的卻是作者對傳統觀念的突破和對新的人生理想的追求。

在元代由於文人的社會地位很低，經濟上的極度貧窮擊碎了他們美麗的人生夢，長達 81 年的停止科舉，又使他們的仕途之路被堵塞，從而使他們對封建政權的依賴比以往任何朝代都鬆散，於是促使他們用不同傳統的目光重新審視社會，調整自己的人生理想，蔑視傳統觀念，迸發出異樣的火花。這些「神仙道化劇」中的所謂的「神仙」，實際上都是穿著道服的文人，在他們身上，寄寓著元曲作者的思想感情。這些文人原本也想建功立業，希望能夠「治國平天下」，如《陳摶高臥》中的陳摶就說：「我往常讀書求進身，學劍隨時混，文能匡社稷，武可定乾坤，豪氣凌雲。」《莊周夢》裏的莊子「窗前十載用殷勤，多少虛名枉誤人。只為時乖心不遂，至今無路跳龍門」。《猿聽經》中的樵夫「想俺這讀書的空有經綸濟世之才藝」，「空學得五典皆通，九經背誦，成何用！鏟得將儒業參政，受了十載寒窗冷」。《黃梁夢》中的呂洞賓「自幼攻習儒業，今欲上朝進取功名」。他們儘管「胸中豪氣三千丈，筆下文才七步章」，但在「不論文章只論財」的元代，他們卻懷才不遇，仕進無門，只能發出聲聲憤怨：「將鳳凰池攔了前路，麒麟閣頂殺後門。便有那漢相如獻賦難求進，賈長沙痛苦誰僦問，董仲舒對策也無公論。便有那公孫弘撞不開

昭文館的虎牢關，司馬遷打不破編修院裏長蛇陣」。〔註10〕（《范張雞黍》）

　　在懷才不遇、仕進無門的情況下，他們轉而看破仕途，輕視功名，另換一種活法，像《誤入桃源》中的劉晨所說：「幼攻詩書，長同志趣，因見姦佞當朝，天下將亂，以此潛形林壑之間」。既然在社會現實中無法實現「治國平天下」和建立功業的人生理想，他們索性優遊林泉，怡情山水，在大自然中寄託他們的人生情趣，從而消解了傳統觀念中社會政治功利因素，表現出傳統文人少有的曠達，吟誦出一曲曲讚美隱居的樂章：

　　　　香滲滲落松花把山路迷，密匝匝長苔痕將野徑封，靜巉巉鎖煙霞古崖閒洞，高聳聳接星河峭壁巑峰，鬧炒炒棲鴉噪暮天，悲切切玄猿嘯晚風，絮叨叨鷓鴣啼轉行不動，磣磕磕踞虎豹跨上虬龍，白茫茫遍觀山下雲深處，黃滾滾咫尺人間路不通，眼睜睜難辨西東。（《誤入桃源》）

　　　　疏竹瀟瀟，落葉飄飄，有人來到，言語低高，則道是鶴鳴九皋，開開門觀覷了，山庵中靜悄悄。（《任風子》）

　　　　漁船纜住收罾網，酒旗搖處沽春釀，暢情時酌一壺，開懷時飲幾觴。（《七里灘》）

　　　　臥一榻清風，看一輪明月，蓋一片白雲，枕一塊頑石，直睡的陵遷谷變，石爛松枯，斗轉星移。（《陳摶高臥》）

這些曲詞，無不表現了文人陶醉隱逸生活、看破滾滾紅塵的人生情趣，但它決不是醉生夢死的混世，也更不是完全忘卻人世的消極遁世，而是在現實的無奈之時對人生、歷史的一種理性的思考所做出的理性抉擇。正如劉彥君所說：「當他們在政治歸屬運動中成為失敗者之後，就把目光轉向自然，轉向傾斜的人生。他們在紅塵裏放浪，在山林裏隱逸，企圖尋求一種心靈的歸宿。」〔註11〕於是他們有意突破傳統文人的理想人格，對功名利祿重新評判，想到人生短暫豈能被虛幻的名利牽？他們便對功名利祿進行了重新評價：「古人英雄，今安在哉！華容路這壁是曹操遺跡，烏江岸那壁是霸王故址。曹操奸雄，夜眠圓枕，日飲鴆酒；三分霸王，有喑啞叱吒之勇，舉鼎拔山之力，今安在哉？（《岳陽樓》）「歲月如流水，消磨盡自古豪傑，蓋世功名總是空。」

〔註10〕臧晉叔：《元曲選》，中華書局，1958年版，第953頁。
〔註11〕劉彥君：《元雜劇作家心理現實中的二難情結》，《文學遺產》，1993年第5期。

（白樸《喬木査・對景》）在他們看來，曹操、項羽這些功名蓋世的英雄豪傑，只不過是歷史長河中的匆匆過客，隨著歲月的流逝，早已灰飛煙滅，而其所謂的「蓋世功名」，到頭來亦如一場空夢。功名利祿既被看破，則唯有短暫的人生值得珍惜：「爲興亡笑罷還悲嘆，不覺的斜陽又晚，想咱這百年人則在這撚指中間。」（《岳陽樓》）於是他們從傳統觀念中跳出，大聲宣告「利名竭，是非絕，紅塵不向門前惹」，（馬致遠《夜行船・秋思》）人生是有限的，紅塵是險惡的，何必苦留此處。而應該「意馬收，心猿鎖，跳出紅塵惡風波。槐陰午夢驚破。離了名利場，鑽入安樂窩，閒快樂」。（關漢卿《四塊玉・閒適》）在他們看來，社會黑暗，塵世險惡，醉心名利，必惹是非，只有擺脫名韁利鎖的束縛，才可在隱逸生活中安享人生樂趣。由於看破功名利祿，陶醉隱逸生活，因此他們對相關歷史人物的評判價值也與傳統觀念大不相同，受傳統文人尊崇的屈原、賈誼受到否定，范蠡、張良、陶淵明等功成身退的人物成了他們人生理想的榜樣，「怎學他屈原湘水，怎學他賈誼長沙？情願做歸湖范蠡，情願做噀酒的欒巴」，（《誤入桃源》）「學列子乘風，子房歸道，陶令休官，范蠡歸湖」（《任風子》）「休想楚三閭肯跳汨羅江」（《貶夜郎》）。張養浩甚至說屈原跳入汨羅江是「空快活了湘江魚蝦蟹，先生暢好是胡來」。（《中呂・普天樂》）這裏共涉及到對七個歷史人物的評價。屈原和賈誼都積極追求功業，爲實現「治國平天下」的人生理想而奮鬥終生，被傳統觀念視爲文人效法的榜樣，但元曲作者卻認爲他們不值得效法，這種看法當然是反傳統的。范蠡和張良是「功名身退」的代表人物，雖然傳統觀念和元曲作者都對這二人予以肯定，但側重點不同。傳統觀念看重的是他們在「身退」之前的「功成」，即他們都曾建立了蓋世功業；而元曲作者看重的是二人在「功成」之後的「身退」，即他們最終都走向隱逸。陶潛是典型的棄官歸隱者，元曲作者效法他，自可見其對隱逸生活的嚮往。至於列子和欒巴，原本都是道家人物。列子後被道教奉爲神仙。欒巴是東漢順帝至靈帝間人，少而好學，不務俗事，雖曾做官，非其所好，《後漢書》有其傳記，道教《神仙傳》又載他有「噀（即『噴』）酒爲雨以滅火」的法術。無論是道家人物還是道教神仙，都與隱逸生活相聯繫，而與儒家「治國平天下」的傳統觀念毫不相涉。元曲作者效法這兩個人物，其人生理想不言自明。

所以這些都說明，元曲突破了「治國平天下」的傳統觀念，表現了看破功名利祿、陶醉隱逸生活的人生理想，顯示出全新的思想特徵。

　　再次，元曲的批判精神突破了傳統的「美刺」觀。我國傳統詩學強調「溫柔敦厚」、「怨而不怒」，正所謂《毛詩序》所說：「上以風化下，下以風刺上，主文而譎諫，言之者無罪，聞之者足以戒。」文學作品雖然可以揭露批判社會，甚至可以批評最高統治者，但不能毫無忌諱地揭露批判，也只能「主於文辭而托之以諫」，遵循「溫柔敦厚」、「怨而不怒」等原則，即不能直言其過，只能和顏悅色地微言諷刺，情緒可怨而不可怒。這樣做的目的，就在於給統治者留些面子，不要使其過於難堪。

　　元曲則有意背離這一傳統，它突破了「主文而譎諫」等傳統觀念，毫無忌諱地揭露批判社會現實，嬉笑怒罵，無拘無束，酣暢淋漓，自由狂放，表現出奇峭的藝術風格，朱權將其稱之爲「不諱體」〔註12〕，沈德符稱之爲「蒜酪」〔註13〕風味，具有北方草原文化的奔放與辛辣風格。

　　身爲「驅梨園領袖，總編修帥首，撚雜劇班頭」的關漢卿的劇作，就是這方面的代表。他對黑暗的社會有深刻的認識，對廣大人民的苦難有著全面的體會，於是他通過雜劇揭露社會的黑暗，表達人民的心聲。正如王季思先生所說：「關漢卿的戲曲作品有不少是直接從當時社會現實汲取題材的。當元朝貴族統治中國的時候，中國封建社會內部的黑暗勢力跟他們勾結起來沈重地壓在中國人民的頭上。中國人民內部有的屈服、逃避，有的起來反抗，更多的是暫時忍耐下來等待時機。關漢卿在作品裏反映這些現象時，不是像照相機一樣無動於衷地把這些不同人物的生活面貌攝影下來，而是熱烈歌頌那些敢於對敵鬥爭的英雄，批判那些對黑暗勢力屈服的軟蟲，大膽揭露當時騎在人民頭上作威作福的各種醜惡的嘴臉。」〔註14〕他的代表作《竇娥冤》對貪官當道、好人受欺的黑暗社會予以有力鞭撻，尤其是竇娥臨刑前所唱的「地也，你不分好歹何爲地？天也，你錯勘賢愚枉爲天」，矛頭直指封建「天道」思想，徹底揭露批判了其欺騙人民群眾的反動本質。《蝴蝶夢》、《魯齋郎》以及無名氏的《陳州糶米》都對社會的黑暗勢力「權豪勢要」進行了深刻的揭

〔註12〕 朱權在《太和正音譜》將「樂府」分爲 15 體，其中講「盛元體」時說：「快然有雍熙之治，字句皆無忌憚，又曰『不諱體』。」見《錄鬼簿》（外四種），上海古籍出版社，1978 年版，第 122 頁。

〔註13〕 沈德符《顧曲雜言・絃索入曲》：「嘉、隆間度曲知音者，有松江何元朗，蓄家僮習唱，一時優人俱避舍，以所唱俱北詞，尚得金、元蒜酪遺風。」見《中國古典戲曲論著集成》（四），第 204 頁。

〔註14〕 王季思：《玉輪軒曲論》，中華書局，1980 年版，第 71 頁。

露和有力的批判。《追韓信》、《氣英布》和《賺蒯通》毫無忌諱地對最高封建統治者殺害功臣良將的反動本質進行了揭露批判：「兀的不是狡兔死走狗僵，高鳥盡良弓藏？」（《賺蒯通》）《趙氏孤兒》塑造了以程嬰爲首的一大批捨身成義的悲劇英雄，洋溢著悲劇酣暢淋漓的崇高美；《豫讓吞炭》展示了豫讓重義輕生的豪俠氣概，具有攝人心魂的悲壯美；《介之推》既讚頌了介之推的忠義精神，又揭露了晉文公僞善兇殘的本性：「不爭你個晉文公烈火把功臣盡，枉惹得萬萬載朝廷議論；常想趙盾捧車輪，也不似你個當今帝主狠」。另外，《凍蘇秦》、《誶范叔》、《王粲登樓》、《貶夜郎》和《赤壁賦》等都是以古諷今，無論是蘇秦、范雎，還是王粲、蘇軾，實際上在他們身上表現的都是元代文人懷才不遇的現實遭際，戲曲通過他們對元代黑暗的現實進行了無情的揭露和批判。

在散曲中更具有這種「蒜酪」風味。大量作品直抒性情，揭露黑暗，懷疑權威，張揚個性。他們把批判的矛頭直指封建的最高統治者，如薛昂夫的《中呂·朝天子》：「沛公，大風，也得文章用。卻教猛士歎良弓，多了雲遊夢。駕馭英雄，能擒能縱，無人出彀中。後宮，外宗，險把炎劉並。」這是專門揭露批判漢高祖劉邦的：劉邦雖然在《大風歌》詩中說「安得猛士兮守四方」，但他卻將眞正的猛士（功臣良將）殺戮殆盡，使其發出「高鳥盡，良弓藏」的慨歎，可見他言行不一；劉邦對功臣良將設置圈套，時擒時縱，使其常懷畏懼，俯首聽命，可見他善於玩弄權術；劉邦擔心功臣良將造反，將其殺戮殆盡，但後來險些篡奪劉漢政權的卻是他的妻子呂后家族，可見他聰明險被聰明誤。睢景臣的《哨遍·高祖還鄉》從一個深知劉邦底細的迎駕鄉民的視角，把做了皇帝的劉邦榮歸故里的「盛典」寫成一齣滑稽可笑的諷刺喜劇，趾高氣揚、惆躕滿志的漢高祖劉邦，在鄉民眼中只不過是個流氓無賴而已，從而撕下了封建帝王神聖的虛僞面紗，對至高無上的皇權進行了大膽的揶揄和恣意嘲弄，淋漓痛快，生動潑辣，幽默風趣，具有「蒜酪」風味。再如傳遍大江南北的無名氏《正宮·醉太平》：「堂堂大元，姦佞專權，開河變鈔禍根源，惹紅巾萬千。官法濫，刑法重，黎民怨；人吃人，鈔買鈔，何曾見；賊做官，官做賊，混愚賢。哀哉可憐！」揭露和控訴「大元」朝政的腐敗和對人民的殘酷剝削和壓迫，反映了人民群眾的深重苦難和官逼民反的社會因素，情辭激越，痛快淋漓，猶如一篇義正辭嚴的戰鬥檄文。張養浩《潼關懷古》中的「興，百姓苦；亡，百姓苦」這一具有歷史規律性的吶喊，更

突破歷代文人懷古詩抒發個人情懷的傳統主題，揭示了在封建制度不加改變的大前提下歷史發展的必然規律：無論封建王朝如何興亡更替，百姓始終擺脫不了受苦受難的悲慘命運。該曲對歷史規律的揭示，實際就是對封建制度本身的一種更深層次的揭露批判。

第三節　元曲背離傳統精神的社會文化因素

元曲為什麼會表現出對傳統文學精神的背離？我們應該從元代的社會、文化和審美風尚等方面因素來考察，上一章在談論元雜劇繁榮的原因時已有涉及此問題的一些文字，故此處僅作以簡單補充。

首先，蒙古人入主中原，帶來了遊牧文化和中原的農業文化的衝突和融合，有利於人們的思想從傳統的思想文化中解放出來，接受新的文化特質，背離傳統的文化精神，正如王季思先生在《元曲的時代精神和我們的時代感受》中說：「由於我們在考察元代的時代特徵時，過分強調了民族之間的衝突、鬥爭，看不見當時不同民族之間有互相轉化、互相融合的一面。至於當時北方契丹、女眞、蒙古等族的尚武精神，在歌曲和音樂上的積極影響，更少注意。而把元曲的時代精神只理解為反抗民族壓迫，這是未免狹隘和片面的。」誠然如此，蒙古人建立元朝後，確實給中原的傳統文化帶來很大的破壞，但同時也給已接近僵化的中原傳統文化輸入了新生命的因子。「元代又是一個活力抒發的時代，蒙古鐵蹄以草原游牧民族勇猛進取的性格席卷南下，漢唐以來漸趨衰老的封建帝國被輸入率意進取的精神因子。隨著原社會僵硬軀殼的破壞，長期被嚴格束縛的種種和封建社會主體理論離心的思想情緒也乘隙得以暫時抒放。於是，整個社會的思想文化處於一種失去原有重心和平衡的混沌狀態。雖然元統治者對漢文化體系中能有效維繫統治的正統意識形態，也十分重視並加以提倡，但是，對傳統理性和政治現實懷疑、漠視、厭惡乃至反對的心理與情緒，仍然執著地彌漫於社會各階層中，尤其是下層社會。這種時代心理的典型具象化，就是輝映千古的元雜劇。」〔註 15〕元代社會蒙古人成為統治的中心，他們作出和中原統治者所不同的審美選擇，更重視文化的愉悅性。《蒙古秘史》就說：「蒙古人歡樂，跳躍，聚宴，快活。奉忽圖刺後，在枝葉茂密蓬鬆如蓋的樹周圍，一直跳躍到出現沒肋的深溝，形成沒膝

〔註15〕馮天瑜：《中華文化史》，上海人民出版社，1990 年版，第 717 頁。

的塵土。」加之，他們漢化的程度很低，不瞭解中原文化在維護封建統治中的重要作用，更多的是從娛樂的需要來選擇，因而傳統的詩文受到冷落，代之而興的元曲受到歡迎。蒙古民族的能歌善舞，草牧文化的豪邁奔放，給原來的中原文化輸入「異質」，「爲積澱深厚的儒家禮法撕裂了一條縫，使得各種被壓抑、深隱的思想能夠放縱，脫籠而出，」〔註16〕從而使元曲可以突破傳統文學的「溫柔敦厚」「怨而不怒」的審美風尚，表現出草牧文化所影響的豪邁奔放、敢愛敢恨，不受約束的文化特質。

其次，由於元代統治者尚武輕文，看不到儒學對穩定統治的作用，因此，入主中原以後停止科考長達八十年，從而使文人社會地位非常低下，他們原有的理想信仰、人格追求和惡劣的現實存在之間產生了極度的不協調，從而使他們的理想人格發生變異，形成多面的人生追求：外在的放浪形骸，樂山好水，而內心深處卻拂拭不去的現實的不得志的憤懣。

元代文人的人格結構，普遍呈現出儒、道、釋融合的特徵，如元代著名畫家倪瓚在《良常張先生像贊》所說：「誦詩讀書，佩先師之格言。登山臨水，得曠士之樂全。非仕非隱，其幾其天。雲不雨而常潤，玉雖工而匪鐫。其據於儒，依於老，逃於禪者歟？」元代的文人自幼就受到儒學的熏陶，篤信儒學的信條，形成其濟世報國的人格理想。但元代是蒙古人的天下，漢族失去其中心位置，淪爲邊緣民族，受到歧視，文人像往朝通過科舉一朝天下聞的理想化爲泡影，於是只好在道教與禪宗中尋找精神的避難所，但又時時流露出對儒學理想的懷戀。因此，元曲的作家們的人格結構便表現爲鬥士、隱士和浪子的三位一體。儒家的「修、齊、治、平」理想使他們具有極強的參政欲望，但現實的黑暗、科舉的廢止，堵塞了他們的進身之途，這便使他們中有些人「絕意仕進」，同統治階級產生離心，如關漢卿等，從而大膽揭露社會政治的黑暗，成爲勇敢的鬥士。但他們「門第卑微，職位不振」，面對著強大的黑暗現實也只能「讀書人一聲長歎」，於是迫不得已他們只能換一種活法，或者逃入山林，皈依全眞，這便是以馬致遠爲代表的「神仙道化劇」產生的社會根源；或者混迹勾欄，與優伶娼妓爲伴，放縱人欲，以此表現自己對現實的不滿，這便是元曲中歌頌人欲思想形成的根源。

總而言之，由於元代蒙古族入主中原，遊牧文化給幾千年已近乎衰微的

〔註16〕劉禎：《元代審美風尚特徵論》，《中國文化研究》，2001 年（夏之卷），第 78 頁。

中原農業文化輸入「異質」，使傳統的儒家詩學精神被撕破，新思想的靈光閃現。再加之元代科舉長期被廢止，文人淪落爲娼丐之列，貧窮的生活吞噬了他們的傳統人格理想，從而使他們與傳統的觀念不得不產生一種背離情緒，以新的生活方式消解自己內心的憤懣，這就是元曲所表現出的對傳統文學精神背離的文化因素，也是元曲繁榮的主要原由。

第四章　天理與人欲

　　馬克思說：「人與人之間直接的、自然的、必然的關係是男女關係。在這種自然的、類的關係中，人同自然的關係就是人和人的關係，而人和人之間的關係直接就是人和自然的關係就是他自己的自然規定。因此，這種關係通過感性的形式，作爲一種顯而易見的事實，表現出人的本質在任何程度上對人來說成了自然，或者自然在何種程度上成了人具有的人的本質。」「男女之間的關係是人和人之間的最自然的關係。因此，這種關係表明人的自然的行爲在何種程度上成了人的行爲，或者人的本質在何種程度上對人來說成了自然的本質。」〔註1〕馬克思從人的本質的角度說明男女兩性間的關係，是自從有了人類以來就存在的，並且是人類最自然的關係。作爲表現人的感情的文學，必然要表現人兩性之間的感情，故愛情是文學的永恒主題。翻開中國文學史，表現男女之間相悅、相思、相愛的詩歌、小說比比皆是。在元雜劇中描寫愛情的戲劇更是占著很重的分量，有四十餘種，占四分之一，其涉及的內容相當廣泛，從其敘事類型來看，既有帝妃劇、才子佳人劇、士子妓女劇；也有民間村婦之愛情婚姻劇。既繼承了傳統的愛情敘事作品的內容，又閃現出元代新思想的火花；既具有傳統文化精神，又蘊藏著新文化的因子。透過這些作品，我們不但能夠欣賞到一個個有血有肉、敢愛敢恨、生動感人的藝術形象，更能從她們身上嗅出具有與傳統愛情劇不同的新思想的馨息，展現出豐富的文化思想意蘊。

〔註1〕馬克思：《1844年經濟學——哲學手稿》，人民出版社，1985年版，第76頁。

第一節　傳統女性文化及愛情婚姻劇的文化模式

　　馬克思說：「沒有婦女的酵素就不可能有偉大的社會變革。社會的進步可以用女性（醜的也包括在內）的社會地位來精確的衡量。」〔註2〕誠然如是，我們要考察一個社會進步的程度，就可由婦女在其內的地位來審視。回顧漫漫中國歷史，我們可以驚訝地發現：元雜劇中的女性，在中國女性史上可說是處在一種特立的地位。

一、扼殺女性靈光的傳統女性文化

　　在漫長的人類發展史上，自母系氏族社會之後，男性便作為統治者創造了男性社會的經濟、政治、文化，尤其在愛情與婚姻中男性便一直處於支配地位。女性作為人的本質的社會屬性和主體原則被徹底地泯滅了。她們必須適應男性文化的要求，維護男權社會的文化規範；她們的使命就是按照男人的意志給男人傳宗接代，成為男權的附庸。歷史可以追溯到中華文明與精神文化的開創期——周代，其時即確立了華夏民族性別文化結構的基本內核，男尊女卑逐漸成為一種被社會認可的價值判斷。周代的文化經典《周易・繫辭傳上》就稱：「天尊地卑，乾坤定矣；卑高以陳，貴賤位矣」，「乾道成男，坤道成女」。在愛情婚姻上，女性只能服從男性，只能圍於家務之中，如果參與政治將被視為不吉利。如《史記・周本紀》載：「古人有言『牝雞無晨。牝雞之晨，惟家之索』。今殷王紂維婦人言用，自棄其先祖肆祀不答，昏棄其家國，遺其王父母弟不用，乃維四方之多罪逋逃是崇是長，是信是使，俾暴虐於百姓，以姦軌於商國。」將紂王的虐政都歸罪於女人的參政。故先秦史籍裏幾乎看不到婦女參加政治活動的記載，偶而有之如趙威后，亦為時很短，影響甚微。而對女子的要求更多的是在家庭內，女人被視為與「小人」同列，「唯女人與小人為難養也；近之則不遜，遠之則怨。」（《論語・陽貨》）在婚姻上男女要有別，《禮記・哀公問》中載（哀公）曰：「敢問為政如之何？」孔子對曰：「夫婦別，父子親，君臣嚴。三者正，則庶物從之矣。」《禮記・郊特牲》中云：「男帥女，女從男，夫婦之義，由此始也。」孟子更是把「男女授受不親」視為「禮」。《孟子・離婁》篇云：「淳于髡曰：『男女授受不親，禮與？』孟子曰：『禮也。』曰：『嫂溺則援之以手乎？』曰：『嫂溺不援，是

<hr />

〔註2〕馬克思：《致路德維希・庫格曼》，《馬克思恩格斯全集》，第32卷，人民出版社，1962年版，第571頁。

豺狼也。男女授受不親，禮也；嫂溺，援之以手，權也。』」孟子從儒家的倫理出發，要求女子要守規範，不可「不待父母之命，媒妁之言，鑽穴隙相窺，逾牆相從。」〔註3〕管子也對在男女之情中女子私奔予以批評：「婦人之求夫家也，必用媒然後家事成；求夫家而不用媒，則醜恥而人不信也，故曰：『自媒之女，醜而不信。』」〔註4〕在孔子等人的努力闡釋下儒家的這些經典論斷，逐漸演化爲一種對女性行爲要求的規範。但在周代，還未完全成爲套在女子頭上的枷鎖，如經孔子修訂的《詩經》中仍然保留了大量表現男女火辣辣情愛的篇章，如《摽有梅》、《靜女》等，都毫不掩飾地表現出男女追求愛情的熱望，洋溢著人性美的氣息，可以看出周代儘管是一個禮儀時代，但男女間的情感還未受到嚴格的鉗制。

　　秦漢時期，統治者進一步以法令的形式加強禮教的推行，董仲舒繼承了先秦儒家的思想，把男女關係與陰陽關係對應，並借用法家思想推演出「三綱」之說，強調君、父、夫對臣、子、妻的絕對支配權力。他認爲天有陰陽，人有男女，「君臣、父子、夫婦之義，皆取諸陰陽之道。君爲陽，臣爲陰；父爲陽，子爲陰；夫爲陽，妻爲陰。」（《春秋繁露・卷十二》）「陰者陽之助也，陽者歲之主也」。（卷十一）「丈夫雖賤，皆爲陽，婦人雖貴，皆爲陰」（卷十一）。班固進一步發展了董仲舒的理論，指出「所謂稱三綱何？一陰一陽謂之道，陽得陰而成，陰得陽而序，剛柔相配，……三綱法天地人」「夫婦者何謂也？夫者扶也，以道扶接也；婦者服也，以禮屈服。」〔註5〕他的妹妹班昭的《女誡》便是一部專門制約女子行爲的書，將男尊女卑觀進一步理論化，對後世女子影響極大。《女誡》七篇，認爲「陰陽殊性，男女異行。陽以剛爲德，陰以柔爲用；男以強爲貴，女以弱爲美。」她還對「三從」「四德」進行了詳細的闡釋，強調「敬順之道，婦人之大禮也。」進一步強化了男權意識對女子的支配。比班昭略早的西漢經學家、文學家劉向的《列女傳》，分爲母儀、賢明、仁智、貞順、節義、辨通、嬖孽七個部分，採錄了一些女子的賢行懿德，作爲其它女子學習的榜樣，對後世女子影響也很大。

　　南北朝以降，至唐及宋，對女子的行要求更加完備。唐太宗皇后的《女則》，宋代司馬光的《家範》，都進一步對女子的行爲提出了嚴密的要求，尤

〔註3〕楊伯峻：《孟子譯注》，中華書局，1960年版，第143頁。
〔註4〕趙守正：《管子注譯・形勢解》，廣西人民出版社，1982年版，第189頁。
〔註5〕班固：《三綱六紀》，《白虎通疏證》（上），中華書局，1994年版，第376頁。

其是程朱理學更是達到了不盡人情的地步。朱熹就說：「一家之中，須有內外各正，方成家道。利女貞，非女自貞，是齊家之君子正之也。論正家之道，責任在男；論正家之化，必先觀女。門內恩勝之地，倘婦順不彰，就成爲陽教之累，所以正家莫要於利女貞。」〔註6〕

如此的傳統女性文化，形成了一張對女性控制的無形的大網。它是中國傳統文化的一部分，滲透著男權觀念，它要求女性的一言一行應該服從於男人的需求，女人要有德有容，以柔爲美，「三從四德」更是其行爲準則。由於傳統女性文化的要求，女子在愛情婚姻上完全是處於被動地位，女人只能把自己塑造成符合男性標準的所謂「女性」，她們完全失去了選擇的權利。因爲那些封建的倫理綱常已經滲入到她們的骨髓，控制著她們的靈魂。因此在官方的正史裏更多的是那些所謂的列女貞女，很少見到閃耀著情慾靈光的女子。只有在民間的文學園地裏偶而可以看到瑞香的女子。

受傳統文化的影響，在中國古代文學的長河中形成的描寫女性愛情婚姻的作品必然帶有傳統文化的因子，所以我們只有在傳統女性文化的大框架、大背景下研究元雜劇中的愛情婚姻劇中的女性形象，才能更加展示出元雜劇裏美麗的女性世界來，顯示出她不同前代的個性。

二、元以前的愛情婚姻敍述模式

英國心理學家和文學理論家 M・鮑特金說：「有一些題材具有特殊形式和模式，這個形式或模式在一個時代又一個時代的變化中一直保持下來，並且這個形式或模式是被這個題材所感動的人的心靈中的那些感情傾向的某一模式或配搭相呼應的。」〔註7〕誠然如是，由於一些題材被人們反覆寫作，從而形成固定的形式，這種固定的形式又被人們認可，便形成了模式。而在這一模式中必然又帶有某一民族文化的基因。如我國古代的愛情婚姻題材的文學作品的敍事模式就具有我國傳統文化的因子和我們華夏民族的心理和審美情趣。

1. 神人戀愛模式。這種模式起源可追溯到《楚辭》，《楚辭》中的《九歌》諸神都被描繪成溫柔美貌多情的女性，《山鬼》、《湘君》、《湘夫人》等篇，在濃鬱的愛情氛圍中描繪的神都有人的感情、人的欲望和快樂痛苦這種人神交

〔註6〕《易經問卜今譯》，天津社會科學出版社，1993年，第241頁。
〔註7〕〔英〕M・鮑特金：《悲劇詩歌中的原型模式》，見葉舒憲編《神話——原型批評》，陝西師範大學出版社，1987年，第121頁。

融的特點，對人神戀模式有很大影響。宋玉的《高唐賦》、《神女賦》及曹植的《洛神賦》，正式開啓了「人神戀」的模式。《神女賦》序言：「楚襄王與宋玉遊於雲夢之浦，使玉賦高唐之事。其夜玉寢，夢於神女遇。」作品突出的是相聚的短暫，相思的綿綿：「迴腸傷氣，顛倒失據。黯然而瞑，忽不知處。情獨私懷，誰人可語。惆悵垂涕，求之至曙。」〔註8〕曹植的《洛神賦》將此感情寫得更加感人凄苦：「於是背下陵高，足往神留。遺情想像，顧望懷愁。冀靈體之復形，御輕舟而上溯。浮長川而忘反，思綿綿而增慕。夜耿耿而不寐，沾繁霜而至曙。命僕夫而就駕，吾將歸夫東路。攬騑轡以抗策，悵盤桓而不能去。」〔註9〕這類愛情模式具有濃濃的相思苦情，人神戀情儘管很美，但佳期短暫，思意綿綿。

此外，大量的小說如《穆天子傳》、《漢武內傳》進一步發展了這一模式。《太平廣記》裏收錄了大量人神戀的美好故事，如卷六十一「天台二女」載：

> 《搜神記》：「劉晨、阮肇入天台採藥，遠不得返。遇二女子，（後）歸思甚苦，女遂相送指示還路，鄉邑零落，已十世矣。」

再如六十五卷「趙旭」條載：

> 《通幽記》：「天水趙旭，少孤介好學，遇一女子爲青夫人。夫妻既同歡洽，夫人曰：『慎勿言之世人吾不相棄也。』後旭奴泄此事。當分別，悲不自勝。青夫人悚身而上。」

六十八卷「封陟」條載：

> 《傳奇》：「寶曆中，有封陟孝廉者，居於少室。……見一仙妹，稱上元夫人。夫人曰：『慕其眞樸，愛以孤標。』封居之。」

在此類故事中顯然加強了情愛的歡愉因素，尤其是女子在情愛中的主動性，表現出與正統文學不同的文化態勢。

在唐人小說中「人神戀」模式得到進一步發展，並具有唐代文人的閒暇生活的品味。如《遊仙窟》、《汝陰人》，實則表現了文人對傾心女子的豔遇嚮往。較好的篇章如《裴航》、《柳毅》、《張無頗》等寫人神相戀、結爲夫妻，或飄然而去，同歸仙境；或爲凡間夫妻，白頭偕老的美麗故事，「蘊涵著寒士對高門的嚮往心態，渴望衝破門閥婚姻的樊籬，追求婚姻的自由平等，以及

〔註8〕魏耕原：《歷代小賦觀止》，陝西教育出版社，1998年，第8頁。
〔註9〕魏耕原：《歷代小賦觀止》，陝西教育出版社，1998年，第162頁。

對封建制度和封建家長阻礙自由婚戀表示不滿和反抗。」〔註10〕這類作品對後世文學有積極影響，元雜劇中的人神戀愛劇目可以說直接繼承並發展了這類作品的精神。

2. 帝妃戀模式。這類模式可追溯到西漢司馬相如的《長門賦》。《長門賦》序云：「孝武帝陳皇后時得倖，頗妒。別在長門宮，愁悶悲思，聞蜀郡成都司馬相如天下工為文，奉黃金百斤為相如、文君取酒，因於解悲愁之辭，而相如為文以悟主上，陳皇后復得倖。」〔註11〕《漢書‧外戚傳》也記載了陳皇后失寵退居長門之事。此賦寫陳皇后謫居長門，獨自一人，形容枯槁，自省自咎，甚為感人。此外，漢武帝的《李夫人賦》表現了漢武帝對寵妃李夫人盛年而逝的追悼與思念，表現了一片真誠之心。其後，漢元帝與王昭君的故事經《漢書》、《後漢書》的記載，尤其是葛洪的《西京雜記》的渲染，逐漸形成了帝妃戀的模式。此類故事的壓卷之作當屬李隆基與楊玉環的愛情故事，其影響之大直到今日的熒屏。

3. 棄婦模式。常言道，婚姻是愛情的墳墓。尤其在封建社會，婚姻的主動權掌握在男子手裏，女子稍有不對，甚至無錯，只要失去了男子對她的愛心，她被休的悲慘命運必然降臨。《大戴禮記‧本命》就說：「婦有七去：不順父母，去；無子，去；淫，去；妒，去；有惡疾，去；多言，去；盜竊，去。」因此，只要男人不高興，他可以隨便找藉口休了妻子。故棄婦模式產生較早，可追溯到《詩經》中的《氓》、《谷風》等詩，漢樂府中的《上山採蘼蕪》、《孔雀東南飛》等作品進一步使其定型。此類作品有對負心男子的譴責，表現女子的理性反思，揭示在婚姻上男女的不平等地位，如《氓》中的女子被休是因為「士貳其行」；也有對破壞男女青年婚姻幸福的封建家長的揭露的如《孔雀東南飛》。在唐傳奇小說中，此類故事多演化風流書生為貪功名，對可心女子的「始亂終棄」，如《霍小玉傳》、《鶯鶯傳》等，都表現了女子的悲劇人生。鶯鶯被自己一心所愛的人污蔑為「不妖其身，必妖於人」的「尤物」而被棄，自己也甘於認命。霍小玉比鶯鶯剛烈，她痛斥背信棄義的李益「我為女子，薄命如斯，君是丈夫，負心若此！韶顏稚齒，飲恨而終；慈母在堂，不能供養；綺羅絃管，從此永休。徵痛黃泉，皆君所致。李君李君，

〔註10〕 謝真元：《唐人小說中神戀模式及其文化意蘊》，《社會科學研究》，1999年第4期。
〔註11〕 魏耕原：《歷代小賦觀止》，陝西人民出版社，1998年版，第33頁。

今日永訣！我死之後，必爲厲鬼，使君妻妾，終日不安。」〔註12〕表現出她萬分的悲憤，既突出了她的烈性，也突出了她的淒怨。此類模式，在元雜劇裏除《瀟湘雨》外幾乎沒有，這正表現出唐元兩代文人的不同生活和不同心態在作品中的不同體現。

　　4. 才子佳人模式。此類模式可以上溯到《史記・司馬相如列傳》記述的司馬相如和卓文君的愛情故事。臨邛首富「卓王孫有女文君新寡，好音，故相如繆與令相重，而以琴心挑之。」「文君竊從戶窺之，心悅而好之，恐不得當也。既罷，相如乃使人重賜文君侍者通殷勤。文君夜亡奔相如，相如乃與馳歸成都。」〔註13〕「才子佳人」成爲一種模式，初現於唐人小說。如唐人李隱在《瀟湘錄・呼延冀》中云：「妾既與君匹配，諸鄰皆謂之才子佳人。」才子佳人的愛情模式是古代文人的理想婚姻模式。正如柳永所言：「須信畫堂繡閣，皓月清風，忍把光陰輕棄。自古及今，佳人才子，少得當年雙美，且恁相偎依，未消得憐我，多才多藝，願奶奶，枕前言下，表余深意。爲盟誓，今生斷不孤鴛被。」〔註14〕描繪出才子佳人愜意纏綿的美好生活。唐傳奇中的《離魂記》、《柳毅傳》、《鶯鶯傳》、《李娃傳》等都是才子佳人愛情的傑作。到了元雜劇，這一模式呈現繁盛狀況，致使此類作品成爲元雜劇愛情劇的主流，也是本章下面重點論述的話語。

第二節　與唐傳奇愛情小說不同的文化視角

　　元雜劇的愛情劇可以說與唐傳奇愛情小說具有密切的關係，唐傳奇中的愛情婚姻題材的名篇《李娃傳》、《鶯鶯傳》、《離魂記》、《柳毅傳》、《柳氏傳》等分別被元人改編爲《曲江池》、《西廂記》、《倩女離魂》、《柳毅傳書》和《金錢記》。這些作品大都保留了原作的情節框架，但就其思想意義和文化視角顯然要比唐傳奇高一籌，表現出新的文化品位。

一、不同的文化品位

　　唐傳奇的文化視角主要是以男權視角來敘述故事，作品的文化品位是對

〔註12〕施瑛：《唐代傳奇選譯》，上海古籍出版社，1980年，第74頁。
〔註13〕司馬遷：《史記》（九），中華書局，1959年版，第3000頁。
〔註14〕柳永：《樂章集・玉女搖仙佩》，見羊春秋的《宋十大名家詞》，嶽麓書社，1990年版。

男子「豔遇」之情的津津樂道，愛情僅僅是作爲這些士子才人在博取功名途中遇到挫折時的安慰劑，那些個美豔的女子只不過是他們「搵英雄淚」的紅顏知己。而元雜劇則重在歌頌男女之間的眞情，突出女子對愛情的熱望，讚頌她們對愛情的忠貞。下面就通過選材於唐傳奇的幾部戲與原作作以比較來說明這一問題。

　　如白行簡的《李娃傳》的思想核心是展現唐代文人在科舉制下功名與情慾的矛盾，表層是士子與妓女的愛情傳奇，深層則是一場理智與情感的現實風暴。雖然士子與狹邪的交往極豔稱於當世，但交往愈深，自然情慾與社會功利追求之間的矛盾愈顯，政治追求與女色誘惑在胸中激烈交戰，士子的人生重負受到情愛的嚴峻挑戰，矛盾交織的情愛往往使士子陷入困境。榮陽公子抵長安「應鄉賦秀才舉」，卻沉迷於「妖姿要妙，絕代未有」的妓女李娃，以至於「資財僕馬蕩然」，被趕出妓院，淪爲「以乞食爲事」的乞丐，後經李娃幫助，又獲科業的成功。小說展示了榮陽公子在功名與情慾間的徘徊，揭示了正值「弱冠」之年的青年，「男女之際，大欲存焉。情苟相得，雖父母之命，不能制也。」故面對美妓，他難以抵抗誘惑，結果很快墜入與李娃的「枕席」之歡中，並且「屛迹戢身，不復與親知相聞」，以致財錢散盡，被驅趕出來，歷經磨難，後在李娃的苦心勸導下他刻苦讀書，一舉中舉，被任命爲成都府參軍，李娃也被封爲汧國夫人，受到皇帝的讚賞。作品後半部的情節，顯然出於某種理性的圖解需求，虛構色彩尤爲突出。作者的用意無非是爲消解現實中存在於李娃身上的矛盾，使之適應於傳統的倫理範疇，從而精心安排了李娃勸榮陽公子讀書，使其從「不得齒於人倫」的境地再回到上流社會的情節，以顯示李娃所起到的重要作用，故她應得好報，正如傳奇最後的評論「倡蕩之姬，節行如是，雖古先烈女，不能逾也。」〔註 15〕作品更多的展示出唐代科舉意識對人們的影響，就連李娃這樣的娼門之女都深信不疑，故《李娃傳》作爲愛情作品其重點不是榮陽公子與李娃的愛情本身，而是表現李娃如何將「浪子」重新拉上科舉的正途之經歷。這正是唐人重視科舉的意識的外化。唐人認爲，「縉紳雖位極人臣，不由進士者，終不爲美。」（《唐摭言》卷一《散序進士》）在科舉考試中「進士尤爲貴，其得人亦最爲盛焉。」（《新唐書》卷四四《選舉志》）因此，重視科舉是唐代社會的時尚，儘管錄取的人數與後來的宋無法相比，但總能給文人以科舉的機會，所以吸引了大

〔註15〕施瑛：《唐代傳奇選譯》，上海古籍出版社，1980 年，第 106 頁。

批文人走在這條路上。作爲社會生活反映的文學必然受此觀念影響。

石君寶的《李亞仙詩酒曲江池》，簡稱《曲江池》。故事的框架基本取材《李娃傳》，但作者的文化視角發生了很大變化，致使作品表現的思想意義比《李娃傳》大大前進一步。雜劇四折全由李亞仙主唱，李亞仙成爲主要刻畫的人物。戲曲增加了愛情的分量，尤其是李亞仙對情的主動追求，對情的忠貞不二。譬如戲曲一開始，李亞仙見到鄭元和就情不自禁地說：「我看那生裏帽穿衫，撒絲繫帶，好個俊人物也！」一曲唱段訴衷情：

〔那吒令〕誰家個少年，一時間撞見；一時間撞見，兩下裏顧戀；兩下裏顧戀，三番家墜鞭。……他管初逢著路柳絲，他管乍見著牆花片，多應被花柳牽纏。

這是李亞仙初見鄭元和時的感受，既有愛慕，但也不乏妓女對嫖客的一般性的慣常感受。隨著兩人交往地加深，戲曲表現出了感人的愛的力量，李亞仙堅定地說：「我和他埋時一處埋，生時一處長，任憑你惡又白賴尋爭競，常拼個同歸青冢拋金鏤，更休想重上紅樓理玉箏。」表現出她對鄭元和的深愛，戲作修改最成功的地方是刪除了李娃參與預謀驅趕鄭元和出院的情節。當鄭元和的父親在杏園將鄭元和打昏置之千人坑時，是她救活鄭元和：「我也怎怕的旁人笑，劣母嗔，你爹恨。」「我怕你死在逡巡，拋在荊榛，又則怕旁人奪了你個俊郎君，我也則是一度愁來一度忍。」於是，她「用手去滿滿的掬，口兒中款款噙。面皮上輕輕噀。」救活了鄭元和，又給他療傷，讓他溫習功課。鄭元和考中狀元，授官洛陽縣令後，不認其父，她又苦苦勸說，不惜以死來啓示鄭元和，使他們父子終於相認。戲曲儘管也是團圓作結，但具有極其新的思想觀念。戲曲眞切地歌頌了士子與妓女間的眞摯愛情，賦予青樓女子以倔強自主的人格和高潔純正的品質，進而將帶有謀求人格獨立，倡導男女互敬互愛等鮮明指向性的民主意識引入社會生活領域，呼籲重構通情達理的婚姻道德觀，使《曲江池》波瀾迭起的戲劇衝突閃爍出耀眼的思想火花。

再如《鶯鶯傳》與《西廂記》。《鶯鶯傳》純屬於從男權視角敘述的故事，小說以張生「始亂終棄」作結，爲張生的負心行爲進行辯解。而鶯鶯只有默默承受這一結局。小說極力美化張生，「性溫茂，美風容，內秉堅孤，非禮不可入」，「年二十三，未嘗近女色」。他在普救寺邂逅鶯鶯，「凝睇怨絕，若不勝其體者」，遂產生追求之望，以至有枕席之歡：「是夕，旬有八日也。斜月晶瑩，幽輝半床。張生飄飄然，且疑神仙之徒，不謂從人間至矣。」文中用華美語言極力渲染張

生竊香憐玉之歡快。後張生西去長安，因「文戰不利」，「遂止於京」，兩人的情緣由此斷絕。「後歲餘，崔已委身於人，張亦有所娶。適經所居，乃因其夫言於崔，求以外兄見。夫語之，而崔終不爲出。」敘述者完全是從張生的感受描寫，展示其追求豔遇之美，到京師爲功名便可以「大凡天之所命尤物也，不妖其身，必妖於人」，「昔殷之辛，周之幽，據萬乘之國，其勢甚厚；然而一女子敗之，潰其眾，屠其身，至今爲天下謬笑。予之德不足以勝妖孽，是用忍情」爲藉口，與鶯鶯斷絕關係，還堂而皇之爲自己辯解。但又想再見已另嫁的鶯鶯。小說如此描寫，不是簡單地表現張生的負心，而是認爲張生的所做所爲都是合乎禮義，這同《李娃傳》表現的思想是一致的，說明文人士子在情慾與科舉功名的衝突時捨情慾而就功名。《鶯鶯傳》的男權視角使作品只體味張生在追求尤物時的感受，鶯鶯是存在於他的主觀感受中，由他來欣賞、體驗，欲之呼出，厭之揮去，這實際上是唐代文人士子對與美人幽會、風流繾綣生活的嚮往與幻化之情，並無真正的愛情可言。《西廂記》卻不同，它細膩地展示了鶯鶯由與張生相見到最終以情勝理、與張生大膽結合的過程，譜寫了一曲千古愛情的美麗華章。這一問題後面專節論述，故此從略。

　　李朝威的《柳毅傳》儘管寫了一個美麗的人與龍女的戀愛故事，但其思想靈魂仍是表現文人的人生豔遇之美。「應舉下第」的「儒生」，在涇陽河邊遇到受丈夫和公婆虐待在此牧羊的洞庭龍女三娘，爲之傳書到她家，龍王出於感恩，決定將女兒嫁於柳毅，柳毅推辭，後龍女又以范陽盧氏之女嫁給他，有情人成爲眷屬。作品實際側重點仍是樂道文人人生的另一美好理想。在傳統的文人價值觀念中，金榜題名，被招爲駙馬是文人的人生最高理想。但此類人物畢竟是少數，所以很多文人大概都不乏對此美好夢幻的憧憬。《柳毅傳》正是文人的這種人生心態的外化。柳毅儘管「應舉下第」，但他的「豔遇」使他當上了洞庭龍君的女婿，娶到了美麗賢淑又有門第之尊的妻子，仍可爲人生之快事。而《柳毅傳書》卻突出了女主人公對柳毅的衷心愛慕之情，又揭示出封建婚姻的不人道性，鞭撻了封建家長制的族權、夫權對女子的迫害，歌頌了龍女對愛情幸福的大膽追求精神。爲報答柳毅，龍女願意以身相許，她熱情地讚美柳毅：「你端的心兒順，意兒真，秀才也便休愁暮雨朝雲。」戲曲突出了三娘形象的作用，在她身上體現出很多中華民族的倫理美德，如篤守情義、有恩必報，堅信善良必將戰勝邪惡，愛情的幸福要靠自己爭取才會到來。

二、唐傳奇和元雜劇在反映愛情時男女態度不一

　　唐傳奇中愛情婚姻的主動權掌握在男子手中，如《霍小玉傳》，李益得到霍小玉後心滿意足，就另娶盧氏。《鶯鶯傳》中的張生得到鶯鶯後也拋之別娶。女子多處於被動地位，被玩弄、被拋棄後，也只能自歎紅顏薄命。而元雜劇愛情劇中的女子則不同，她們在反抗外在阻力、爭取愛情自由和婚姻自主的鬥爭中，都表現出一種積極主動的精神和大膽勇敢的氣概，正如鄧紹基先生所說：「這種女子強於男子的描寫在元人愛情婚姻劇中成為一種重要現象，它在一定程度上顯示出傳統的『男尊女卑』觀念的削弱，甚至『顛倒』。」〔註16〕

　　再如陳玄祐的《離魂記》和鄭光祖的《倩女離魂》，作者的文化視角有明顯的不同。《離魂記》是一個優美動人的神話故事，重點在突出故事的神奇性：清河人張鎰有一女，名叫倩娘，生得端莊美麗。張鎰說要把女兒配給自己外甥王宙為妻。可等二人長大後，互有愛慕之心時，張鎰卻忘記了此事，竟把女兒許配給他人。「女聞而鬱抑，宙亦深恚恨」，辭別張家而去。天晚，王宙孤舟泊岸，難以入眠，忽聞岸上有人疾行奔來，原來是倩娘。他非常高興，二人便「數月至蜀。凡五年，生兩子，與鎰絕信」。後來由於倩娘想家，夫婦二人一同回來，王宙先到張家謝罪，張鎰十分詫異，因為倩娘五年來一直臥病在床。於是，他派人到船上探望，果然見到倩娘。臥病在床的倩娘聽了這一消息，也「喜而起，飾妝更衣，笑而不語，出與相迎，翕然而合為一體，其衣裳皆重。」作品中的書生王宙得知舅舅將倩娘已嫁他人，憤慨之下便堅決辭別，以此作為對阻礙自己愛情實現行為的抗議，故當倩娘半夜私來時，他不但不阻止她，而且「驚喜發狂」、「欣躍特甚」，連夜攜帶倩娘遠走他鄉。這正反映了在唐代文人對自己愛情的實現充滿著信心和勇氣。而《倩女離魂》中的王文舉由癡情書生被作者改成了醉心於功名、滿腦子封建禮教的腐儒。所以當老夫人以他功名未就為藉口阻撓他和倩女的婚姻時，他不敢表示不滿，只能唯唯諾諾表示贊同，當夜就進京趕考去了。當倩女私自離家追趕而來時，他竟然生氣地責斥倩女：「古人云：「聘則為妻，奔則為妾。……你今私自趕來，有玷風化，是何道理？」倩女理直氣壯地回答：「你振色怒增加，我凝睇不歸家。我本真情，非為相謔，已主定心猿意馬」。但他仍不敢帶領倩女走，仍然勸她回去。與王文舉形象相比，張倩女形象生動感人，她為追求愛情大膽潑辣。在「楔子」裏她就對她媽阻隔他們愛情不滿：

〔註16〕呂薇芬：《名家解讀元曲》，山東人民出版社，1999年版，第55頁。

〔賞花時〕他是個嬌帽輕衫小小郎，我是個繡被香車楚楚娘。

恰才貌正相當。俺娘向陽臺路上，高築起一堵雨雲牆。

〔麼篇〕可待要隔斷巫山窈窕娘，怨女鰥男各自傷。不爭你左

使著一片黑心腸，你不拘箝我可倒不想，你把我越間阻，越思量。

因而，她可以置封建禮教於不顧，大膽去追尋自己心愛的人。不管王文舉如何的阻止，她癡心不改。王文舉還告訴她：「小生倘不中呵，卻是怎生？」她果斷回答：「你若不中呵，妾身荊釵裙布，願同甘苦。」表現出高尚的情操，她把二人的愛情置於功名利祿之上。她完全居於追求愛情的主動地位。

此外，白樸的《牆頭馬上》更是表現了男女主人公在愛情中角色的顛倒，突出了女性的主動性，這種改變，正是唐元兩代文人社會地位變化的反映。正如么書儀先生所說：「元人愛情劇中，女子地位的提高，她們性格、心理上的自信和行動上頑強追求的出現，傳統的『男尊女卑』觀念在劇中顯示出來的某種程度上的削弱甚至『顛倒』，產生的原因是複雜的、多方面的。這個問題，可以分兩個方面來進行考察。一是由於社會情況的變異，以及由此引起的社會觀念、習俗標準的變化，二是由於創作者的社會地位的改變而產生創作心理上的不同狀態。」〔註17〕由於元代文人社會地位比唐代文人低，因而顯示出有別於唐代文人的個人感性體驗，從而使愛情中男女主人公位置發生轉換。

三、世俗審美觀念的加強

唐傳奇中的愛情作品和元雜劇愛情劇相比，在審美觀念上發生很大轉變，即世俗的市民觀念在加強。以女性形象為例，儘管從身份上看，元雜劇中的女性地位都比唐傳奇中的大大提高，如《鶯鶯傳》中的鶯鶯是平民出身，到了《西廂記》便成了相國之女；《柳氏傳》中的柳氏原是李生幸姬，但在《金錢記》中就成了長安府尹王輔獨生女；《李娃傳》中的李娃是一般妓女，可在《曲江池》中是上廳行首。身份提高了，但思想觀念更市民化、世俗化。由於市民的世俗觀念，更重視人的個體的價值，強調個性的發展，承認感性欲望的合理性，反對禮教對人欲的壓抑。元雜劇中的女性普遍大膽潑辣，如《遇上皇》中的劉月仙因為丈夫趙元「好酒貪杯，不理家當，營生也不做，每日只是吃酒，」她責罵丈夫趙元是「辱沒門戶敗家的村弟子孩兒，你每日貪杯戀酒，凍妻餓婦。」完全是市民的口吻。再譬如《李娃傳》中的滎陽生，不敢對父親有絲毫的反抗，

〔註17〕么書儀：《元人雜劇與元代社會》，北京大學出版社，1997年版，第45頁。

父親把他打得半死，扔到萬人坑裏，以至乞討為生，但最後還是毫無怨情地與父親和好。可《曲江池》中的鄭元和就不是這樣，他被父親打過之後堅決不認父親。當李亞仙勸他時他說：「吾聞父子之親，出自天性。子雖不孝，為父者未嘗失其顧復之恩；父雖不慈，為子者豈敢廢其晨昏之禮。是以虎狼至惡，不食其子，亦性然也。我元和當輓歌送殯之時，被父親打死，這本自取其辱，有何仇恨？但已失手，豈無悔心？也該著人照顧，希圖再活。縱然死了，也該備些衣棺，埋葬骸骨，豈可委之荒野，任憑暴露，全無一點休戚相關之意？（歎科：）嗨，何其忍也！我想元和此身，豈不是父親生的？然父親殺之矣。從今以後，皆託天地之蔽祐，仗夫人之餘生，與父親有何干屬，而欲相認乎？恩已斷矣，義已絕矣，請夫人勿復再言。」鄭元和的這段長篇大論，完全是站在市民的觀念上對父子關係進行闡述，父與子的關係是建立在血緣基礎上的，但人格上是各自獨立的，父愛子孝，父親如果暴戾無情，那麼父子之情也就完了。這是一種雙向的關係，完全超越了儒家的「父為子綱」，表現出元代市民的平等觀念。再如《柳毅傳書》中的柳毅就比《柳毅傳》中的柳毅更具有市民的俗氣。《柳毅傳》中柳毅替龍女傳書，沒有私心，更多的是見義勇為行為。而《柳毅傳書》中的柳毅，明顯具有市民的虛榮、自私、好色。他替龍女傳書要求對方「但你異日歸於洞庭，是必休避我也」。後來龍王要招他為婿他想到龍女牧羊時的模樣，「憔悴不堪，我要他做什麼。」可後來見到龍女，全然是一美女，便說「我就許了那親事也罷」。如此人物，更切近生活。

形成元雜劇世俗審美觀念的原因主要是因為元雜劇的作者可謂是市民作者，他們大多是地位低下，如胡侍《真珠船》裏說的「蓋當時臺省元臣、郡邑正官及雄要之職，中州人多不得為之。每沉抑下僚，志不得伸。如關漢卿乃太醫院尹，馬致遠行省務官，宮大用釣臺山長，鄭德輝杭州路史，張小山首領官，其它屈在簿書、老於布素者，尚多有之。」由於他們與市民融於一體，便更瞭解市民，故作品也就更具有市民氣。不像唐傳奇的作者大多是進士文人，這便就形成了元雜劇較之於唐傳奇市民審美觀的加強。

第三節　才子佳人愛情劇的思想內涵

才子佳人愛情劇是元雜劇愛情劇的主要內容。其主要的有影響的作品有：關漢卿的《拜月亭》、《玉鏡臺》，王實甫的《西廂記》、《破窯記》，白樸

的《牆頭馬上》、《東牆記》，李唐賓的《梧桐葉》，石子章的《竹塢聽琴》，鄭光祖的《倩女離魂》、《㑳梅香》，賈仲名的《蕭淑蘭》和無名氏的《舉案齊眉》、《鴛鴦被》、《留鞋記》、《碧桃花》、《符金綻》等。在這類劇中，表現了元代文人的愛情理想，也揭示出他們在現實中不得志的辛酸，更多借愛情來慰藉受傷的靈魂，也表現出他們在傳統價值觀難以實現下對傳統倫理觀念的背離。但總的來說，此類劇中更為閃光的形象恰恰是女性形象。作品通過對她們複雜細膩的心理特徵以及獨特的個性行為的展示，從愛情、家庭、婚姻等關係中描繪出一幅幅帶有元代市民新觀念的愛情婚風俗畫，表現出新的愛情觀，揭露和抨擊了扼殺人性的的封建禮教、封建倫理的腐朽性和虛偽性，肯定追求愛情是人的天賦的權利，是應該受到讚頌的故可說元雜劇裏的愛情劇是人的情與欲的讚歌。

一、色、才、情三者併兼的擇侶標準

如前文所言，中國的傳統女性文化要求女子信守婦道，將男女之歡愛視為洪水猛獸，嚴加約束。到了元代，由於蒙古人的入主中原，帶來草原文化的氣息，在與中原農業文化的衝突撞擊中，產生了新文化的因子，從而使元雜劇的作家們可以突破傳統觀念的樊籠，以獨特的文化視角關注愛情婚姻的傳統主題，閃耀出耀眼的新思想的火花。加之文人失去了昔日的光彩，在政治上、經濟上都處於低下的位置，因而他們普遍對過去才子佳人的生活充滿嚮往，在這類劇作中寄託自己的美好生活理想。因此，這類劇中的男主角總是門第低下、不得志的書生。他們大膽地突破傳統觀念，淋漓盡致地歌頌情乃至欲，把「色」放在第一位，使男女愛情的標準的內涵發生了變化。

在男女青年的愛情產生上美貌無疑是很重要的外在因素，男女初見外貌的吸引是產生愛很直觀的原因。元雜劇的愛情劇更是突出了這一點，他們表現出直率大膽、熱情真誠，沒有一絲的矯揉造作。《東牆記》中的馬文輔因董秀英「桃腮杏臉花無賽，星眼朦朧不開」而「魂飛五雲端」，於是「盼得眼睛穿，何日得鴛帳」，思念之情縈繞於懷。《牆頭馬上》堪稱大膽寫情的代表，充分肯定了李千金追求情愛的大膽行為，突出人欲不可違的合理性。李千金一上場身上便散發著反禮教的氣息。作為一個大家閨秀，她卻敢想：

〔混江龍〕我若還招得個風流女婿，怎肯教費工夫學畫遠山眉。

寧可教銀缸高照，錦帳低垂；荳蔻花深鴛並宿，梧桐枝隱鳳雙棲。

> 這千金良夜，一刻春宵，誰管我衾單枕獨數更長，則這半床錦褥枉
> 呼做鴛鴦被。……流落的男遊別郡，耽閣的女怨深閨。

她毫無掩飾地表白自己的心懷，把男女之愛置於首位。因此她能不顧封建禮教那一套，什麼「非禮莫聞」，「非禮莫視」。她不滿囚禁般的生活，大膽爬上牆頭看望「牆」外的世界，看戲曲是這樣寫李千金和裴少俊的見面：

> 裴少俊（做見旦驚科，云）：一所花園，呀，一個好姐姐！
>
> 李千金（正旦見末科，云）：呀，一個好秀才也！
>
> 裴少俊：你看他霧鬢雲鬟，冰肌玉骨：花開媚臉，星轉雙眸。只疑
> 　　　　洞府神仙，非是人間豔冶。
>
> 梅香云：小姐，你聽來。
>
> 李千金：休道是轉星眸上下窺，恨不的倚香腮左右偎。便錦被翻紅
> 　　　　浪，羅裙作地席。
>
> 梅香：小姐休看他，倘有人看見。
>
> 李千金：既待要暗偷期，咱先有意，愛別人可捨了自己。

裴少俊和李千金這對青春少年「四目相覷，各有眷心」，彼此的美貌一見便打動了對方的心，「從今已後，這相思須害也」。在李千金的主動邀請下，裴少俊也大膽跨過這堵牆，兩人甜蜜地私結良緣。實際上，此時展示的更多的是情慾的巨大衝擊力，它使什麼抽象的倫理都變得蒼白無力，只有兩性間的天然吸引是最大的人倫物理。

《西廂記》裏張生見了鶯鶯也是情不自禁感歎：「顛不刺的見了萬千，似這般可喜娘的龐兒罕曾見。則著人眼花撩亂口難言，魂靈兒飛在半天。他那裏盡人調戲軃著香肩，只將花笑拈。」他早已被鶯鶯「解舞腰肢嬌又軟，千般嫋娜，萬般旖旎，似垂柳晚風前」的軀體所傾倒，於是改變計劃，先追求情愛的滿足。崔鶯鶯也為張生的「臉兒清秀身兒俊」而「每日價情思睡昏昏」。就連《瀟湘雨》中的張翠鸞看上崔通的也是「則見他身兒俊俏龐兒秀」，「則見他性兒溫潤情兒厚。且休誇潘安貌欠十分，子建才非八斗，單只是白涼衫穩綴著鴛鴦扣，上下無半點兒不風流。」《留鞋記》裏的賣胭脂女王月英愛上書生郭華首先也是被郭華的美貌所吸引，「他可有渾身俏，我偷將冷眼窺，端的個眉清目秀多伶俐」。《㑳梅香》裏的裴小蠻喜歡書生白敏中：「我一見那生，眉疏目秀，容止可觀。年方弱冠，才名已遍天下。」《蕭淑蘭》中的蕭淑蘭看

上張雲傑的首先也是他「外貌俊雅，內性溫良。」元雜劇的作家們在描寫這些才子佳人愛情產生時幾乎都寫到容貌、形體美的誘惑力，這種美不僅僅是男子對女子的審美要求，同時女子對男子也有同樣的需要，揭示出這是人性最基本的特質。

如果僅僅追求容貌的嬌美、形體的窈窕，那是低層次的情愛。故才子佳人愛情劇在描繪了主人公一見鍾情後往往表現了人物內在的氣質，突出才子的「才」與「情」，從而將色、才、情熔於一爐，塑造出色、才、情三者兼備的理想人物，遠遠被唐傳奇中的才子形象更具人性味。「所謂才子，大抵能作些詩，才子和佳人遇合，就每每以題詩為媒介。這似乎很有悖於『父母之命，媒妁之言』的婚姻，對於舊習慣是有些反對的意思的」。〔註18〕魯迅先生認為才子最基本的本領首先是會寫詩，而在婚姻上追求與佳人的遇合，有一種情趣。元雜劇的愛情劇中的才子正是如此，他們都不僅有風流倜儻的容貌，而且兼有詩文才情。張生能詩會琴，有「憑著胸中之才，視官如拾芥耳」的自信，對鶯鶯的感情更是一往深情。裴少俊「三歲能言，五歲識字，七歲草字如雲，十歲吟詩應口，才貌兩全，京師人每呼為少俊」。梁鴻是「三十男兒未濟時，腹中曉盡萬言詩。一朝若遂風雷志，敢折蟾宮第一枝」。李世英「自幼苦志勤學，經史皆通」。不但書生如此，佳人多半也是詩才甚高，能詩會文，知書懂情。因此他們的情感細膩溫柔，在兩性的交往中既有轟轟烈烈的性愛，又有和風細雨的柔情。尤其是女性，更是喜歡書生的縷縷柔絲，願得「一個心慈善性溫良，有志氣好文章」的丈夫，劉月英的這句話恰好表達了此類劇對書生的肯定。元雜劇的才子佳人劇正是在如此的審美意念下描述了一個個充滿詩情畫意的美好的愛情故事，體現出文人美好的婚姻模式。

二、人欲對天理的大膽突破

更為感人的是，這些個才子佳人對情有更人性化的理解，即把現實的兩性恩愛放在第一位，毫不掩飾地對性愛作加以火辣辣的描寫，並顯示出它的理直氣壯。所以可以說，這類愛情劇是中國文學畫廊中真正人的文學。

中國的傳統文化，對兩性之間的接觸規定嚴，如《禮記・曲禮》所言：「男女非有行媒，不相知名；非受幣不交不親，故日月以告君，齋戒以告鬼神，

〔註18〕魯迅：《中國小說的歷史的變遷》，《魯迅全集》（九），人民文學出版社，1981年版，第331頁。

爲酒食以召鄕黨僚友，以厚其別也。」男女在婚前如無媒連彼此姓名都不知，更談不上情愛了。因而在元以前的愛情婚姻題材的作品裏也有反映出男女情愛的作品，但總是表現出情對禮、欲對理的屈服，而愛情主人公往往很難免遭悲劇的結局，尤其是女子，如《孔雀東南飛》中的劉蘭芝最終只能「舉身赴清池」，《霍小玉傳》中的霍小玉被棄含憤而死，《鶯鶯傳》中的鶯鶯遭受「始亂終棄」的悲慘結局。只有到了元雜劇，才眞正表現出男女青年在愛情上的勝利，具有了恩格斯說的現代性愛的意味。「現代的性愛，同單純的性欲，同古代的愛，是根本不同的。第一，它是以所愛者的互愛爲前提的；在這方面，婦女處於同男子平等的地位，而在古代愛的時代，決不是一向都徵求婦女同意的。第二，性愛常常達到這樣強烈和持久的程度，如果不能結合和彼此分離，對對方來說即使不是一個最大的不幸，也是一個大不幸；僅僅爲了能彼此結合，雙方甘冒很大的危險，直至拿生命孤注一擲，而這種事情在古代充其量只是在通姦的場合才會發生。最後，對於性交關係的評價，產生了一種新的道德標準，不僅要問：它是結婚的還是私通的，而且要問：是不是由於愛情，由於相互的愛而發生的？」〔註 19〕元雜劇的才子佳人愛情劇大多已衝破封建倫理的樊籬，表現了男女在愛情上的自由平等，婚姻建立在雙方的互愛的基礎上，尤其是女子形象更爲光彩奪目，在婚戀中表現的更爲大膽、潑辣，敢做敢爲。李千金在牆頭看到裴少俊，不但敢看，還主動約他在後花園幽會，私下結合，當被李嬤嬤發現時，她不但不怕，反而理直氣壯地說：「我待捨殘生還卻鴛鴦債，也謀成不謀敗」。於是她纏著嬤嬤答應她與裴少俊私奔，她也想到「母親年高，怎生割捨」，但愛情的力量已經使她在母親與情人的天平上完全傾向於後者。她高唱：「你道父母年高老邁，那裏有女孩兒共爺娘相守到頭白？女孩兒是你十五歲寄居的堂上客。」她跟著裴少俊過起了恩愛夫婦的生活，一起過了七年，並生一雙兒女，就因爲他們無媒妁之言，他們的婚姻不被裴尚書承認，他指責李千金是「私奔」，因爲在他的人生字典裏婚姻大事只有「稟知父命，方可成婚；不見父母，即是私奔。呸！你比無鹽敗壞風俗，做的個男遊九郡，女嫁三夫。」她義正詞嚴地回答：「我則是裴少俊一個。」裴尚書怒云：「可不道女慕貞潔，男效才良；聘則爲妻，奔則爲妾。你還不歸家去！」她毫不示弱：「這姻緣也是天賜的。」可惡的裴尚書便提出

〔註19〕恩格斯：《家庭、私有制和國家的起源》，《馬克思恩格斯選集》（四），人民出版社，1972 年版，第 73 頁。

苛刻條件:「將玉簪向石上磨做了針兒一般細,不折了便是天賜良緣。」「再取一個銀瓶來,將著游絲兒繫住,到金井內汲水,不斷了便是夫妻。」最終逼迫兒子一紙休書將李千金休了,但她仍不向封建家長求饒,只是對自己的丈夫裴少俊的軟弱表示不滿:

> 〔鴛鴦煞〕休把似殘花敗柳冤仇結,我與你生男長女填還徹。
> 指望生則同衾,死則共穴。唱道題柱胸襟,當壚的志節。也是前世
> 前緣,今生今業。少俊呵,與你干駕了會香車,把這個沒氣性的文
> 君送了也!

在強大的、蠻橫的家長的干涉下,一對恩愛夫妻被拆散,但李千金決不向封建家長低頭,毅然離開了裴家。後來,裴少俊中了狀元,又官任縣尹時,他想念與李千金的舊情,求和李千金重圓破鏡時,她義正詞嚴、理直氣壯地說:「怎將我牆頭馬上,偏輸卻沽酒當壚?」表現出她捍衛自我人格的浩然正氣。在追求愛的過程中她處處主動,「既待要暗偷期,咱先有意,愛別人可捨了自己」。在她身上充滿著人欲的不可戰勝的力量,尤其是在壓抑人欲的封建社會,更顯得其精神的可貴,因為當時「婚姻的締結都是由父母包辦,當事人則安心順從。古代的僅有的那一點夫妻之愛,並不是主觀的愛好而是客觀的義務」。〔註20〕李千金就是不甘命運的擺佈,敢冒天下之大不韙,向封建禮教宣戰。由於有這一光彩奪目的形象,從而使劇作的主題從白居易《井底引銀瓶》的「止淫奔」變為「贊淫奔」。劇作最後的李千金和裴少俊的破鏡重圓,實際上是宣佈人欲對天理的勝利。

《西廂記》裏的崔鶯鶯儘管沒有李千金主動大膽,但在她身上仍然充滿著人欲不可戰勝的力量。她在父母已經給她決定了婚姻大事的情況下,在普救寺見了陌生的男子仍然深情地「回顧覷末下」。最終突破封建禮教的束縛與張生私下結合,劇作細膩地描述了他們合歡的快樂,可以說是一曲充滿詩情畫意的美的讚歌。儘管鶯鶯有些羞澀,但對於一個封建大家庭的閨秀來說,如此舉動已為非常的大逆不道了,這正顯示了性愛作為人的最基本的權利的巨大誘惑力,它是貌似強大實則虛偽的所謂「天理」無法戰勝的。正如《倩女離魂》中的張倩女所說:「你不拘箝我可倒不想,你把我越間阻,越思量。」因而當她母親不同意她和王文舉的婚事時,她不顧一切,靈魂追求自己的心

〔註20〕恩格斯:《家庭、私有制和國家的起源》,《馬克思恩格斯選集》(四),人民出版社,1972年版,第72頁。

上人。可膽怯的王生卻不敢讓她跟：「若老夫人知道，怎了也？」她理直氣壯地說：「常言道『做著不怕！』」不盡人情的王文舉居然怒曰：「古人云：『聘則爲妻，奔則爲妾。』……你今私自趕來，有玷風化，是何道理？」她態度堅決地回擊王文舉：「你振色怒增加，我凝睇不歸家。我本眞情，非爲相嚇，已主定心猿意馬。」王文舉又說：「小生倘不中呵，卻是怎生？」她斬釘截鐵地回答：「你若不中呵，妾身荆釵裙布，願同甘苦。」「你若是似賈誼困在長沙，我敢似孟光般賢達。休想我半星兒意差，一分兒抹搭。我情願舉案齊眉傍書榻，任粗糲，淡薄生涯，遮莫戴荆釵穿布麻。」表現出她多麼崇高的思想境界，她看重的是彼此的情感，願爲情付出一切，這不正體現出現代意義的性愛精神嗎？這也便是這一形象熠熠生輝的力量之所在。

更具有以「人欲」戰勝「天理」力量的是《竹塢聽琴》。劇作展示了道教清規戒律與鄭彩鸞對世俗生活和情愛追求的衝突，肯定了人欲的合理性。劇作寫書生脩然和鄭彩鸞原由父母指腹爲婚，後因父母雙亡，彼此分散，杳無音信。時官府出榜文，女到二十不嫁人便問罪，鄭彩鸞無奈只好出家當了道姑。秦脩然偶在道觀旁聽到裏邊有琴聲便推門進去。當二人見面時同時發出對對方的讚美之詞「一個好秀才！」「一個好姑姑！」當她知道這個書生就是秦脩然時，便不顧什麼道觀清規戒律，和秦脩然在道觀「聖地」大膽同居，並理直氣壯地唱出：「這搭兒裏花影更幽然，檜柏瑣蒼煙，則這兩椿兒與人方便，果然是色膽大如天。今夜又無甚星河相間阻，莫不著人月兩團圓。」並且讓秦脩然「你白日休要來，可在晚間來」。後來秦脩然狀元及第，二人便喜結良緣。這時，她的師父老尼姑趕來，責罵她不該還俗嫁人，不料老尼姑遇見了自己失散多年的丈夫，即刻說：「我丟了冠子，脫了布衫，解了環絛；我認了老相公，不強如出家？」於是便還俗了，並高唱：「從此後無煩少惱，便不能隨他蕭史並登仙，只情願守定梁鴻共偕老。」一個修道多年的老尼姑在遇到自己失散多年的丈夫時便可拋棄多年修煉的道心，立即投入自己丈夫的懷抱，這不辛辣地諷刺了壓抑人性的「天理」的無力嗎？《蕭淑蘭》中的蕭淑蘭也是一位置封建禮教於不顧，大膽追求愛情的大家閨秀。她看上自己家的坐館先生張雲傑便不顧一切，主動出擊。「我禮忙迎，情慾親，他頭不抬，身微欠，眞所謂君子謙謙。」不懂人情的張雲傑竟然責斥她：「女人家不遵父母之命，不從媒妁之言，廉恥不拘，與外人交言，是何禮也！」但她仍不罷休，性愛的烈焰仍然能熊燃燒：「這生心不忖，倒憎嫌，早則騰騰烈火飛紅焰。

將姻緣簿親檢，自撕撏，若得咱香腮容並貼，玉體肯相沾，怕什麼當家尊嫂惡，恩養劣兒嚴。」張雲傑還是不願意，又推辭說怕家裏奶母、梅香看到說閒話，她又唱道：「怕什麼奶母舌兒塹，梅香嘴兒尖，恐早晚根前冷句兒添。便知道也難憑驗。家醜事必然羞掩，放心波風流雙漸。」她不達目的誓不罷休，主動出擊，並窮追不捨，直至最終的勝利。

元雜劇才子佳人愛情劇譜寫了一曲曲蕩氣迴腸的愛的凱歌，塑造了一個個充滿叛逆精神的人物形象，顯示出人性的不可抑制的強大力量，這類劇目的思想意義可以用郭沫若先生評價《西廂記》的一段話概括：「反抗精神，革命，無論如何，是一切藝術之母。這位母親所產生出的女孩兒，總要以《西廂記》為最完美，最絕世的了。《西廂》是超過時空的藝術品，有永恒而且普遍的生命。《西廂》是有生命之人性戰勝了無生命的禮教底凱旋歌，紀念塔。」〔註21〕

三、文人美好的婚姻理想的外化

在才子佳人愛情劇裏，作者往往描繪了男女主人公的愛情能夠衝破重重阻礙，最終結為幸福的伴侶，這實際帶有他們的美好的婚姻理想色彩。實際上，「在整個古代，婚姻的締結都是由父母包辦，當事人則安心順從。古代所僅有的一點夫婦之愛，並不是主觀的愛好，而是客觀的義務；不是婚姻的基礎，而是婚姻的附加物。」「結婚的充分自由，只有在消滅了資本主義生產和它所造成的財產關係，從而把今日對選擇配偶還有巨大影響的一切派生的經濟考慮消除以後，才能普遍實現，到那時候，除了相互的愛慕以外，就再也不會有別的動機了。」〔註22〕恩格斯精闢地論述了在私有制的社會制度下，男女青年婚姻的決定權不在他們手裏，而是由父母掌握，於是婚姻便是關乎家族利益的大事，不僅僅是當事人的個人問題，而父輩考慮婚姻時往往首先想到藉此機會擴大自己的政治或經濟的聯合，因此，婚姻必然染上世俗的習氣。作為元代愛情婚姻反映的才子佳人劇，真實地反映了這一社會的現實，屢屢可以看見情愛之外的諸如經濟、社會地位等功利性的東西成為了選擇配偶的條件，這恰恰表現出兩代人在擇偶上的矛盾。如《拜月亭》裏的王瑞蘭和蔣世隆在逃難途中互相關懷、情深義厚，私下結為夫妻，可王瑞蘭的父親

〔註21〕 郭沫若：《〈西廂記〉藝術上的批判與其作者的性格》，《郭沫若全集》（十五卷），人民文學出版社，1990年版，第322頁。
〔註22〕 恩格斯：《家庭、私有制和國家的起源》，《馬克思恩格斯選集》（四），人民出版社，1972年版，第78頁。

就是認為蔣世隆是位「窮秀才幾時有發跡？」便不顧臥病在床的蔣世隆，強行將女兒帶走，氣得女兒憤怒地說：「誰無個老父？誰無個尊君？誰無個親爺？從頭兒看來，都不似俺那狠爹爹！」《舉案齊眉》裏孟光要嫁給梁鴻，不但她父親反對，連丫環梅香都說：「世間多少窮秀才，窮了這一世不能發跡。你要嫁他，好不頹氣也。」但她對梁鴻充滿信心「想皇天既與他十分才，也注定還他一分祿，包的個上青雲平步取。」「父親，秀才是草裏幡竿——放倒低如人，立起高如人。便嫁他，也不誤了孩兒也。」但她父親還是不答應她的婚姻，她就私自到梁鴻房裏，氣得她父親痛罵：「這小賤人無禮，瞞著老夫，引著梅香去書房中看梁鴻去了。兀的不氣殺老夫也！我到那裏就將他二人趕出去者。」面對暴戾的父親，孟光沒有軟弱，仍然據理抗爭，請看下面這父女倆的爭辯：

> 孟光：（唱）父親呵，你既然恁般發狠，怎教我不要半語支分？這秀才書讀萬卷，有一日筆掃千軍。他須是黃閣宰臣，休猜做白屋窮民。
>
> 孟父：（云）我看這窮秀才一千年不得發跡的。女生外向，怎教我不著惱？
>
> 孟光：（唱）你道是儒人今世不如人，只合齏鹽歲月自甘貧。直等待鳳凰池上聽絲綸，宮袍賜出綠羅新，青也波雲，男兒一致身。父親呵，那些時你可便休來認。
>
> 孟父：（云）則今日便與我趕將出去。
>
> 孟光：（云）父親，多共少也與您孩兒些奩房斷送波。
>
> 孟父：（云）一文也無，你便出去。
>
> 孟光：（云）秀才，如今父親將俺趕出門去，如之奈何？
>
> 梁鴻：（云）常言道：「好男不吃婚時飯，好女不穿嫁時衣。」小姐放心。小生若出去呵，拼的覓些盤纏，便上朝求官應舉去也。

一番大膽的抗議，作為一個封建大家閨秀確實難能可貴，她為了婚姻自主，找自己可心的夫君不惜與封建的家庭決裂，甘願過這「布襖荊釵」的貧賤生活，但求得兩情依依，夫妻恩愛。再如《破窯記》也是歌頌青年人要求婚姻自主的美麗華章。大家閨秀劉月娥「因高門不答，低門不就」，於是她父親便

結起綵樓，「憑天匹配」，讓女兒拋繡球認夫。她想「繡球兒你尋一個心慈性溫良，有志氣好文章，這一生事都在你這繡球兒上。夫妻相待，貧與富有何妨？貧和富是我命福，好共歹在你斟量。休打著那無思情輕薄子，你尋一個知敬重畫眉郎。」繡球不打「穿的錦繡衣服」的，偏選中個「窮酸餓醋」的秀才呂蒙正。這下氣惱了劉員外：「孩兒也，放著官員人家財主的兒男不招，這呂蒙正在城南破瓦窯中居止，咱與他些錢鈔，打發回去罷。」可劉月娥態度堅決地拒絕：「父親差矣。一向說繡球兒打著的，不管官員士庶貧富之人，與他為婚。既然拋著他了，父親，您孩兒情願跟將他去。」她不怕寒窯冷苦，就要跟著呂蒙正。她父親看好言勸不下便暴跳如雷：「小賤人，我的言語不中聽，你怎生自嫁呂蒙正？梅香，將他的衣服頭面，都與我取下來，也無那奩房斷送。他受不過苦呵，他必然來家也。則今日離了我的門者，著他去。」但她義無反顧，辭別富家，來到寒窯，連呂蒙正都過意不去，她心裏把夫妻恩愛之情遠遠放在物質享受之上，她高唱：「守著才郎，恭儉溫良，憔悴了菱花鏡裏妝。我也不戀鴛衾象床，繡幃羅帳，則住那破窯風月射漏星堂。」當她父母到破窯勸她迴心轉意，她仍不回去，表現出對丈夫的忠誠。尤其感人的是戲曲的第三折，呂蒙正得官回來對她的考驗，讓媒婆去告訴她你那呂蒙正死了，現有個過路的官送她一套衣服、一隻金釵要見她，她堅決拒絕，更表現出她對婚姻的忠貞，從而使這一形象光彩奪人。同時，多處借劇中人物之口對文人所遭寒苦表示同情，又讓世人要感到文人必有美好的未來。寇準就說：「俺二人同堂學業，轉筆抄書，空學成滿腹文章，爭奈一貧如洗，在此洛陽城外破瓦窯中居止。若論俺二人的文章，覷富貴如同翻掌，爭奈文齊福不至。」但作者並沒完全絕望，反覆說明不能小視秀才儒士，他們會苦盡甘來，「學劍攻書折桂郎，有一日開選場，半間兒書舍換做都堂。想韓信偷瓜手生扭做了元戎將，傳說那築牆板番做了頭廳相。想當初王鼎臣，姜呂望，那鼎臣將柴擔子橫在肩頭上，太公八十歲遇著文王。」「世間人休把儒相棄，守寒窯終有崢嶸日，不信道到老受貧窮，須才個龍虎風雲會。」這些個話語，實則透露出的是元代文人對自身處境的不滿，對往昔舉業的懷戀之情。因為在他們的傳統人格結構中，文人儒士所走的金光大道便是通過科舉步入士途，既實現自己的大目標治國平天下，又可得到「顏如玉」。由於元代文人的這一美夢在現實中難以實現，從而轉化為在戲曲中實現的理想，這才是元雜劇中這類劇為什麼多用秀才及第化解戲劇矛盾衝突的文化心理緣由。

　　薄伽丘說：「純潔的愛情是人生中的一種積極的因素，幸福的泉源。」元代是讀書人的黑暗時代，官場的醜惡，政治的腐敗，仕途多舛，使他們丟掉了壓抑人性的禮教和假道學的面具，認為兩性相悅、夫妻美滿乃是人生真真在在的幸福，是美好理想之所在。由此可以說，才子佳人劇是元代文人給自己虛構的愛情理想圖。其中的一個個可愛美麗、大膽熱情、重情輕物的女性是作者為自己所屬的同類「書會才人」們描繪的了卻憂傷的精神烙餅。在這些個佳人的純潔的愛中，這些失意的文人得到了人生的幸福。因此，我們可以認為這類劇目是元代文人美好的愛情婚姻理想的外化，正如《西廂記》結尾所唱：「永老無別離，萬古常完聚，願普天下有情的都成了眷屬。」《牆頭馬上》結尾也唱：「願普天下姻眷皆完聚！」都是他們讚美愛情理想的最強音。

第四節　士子妓女愛情劇的思想意蘊

　　元雜劇的愛情劇裏，還有專門寫儒生和妓女的戀情，這類劇的模式與才子佳人愛情劇所不同的是，才子佳人所反映的往往是阻礙愛情的阻力來源於門第的懸殊、嫌貧愛富的家長的反對，而士子妓女劇破壞他們愛情的力量主要是愛錢的鴇母和蠢俗而有錢的商人。通過這類劇目的解讀，能夠窺測到當時文人愛情婚姻的另一個側面。這類劇目主要有：關漢卿的《謝天香》、《金線池》、《救風塵》，王實甫的《販茶船》，馬致遠的《青衫淚》，石君寶的《曲江池》、《紫雲亭》，張壽卿的《紅梨花》，戴善夫的《風光好》，喬吉的《兩世姻緣》、《揚州夢》，賈仲明的《玉梳記》、《玉壺春》（《元曲選》署名為武漢臣名），以及無名氏的《百花亭》、《雲夢窗》、《負桂英》等。其主要的敘事模式是飽讀詩書的書生沉迷於青樓美妓，而風流蘊藉、色情皆絕的上廳行首們也傾心於文采橫溢的書生，雙方產生了真摯之愛，即使書生錢財已罄，仍癡心不改，可愛財如命的鴇母卻更喜有錢的商人，讓女兒趕走書生迎接商人，或有錢的武夫，於是男女分離（也有是朋友怕耽誤了書生的舉業善意製造的），男子追求功名進京趕考，女子守節等待，癡心不改，最終男子高中狀元，與妓女破鏡重圓，妓女也苦盡甘來，獲得封誥作了貴夫人。儘管此類劇在藝術結構上具有雷同模式的不足，但透過它們可以窺測到當時社會文化的一隅，因此，此類劇作仍具有一定的認識價值。

一、社會時尚的藝術再現

鄭振鐸先生說：「在官書，在正史裏得不到的材料，看不見的社會現狀，我們卻常常可於文學的著作，像詩、曲、小說、戲劇裏得到或看到。在詩、曲、小說、戲劇裏所表現的社會情態，只有比正史、官書以及『正統派』的記錄書更爲正確、眞切，而且活躍。」「我們要知道元代──這個畸形的少數民族統治的黑暗時代──的狀況，元雜劇和元散曲是第一等的最活躍的材料的淵藪〔註23〕。」誠然如是，士子妓女愛情劇正是社會時尚的藝術再現。

士子與妓女的戀情進入文學作品可追溯到唐代的傳奇小說，也可以看出當時文人狎妓是文人的一種風流韻事。兩宋由於城市經濟的發展，文人狎妓的風氣仍爲普遍，如羅燁在《醉翁談錄》中記載柳永「居京華，暇日遍遊妓館。所至，妓者愛其詞名，能移宮換羽，一經品題，聲價十倍。妓者多以金物贈之。」葉夢得在《避暑錄話》卷下中也記敘了柳永出入秦樓楚館情形：「多遊狎邪，善爲歌辭。教坊樂工，每得新腔，必求永爲辭，始行於世，於是聲傳一時。」由於社會的時尚，當時供人消遣的歌樓妓館鱗次櫛比，如《東京夢華錄》卷二「朱雀門外街巷」條載：「餘皆妓館，至保康門街。其御街東雀門外，西通新門瓦子以南殺豬巷，亦妓館。」〔註24〕妓館如此之多，從業人員很多，而這些妓女大多有較高的文化修養，也能滿足文人的閒暇雅好，文人士大夫多把青樓作爲暫時忘卻塵世煩憂的精神避難所，將美麗風情的妓女視爲自己的紅顏知己，像柳永那樣的文士和妓女們具有篤情之戀，「他雖然有時也不免狎戲玩弄歌妓，但更多地是以平等的身份和相知的態度對待她們，認爲她們『心性溫柔，品流詳雅，不稱在風塵』（《少年遊》）；欣賞她們豐肌清骨，容態盡天眞『（《少年遊》）的天然風韻；讚美她們『自小能歌舞』、『唱出新聲群豔伏』（《木蘭花》）的高超技藝；關心同情她們的不幸和痛苦：『一生贏得是淒涼。追前事，暗心傷。』（《少年遊》）也常常替她們表白獨立自尊的人格和脫離娼籍的願望：『萬里丹霄，何妨攜手同歸去。永棄卻、煙花伴侶。免教人見妾，朝雲暮雨。』（《迷仙引》）」〔註25〕就連辛棄疾不也高吟「喚紅巾翠袖，搵英雄淚。」元代妓館更爲普遍，就大都而言，據《馬可波羅遊記》

〔註23〕　呂薇芬：《名家解讀元曲》，山東人民出版社，1999年版，第71頁。
〔註24〕　孟元老等：《東京夢華錄》（外四種），上海古典文學出版社，1956年版，第13頁。
〔註25〕　袁行霈：《中國文學史》第三卷，高等教育出版社，1999年版，第42頁。

載：「新都城和舊都近郊公開賣淫為生的娼妓達二萬五千餘人。每一百個和每一千個妓女，各有一個特別指派的宦官監督，而這些官員又受總管管轄。管理娼妓的用意是這樣的：每當外國專使來到京都，並負有關係大汗利益的使命，照例由皇家招待」〔註26〕。文人更是對青樓妓女充滿戀情，他們和唐宋文人不同，已經失去了政治、經濟上的受人尊重的地位，由四民之首淪為底層，像元代民間俗諺所說：「生員不如百姓，百姓不如祇卒」（李繼本《一山文集·與董㴑水書》），所以連「小夫賤隸，亦以儒為嗤詆」（余闕《青陽先生文集·貢泰父文集序》）如此的政治經濟地位的落差，使他們難以實現兼濟天下的宏願，從而使他們擺脫傳統的倫理觀念的束縛，大多人選擇了嘲風弄月、醉心勾欄的生活方式，如朱經在《青樓集序》中說：「我皇元初並海宇，而金之遺民若杜散人、白蘭谷、關已齋輩，皆不屑仕進，乃嘲風弄月，留連光景，庸俗易之，用世者嗤之。」他們在青樓妓女中尋找能理解自己的知音，像關漢卿同朱簾秀之間的深情，他為朱簾秀寫了〔南呂·一枝花〕《贈朱簾秀》。張玉蓮與班彥公的交好，「朝夕思君，淚點成班」。可見張玉蓮對班彥公的深情。班彥公名惟志，號恕齋，以汴人而寓杭州。《錄鬼簿》將其列入「前輩公卿居要路者」中。張玉蓮是當時錢塘名妓，據王文才《元曲紀事》載：

> 張玉蓮，人多呼為張四媽。舊曲其音不傳者，皆能尋腔依韻唱之。絲竹咸精，蒱博盡解；笑談疊疊，文雅彬彬。南北令詞，即席成賦，審音知律，時無比焉。往來其門，率多貴公子。積家豐厚，喜延款士夫。……班彥功與之甚狎。班司儒秩滿，北上，張作小詞《折桂令》贈之，末句云云，亦自可喜。

由此可見，張玉蓮文化素養極高，貴公子、士大夫都願與之交往，足見當時與妓女交往是一種時尚，再如順時秀與王元鼎相好，參政阿魯溫亦對其屬意，就問：「我何如王元鼎？」順時秀妙答：「參政，宰臣也；元鼎，文士也。經綸朝政，致君澤民，則元鼎不及參政；嘲風弄月，惜玉憐香，則參政不敢望元鼎。」〔註27〕表現出這些歌妓們更喜歡「嘲風弄月、惜玉憐香」的文人。因為這些人才會以平等的目光來審視她們，讚揚她們的美，抒發和她們的愛。他們和前代的文人士大夫不同，卸去道德的面具，在元曲中毫不掩飾地對留戀青樓生活的讚美，就像關漢卿理直氣壯地說：「我是個普天下郎君領袖，蓋

〔註26〕陳開俊等譯：《馬可波羅遊記》，福建科學技術出版社，1981 年版，第 97 頁。
〔註27〕中國戲曲研究院編：《中國古典戲曲論著集成》（二），第 20 頁。

世界浪子班頭。願朱顏不改常依舊。花中消遣，酒內忘憂。」而且表現出對這種生活的極度沉迷，決不改變，「你便是落了我牙，歪了我嘴，瘸了我腿，折了我手，天賜與我這幾般兒歹症候，尚兀自不肯休！則除是閻王親自喚，神鬼自來勾，三魂歸地府，七魄喪冥幽，天哪！那其間才不向煙花路兒上走！」所以，關漢卿寫了大量與妓女之間的真摯感情的散曲，如《仙呂·一半兒》《題情》：

> 雲鬟霧鬢勝堆鴉，淺露金蓮簌絳紗。不比等閒牆外花。罵你個俏冤家，一半兒難當一半兒耍。

> 碧紗窗外靜無人，跪在床前忙要親。罵了個負心迴轉身。雖是我話兒嗔，一半兒推辭一半兒肯。

> 銀臺燈滅篆煙殘，獨入羅幃掩淚眼。乍孤眠，好教人情興懶。薄設設被兒單，一半兒溫和一半兒寒。

> 多情多緒小冤家，迓逗得人來憔悴煞。說來的話先瞞過咱。怎知他，一半兒真實一半兒假。

在這組小令裏，沒有一絲的虛偽造作之情，只有熱烈奔放的愛，表現出男女雙雙的真誠的情感交流，但也不排除對性的大膽讚美。再如〔大石調·青杏子〕《離情》：

> 殘月下西樓，覺微寒輕透衾裯。華胥一枕躊躇覺，藍橋路遠，吳峰煙漲，銀漢雲收。

> 〔么〕天付兩風流，番成南北悠悠，落花流水人何處？相思一點，離愁幾許，撮上心頭。

> 〔茶蘼香〕記得初相守，偶而間因循成就，美滿效綢繆。花朝月夜同宴賞，佳節須酬。到今一旦休。常言道好事天慳，美姻緣他娘間阻，生拆散鸞交鳳友。

> 〔么〕坐想行思，傷懷感舊，各辜負了星前月下深深咒。願不損，愁不煞，神天還祐。他有日不測相逢，話別離情取一場消瘦。

> 〔好觀音煞〕與怪友狂朋尋花柳，時復間和哄消愁。對著浪蕊浮花懶回首，快快歸來，原不飲杯中酒。

> 〔尾〕對著盞半明不滅的孤燈雙眉皺，冷清清沒個人瞅，誰解春衫紐兒扣？

　　王星琦先生認為「關漢卿的〔仙呂·一半兒〕《題情》小令以及〔大石調·青杏子〕《離情》套等，幾乎都可以視為是描寫與妓女之間的真摯感情的。」〔註28〕我贊同這種看法，這些作品和關漢卿描寫的妓女題材的雜劇在精神上是一致的，他對於這些在賣淫制度下的弱勢群體予以熱情的歌頌，讚美她們對愛情的忠貞。

　　為什麼元曲中有那麼多描繪文人士子與妓女戀情的作品呢？這與當時文人的社會現實角色、文化心態、審美情趣有直接的關係。像傅謹所說：「面對中國文學過分嚴肅以至於到了僵化程度的傳統，文人們內心的深處那些隱秘的情感要求無法得到一條順暢的發洩通道，……尤其是在文人們不僅受到內在的道德戒律的壓迫，同時還受到外在的社會規範的壓迫，就像元代初年『士失其業』的時代，……自然要千方百計地尋找輕鬆之途。」〔註29〕因此，他們便傾心青樓，放縱自我，以消解元蒙統治以來，自己「沉於下僚」的悲慘境狀和漢族成為邊緣民族帶來的憂傷。不僅是位居娼丐之間的「書會才人」，即使在元身居要津的文人同樣有著苦楚，也戀柳眠花，於是狎妓納娼便成為一種社會時尚。夏庭芝在《青樓集》裏就記述了不少的文人士子狎妓納娼的風流韻事：小娥秀為張子友平章所「愛慕」，胡祗遹以《沉醉東風》曲贈贈朱簾秀，馮海粟侍御也以《鷓鴣天》贈她，讚美其色藝之美。再如「張怡雲，大都名妓也，居海子上。能詩詞，善諧笑，名重京師。趙松雪、商正權、高房山為寫《怡雲圖》以贈，姚牧庵、閻靜軒每於其家小酌。嘗佐貴人行酒，姚偶言『暮秋時』三字，閻命怡雲續而成章。又有寄姚征衣詞云云，人多傳之。」〔註30〕可見與張怡雲來往的大都是名家儒士，張怡雲的文化素養甚高，填詞賦詩樣樣精通。達官貴人文士如此，「書會才人」更是樂於勾欄瓦舍。關漢卿前面已談過，再如白樸也是「峨冠搏帶太常卿，嬌馬輕衫館閣情，拈花摘葉風詩性。得青樓，薄幸名。洗襟懷，剪雪裁冰。」高文秀「花營錦陣統干戈，謝管秦樓列舞歌」；王實甫「風月營，密匝匝，列旌旗。鶯花寨，明颭颭，排劍戟。翠紅鄉，雄糾糾，施謀智。」李壽卿「播閭浮，四百州。姓名香，贏得青樓」。〔註31〕……由此可見，當時與妓女的交往，乃至娶其為妻做

〔註28〕王星琦：《元明散曲·大俗之美的張揚與泛化》，廣西師範大學出版社，1999年版，第156頁。

〔註29〕傅謹：《中國戲劇藝術論》，山西教育出版社2000年版，第75頁。

〔註30〕王文才：《元曲紀事》，人民文學出版社，1985年版，第29頁。

〔註31〕鍾嗣成等：《錄鬼簿》（外四種），上海古籍出版社，1978年版。

妾，是文士深爲樂意的美事，尤其是社會地位低的雜劇作家們，更是將妓女們引以爲知己，他們瞭解她們的遭遇、情感，從而使他們與這些歌妓們在很多地方達到彼此認同，因而在描寫妓女的生活中常常表現出他們的人文情懷，「即對於彼此才藝和人格的充分認可，以及由此而來的寬容、理解與親和關係。應該說，這種親和關係是雙向的，包含著互動的因素。當文人的目光向下並且發現了這群『資性明慧，技藝絕倫』（『顧山山』條）的女性時，這群稟賦了時尚的新奇和生動的女性也在追逐著文人的目光。他們的相遇是歷史性的。其價值不僅在於規定了元代文化語境中特殊的精神運行軌迹，還給我們提供了直接並且切實地捕捉從抒情藝術到敘述藝術的轉換時段，這些女伶以怎樣的熱情創造了舞臺，又怎樣以她們的身體和身體的藝術理解和慰藉了整整一代文人群體。」〔註32〕由於文人與妓女的彼此關照，因而使元雜劇中描寫的妓女生活所表現的思想意蘊遠遠高於元以前的作品，它既有文人的情懷，又體現了妓女的理想，二者的融合促使了元曲中描寫妓女作品的豐盛。

二、文人士子虛幻的風流美夢

如果我們說才子佳人愛情劇是表現文人士子美好的婚姻理想，那麼士子妓女劇則是表現他們世俗情愛虛幻的美夢。因爲在這類作品中文人要追求的對象是妓女，而供妓女所挑選的對象除了文人士子外，往往還有一位有錢的商人或武夫，因而在現實中，文人要贏得妓女的芳心，戰勝自己的對手，幾乎是不可能的，所以這類劇目很大程度可以看作是文人們給自己描繪出的虛幻情景，以求精神上的補償，從而得到慰藉的性愛美夢。

元代統治者來源於北方荒漠，進入中原後在文化上仍具有重實用的特點，比如他打下一城，一般除實用性人才工匠外全屠殺，因而元代建立後手工業有很大發展。加之元蒙統治者奢侈享樂生活的需要，從而促使了商業的發展，朝廷也重視商業經營，採取不同於傳統的重農抑商政策，「以功利誘天下」，於是商人的社會地位大大提高，在「元這一代，商人卻成了一個特殊的階級了。他們和蒙古民族有經濟和商業上的必要的往來，其接近的程度當然較士子們爲密。而元代又有『入粟』爲官之例，由商人一變而爲吏，當也是極平常的事。」〔註33〕可中國自古是一個以農業爲本的國度，在此經濟形態

〔註32〕杜桂萍：《論〈青樓集〉所體現的元曲時尚》，《文學遺產》，2003 年第 5 期。
〔註33〕呂薇芬：《名家解讀元曲》，山東人民出版社，1999 年版，第 89 頁。

上形成對商人歧視的社會角色定位。《漢書‧食貨志》說：「士農工商，四民有業，學以居位曰士，闢土殖穀曰農，作巧成器曰工，通財鬻貨曰商。」《舊唐書‧食貨志》：「士農工商四人各業。食祿之家，不得與下人爭利，工商雜類，不得預於士伍。」幾千年來商爲民末的觀念一直延續。直到元代，由於商業的發達，商人經濟地位提高，已經成爲文人士子追求妓女情感的有力競爭者。但在元雜劇裏他們仍然是被嘲弄的對象，一般都是些儘管有幾個錢，但粗俗不堪、毫無品位的人，所以他們只能打動和他們一樣愛錢如命、粗俗不堪的鴇母的心。而妓女們都是些重感情、不愛錢的美若天仙的聖女，她們往往選擇窮酸的書生，對書生的美好未來充滿著希望，這顯然是由於這些劇作者的主觀情感所致，因爲他們大多都是不得志的文人，因而可以說這類劇不是現實的反映，而是他們爲自己描繪的情感的夢幻。

　　丹納說：「如果一部文學作品內容豐富，並且人們知道如何去解釋它，那麼，我們在這作品中所找到的，會是一個種人的心理，時常也就是一個時代的心理，有時更是一個種族的心理。」〔註34〕藝術總是源於人們心理上的不滿足，如果我們從心理層面入手，就會發現士子妓女劇都是源於元代雜劇作家心理上存在著一種對於愛與性的不滿足，從而給自己描畫的性愛的白日夢，正如弗洛伊德在《創作家與白日夢》中說：「一個幸福的人絕不會幻想，只有一個願望未滿足的人才會。幻想的動力是未得到滿足的願望，每一次幻想就是一個願望的履行，它與使人不能感到滿足的現實有關聯。這些激發幻想的願望，根據幻想者的性別、性格和環境而各不相同；但是它們很自然地分成兩大類。或者是野心的欲望，患者要想出人頭地；或者是性慾的願望。……在年輕的男人身上，利己的和野心的願望十分明顯地與性慾的願望並行時，是很惹人注意的。」在作家的作品裏「小說中所有的女人總是都愛上了主角，這種事情很難看作是對現實的描寫，但是它是白日夢的一個必要成分，這是很容易理解的。」〔註35〕這類劇作所描寫的正是如此，劇中文人士子的風流情致、博學才華能夠爲妓女所欣賞，並願同他們永結同心，而愛錢的鴇母總是嫌棄文人、看重富商。實際都不是現實的反映，而是作家的「白日夢」。由於元代文人地位遠不如唐宋，在妓女面前

〔註34〕　丹納：《英國文學史‧序言》，《西方文藝理論名著選編》（中），北京大學出版社，1986 年版，第 115～116 頁。
〔註35〕　卡爾文‧斯‧霍爾等：《弗洛伊德心理學與西方文學》，湖南文藝出版社，1986年版，第 138 頁。

也沒有唐宋文士的優越感，加之元代新興階層商人往往以雄厚的錢物能夠輕而易舉地娶走妓女，因此文人只能在自己的作品中實現理想了。如馬致遠的《青衫淚》，儘管取材於白居易的《琵琶行》，但完全表現的是元代士子和妓女的情懷。戲曲開始便就背離了白居易原作精神，虛構了白居易、賈島、孟浩然三人「偷將休沐假，去訪狹邪家」，去尋花問柳的情節，從而使劇作完全成為表現士子妓女情愛之作。他們找到了教坊，見到妓女裴興奴，裴興奴非常賞識白居易：「自從與白侍郎相伴，朝來暮去，又早半年光景。相公在妾身上十分留意，妾身也有終身之託」。恰在此時白居易被貶為江州司馬。此後，裴興奴之母貪財，不顧裴興奴和白居易已有終身之約，強行讓她接江西茶商劉一郎。劉一郎有錢，但為人粗俗不堪，出口只會言錢，絲毫不懂憐香惜玉，「小子久慕大名，拿著三千引茶來與大姐焙腳，先送白銀五十兩做見面錢。」裴興奴厲聲拒絕：「過一邊去！好不知高低！我做了白侍郎之妻，休來纏我！」這劉一郎仍厚著臉皮說：「你家是賣俏門庭，我來做一程子弟，你不留我，如何倒拒絕我？」「隨老媽要多少錢，小子出得起。」完全是一市井無賴般的暴發戶，為娶裴興奴，他同裴母商量一計：讓一個人假扮江州皂隸，帶來白居易「醫藥不效、死在旦夕」的一封信，於是勸告裴興奴「勿以死者為念，別結良姻」，裴興奴只得嫁給劉一郎。結果白居易與裴興奴相遇潯陽江頭，最終奉詔完婚，白裴有情人成眷屬。戲曲讚頌了裴興奴對白居易的忠貞之情，她堅決拒絕劉一郎的糾纏：「這的是我逆耳言，休廝纏。廝纏著舞裙歌扇，這兩般兒曾風流斷沒了家緣。」

再如武漢臣〔註36〕的《玉壺春》，寫具有玉壺生雅號的秀才李斌和上廳行首李素蘭的愛情故事。兩人相見，彼此被對方的美貌所打動：「好一個小娘子也！」「好一個俊秀才也！」李斌便情不自禁心想：「呀，猛見了心飄蕩，魂靈兒飛在天。怎生來這搭兒遇著神仙！他那裏眼送眉傳，我這裏腹熱心煎，兩下裏都思惹情牽。他則管送春情不住相留戀，引的人意懸懸，似熱地蚰蜒。他生的身軀嫋娜真堪美，更那堪眉彎新月，步蹙金蓮。」充滿著年輕書生對美色的強烈追求之情。他與李素蘭同居多日，由於囊中羞澀了，倍受愛錢的鴇母的氣。儘管李素蘭對他情深意切：「俺兩個赤心相待，他是李玉壺，我是素蘭，畫了一軸畫兒，畫著玉壺裏面插著一朵素蘭花兒。」可是鴇母不管素蘭的感情，讓她見甚舍，因為甚舍是位有三十車羊絨潞綢到嘉興做買賣的商

〔註36〕《元曲選》署名為武漢臣撰。《錄鬼簿續編》將此劇列在賈仲明名下，《曲海總目提要》也將其定為賈仲明撰。

人。「素蘭，你看這等一個子弟，他又有錢，這一表人物，不強似那窮秀才！」甚舍也厚著臉皮說：「我有三十車羊絨潞綢，都與媽媽，則要娶你個大姐。」可他打動不了李素蘭的心，她寧可剪掉頭髮也不嫁甚黑子。戲曲還通過劇中人之口痛斥商人，說明商人除了有錢外，什麼也比不上書生：

> 〔耍孩兒〕這廝，他村則村到會做這般醃臢態，你向那兔窩兒裏呈言獻策。遮莫你羊絨綢緞有數十車，待禁的幾場兒日炙風篩。準備著一條脊骨，捱那黃桑棒，安排著八片天靈撞翠崖。則你那本錢兒光州買了滑州賣，但行處與村郎做伴，怎好共鸞鳳和諧？

> 〔三煞〕你雖有萬貫財，爭如俺七步才？兩件兒那一件聲名大？你那財，常踏著那虎口去紅塵中走；我這才，但跳過龍門向金殿上排。你休要嘴兒尖、舌兒快，這虔婆怕不口甜如蜜缽，他可敢心苦似黃蘗。

武漢臣在他的另一雜劇《散家財天賜老生兒》裏甚至讓商人自己說他不如讀書人：

> 〔滾繡球〕讀書的志氣高，爲商的氣量小，是各人所好。便苦做爭似勤學。爲商的小錢番做大本，讀書的白衣換了紫袍。休題樂者爲樂，則是做官比做客較裝腰。若是那功名成就心無怨，抵多少買賣歸來汗未消，枉爲劬勞。

由這些唱段清楚地可以看出，商人們即使再有錢，他們也只是暫時能強娶妓女，但最終必然是人財兩失，落得被嘲笑的下場。所以甚黑子卻是被「杖斷四十，搶出衙門去」。李彬卻因萬言策上天子，被封同知，李素蘭也被封了「五花官誥」的號，夫妻二人永團圓。

無名氏的《百花亭》裏書生王煥和妓女賀憐憐在百花亭一見傾心，恩愛半載，王煥沒有錢了，被鴇母趕出去，可她逼憐憐嫁給西延邊上的購買軍需官高常彬，「這廝領著西延邊上經略的十萬貫鈔，來這洛陽買辦軍需」，卻用兩萬貫錢娶了賀憐憐。後來王煥到西延邊投軍，累立戰功，做了西涼節度使，而高常彬竊用軍需事發，經略相公种師道於是將高常彬治罪，賀憐憐終於嫁給了王煥。書生和妓女「從今後美恩情一似調琴瑟，潑生涯再不窺構肆。共立瓊筵，滿酌金卮。唱道是絕勝新婚，休誇燕爾，咱兩個喜氣孜孜。這眷愛如天賜，也不枉費盡相思，早證果了賣查梨那風流少年子。」而商人高常彬卻落得被「依律處斬！推出市曹，量決一刀，著懸首轅門示眾！」

　　賈仲明的《玉梳記》也是此類戲曲的名篇，寫妓女顧玉香和秀才荊楚臣的戀愛故事。荊楚臣和松江府上廳行首顧玉香作伴二年，被鴇母阻止，不得不分手，他們把折斷的玉梳各持一半。東平府客商柳茂英，裝二十載棉花來松江府貨賣，看上了顧玉香。鴇母愛財，趕走了荊楚臣，根本不管顧玉香的情感。於是她憤怒地罵道：「都是你個愛錢的虔婆送了人，那裏怕千人罵萬人嗔。則願的臭死屍骸蛆亂紛，遮莫便狼拖狗拽，鴉口嵌鵲啄，休想我繫一條麻布孝腰裙。」她堅決拒絕接納富商柳茂英，但柳茂英仍糾纏她，顧玉香厲聲斥富商：「則俺那雙解元普天下聲名播，哎，你個馮員外捨性命推沒磨，則這個蘇小卿怎肯伏低將料著，這蘇婆休想輕饒過。呆廝，你收拾買花錢，休習閒牙磕。常言道井口上瓦罐終須破！」她便逃出妓院，跑到京師尋找荊楚臣，又遭到柳茂英半路上的攔截脅迫，她寧死不從，幸好此時遇到應試得中的荊楚臣的相救，才轉危為安，使玉梳對合，二人終於團圓。而柳茂英卻被鎖送府牢依律治罪。

　　為什麼在這類劇中，文人士子都是愛情的最終勝利者，而商人都是被嘲弄的對象？要說明這一問題，我們就應該從當時文人的現實生存環境和心態去分析。元代文人已經失去了唐宋文人的優越感，淪入連妓女都不如的位置，他們來到青樓，對妓女的追求也確實受到愛錢的鴇母的白眼，甚至受到有錢的嫖客的侮辱。在如此的現實境地中，他們是多麼希望得到貌美，而且理解他們，並能賞識他們胸中才的妓女們對自己的理解和愛撫。這便形成了這類劇所寫的有發自肺腑的真情，也可以贏得一些追求純真情誼的妓女的喜愛。在理解並支持他的妓女的幫助下，他們最終實現了科舉的美夢，以報答妓女的知遇之恩。如此敘事模式，其深層的文化因素是曲折地表現了元代文人心靈深處的對傳統文化所積澱的對科舉的崇尚，傳統士子的文化價值觀念仍然是他們追求的人生目標，「書中自有千鍾粟，書中自有黃金屋，書中自有顏如玉」，仍在他們大腦中佔據核心地位，形成了他們勾畫人生的思維定勢。因而他們一方面對文人的現實處境不滿，吸收市民文化觀念，對傳統表現出背離，追求灑脫風流的生活，具有浪子的品行，把風流情愛當作一種人生理想，把追求情愛視為一種美事，如《玉壺春》裏玉壺生和他的「琴童」的對話：「琴童說：『相公，你不思進取功名，只要上花臺、做子弟，有什麼好處？』正末云：『琴童，你那裏知道，做子弟的聲傳四海，名上青樓，比為官還有好處。做子弟的有十個母兒：一家門、二生像、三吐談、四串仗、五溫和、六省榜、

七博覽、八歌唱、九枕席、十伴當。做子弟的須要九流三教皆通，八萬四千傍門盡曉，才做得子弟，非同容易也呵。』」戲曲幾乎都肯定了這些文人的風流多才，把功名排在對情愛追求之後。而另一方面他們思想深處也難免沒有傳統文人觀念的積澱物，從而使他們給自己設計了贏得美人心而遇到阻力時必須通過功名再將妓女從蠢商手裏奪回的虛幻的美夢。因此，這類劇中的妓女總有一種聰明的預見：會看到窮酸的文人必然有發跡的那一天，所以對他們癡情不改，並盡力幫助他們。文人們確實都能最終得志，中舉封官，娶得佳麗。妓女們也得到報償，「請受了五花誥身榮顯貴」。

三、對妓女問題的理性反映

妓女是作爲男權制婚姻的補充而產生的，是滿足男子在婚姻以外的一種情性的需要。歷代封建統治者都對此予以庇護和利用，有很多就是官方辦的。如漢代的「營妓」、唐代的「平康坊」、宋代的「富樂院」。元代也一樣，有官妓、營妓和私妓。這些個生活在賣淫制度下的妓女，既要忍受著鴇母的剝削、嫖客的蹂躪、充當著達官貴人的玩物，又往往在人格上受到社會的譴責。正如恩格斯精闢地論述：「實際上，這種非難不是針對著參與此事的男子，而只是針對著婦女：她們被排除出去，被排斥在外，以便用這種方法再一次宣佈男子對婦女的絕對統治乃是社會的根本法則。」〔註37〕在男權社會，男人製造出妓女，他們把和妓女的交往看作是風流的韻事，樂此不疲；但遭受蹂躪的妓女群體卻往往被社會視爲罪惡墮落的淵藪。作爲社會的弱勢群體的妓女們，只能任人擺佈，絲毫沒有爲己辯白的機會。偶而也有些有良知的文人表現了妓女們的一絲辛酸，但多是站在男權視野觀照，如唐傳奇、宋話本中的某些篇章。只有到了元雜劇，妓女問題才得到了深刻的關注，很多作家以平視的目光、深邃的思考，反映妓女這一群體，寫出她們的喜怒哀樂，刻畫出一個個具有異樣光彩的妓女形象。

首先，由於劇作家大多是「書會才人」，像關漢卿一樣，「躬踐排場，面傳粉墨，以爲我家生活，偶倡優而不辭，」常出入勾欄瓦舍，和歌妓們關係密切，對她們的人身遭際、感情變化比較瞭解，能夠眞切地關注她們的命運，反映了她們受官府的控制、鴇母的剝削壓迫和嫖客蹂躪的現實，強烈抨擊了賣淫制度的罪惡。

〔註37〕《馬克思恩格斯選集》（第四卷），人民出版社，1972年版，第62～63頁。

　　元雜劇揭示了妓女所遭受的壓迫主要來源於官府、鴇母和嫖客。劇中很多妓女都是官妓，她們大都為上廳行首，色藝雙全，有很高的藝術修養，「吹彈歌舞，書畫琴棋，無不精妙；更是風流旖旎，機巧聰明」，但要受到官府的指揮，如《金線池》中的杜蕊娘因受鴇母的挑撥對韓輔臣產生誤會，韓輔臣的好友府尹石好問可按衙門法度：「失誤了官身，本資扣廳責打四十，問你一個不應罪名。」從而逼得杜蕊娘只好向韓求情。妓女的主要任務就是聽從官府安排，像謝天香所說：「我這府裏祗候幾曾閒，差撥無銓次，從今後無倒斷嗟呀怨咨。我去這觸熱也似官人行將禮數使，若是輕咳嗽便有官司。」所以她們的人身自由全由官府掌握，她們無法擺脫被玩弄的命運。如謝天香，她也不滿像金籠內鸚哥般的生活：

　　　　〔油葫蘆〕你道是金籠內的鸚哥能念詩，這便是咱家的好比似：
　　原來越聰明越不得出籠時。能吹彈好比人每日常看伺，慣歌謳好比
　　人每日常差使。——我不怨別人，——我怨那禮案裏幾個令史，他
　　每都是我掌命司，先將那等不會彈不會唱的除了名字，早知道則做
　　個啞猱兒。

她痛恨「那禮案裏幾個令史」掌握著她的命運，使她沒有自由，所以她把希望寄託在風流才子柳永身上，柳永上京應試後，錢大尹儘管是暗中幫他們，但從他對謝天香的專斷所為也可看出妓女受官員的恣意欺侮。他探知柳永給謝天香贈詞中有他的名諱，卻硬要謝天香彈唱，想借「誤犯俺這大官諱字」的罪名，罰謝天香「扣廳責打四十」。沒想到聰明的謝天香隨機應變，巧妙避過他的名諱。但錢大尹又以「失了韻腳，差了平仄，亂了宮商，扣廳責你四十」相威脅。但謝天香毫無差錯，從而使錢大尹不得不讚歎：「可知柳耆卿愛他哩；老夫見了呵，不由的也動情。」於是他出於唯恐謝天香在外面依舊「迎新送舊」，辱沒了柳耆卿，日後不好交代，錢大尹便不管謝天香願意不願意就把她娶為「小夫人」。當錢大尹派手下張千去向謝天香說明讓她做小夫人時，她儘管心裏愛著柳永，但知道自己的命運由官老爺操縱，只能無奈地說：「妾身是臨路金絲柳，相公是架海紫金梁；想你便意錯見，心錯愛，怎做的門廝敵、戶廝當？」「則恁這秀才每活計似魚翻浪，大人家前程似狗探湯。則俺這侍妾每近幃房，止不過供手巾到他行，能勾見些模樣。著護衣須是相親傍，止不過梳頭處俺胸前靠著脊梁，幾時得兒女成雙？」充分說明了妓女行動的不自由，任憑官府安排。再如戴善夫的《風光好》，所描寫的官吏們更不管妓

女的人格尊嚴，把妓女秦弱蘭完全作爲一場政治遊戲需要的美人計的實施者。宋朝初建，趙匡胤派翰林學士陶穀出使南唐，以索要圖籍爲名，實際是想招降他們。南唐丞相齊丘讓金陵太守韓熙載想辦法留住陶穀，韓熙載竟然讓妓女秦弱蘭勾引陶穀，可陶穀是位道貌岸然的僞君子，當著人面儼然不可侵犯，弱蘭給他敬酒，他怒云：「潑賤人靠後，小官一生不吃婦人手內飲食。」「小官乃孔門弟子，放鄭聲，遠佞人。鄭聲淫，佞人殆，小官平生目不視邪色，耳不聽淫聲。」可當秦弱蘭裝作驛吏寡妻，以情挑逗，陶穀經不住弱蘭的美貌誘惑，自己提出要與她同眠，還給她寫了一首肉麻的情詩《風光好》。可以看出妓女在這些達官眼裏完全是供樂的工具，和實現他們計謀的道具，沒有一絲的做人的尊嚴。「可見，妓女和官府的關係，是一種人身隸屬關係，妓女不僅沒有人身自由，還要遭受官府的凌辱、敲榨和迫害，在這樣的高壓下過著『戰戰兢兢，如臨深淵、如履薄冰』的卑賤生活。」〔註38〕

對妓女的直接剝削者是妓院的鴇母，她們是附著在妓女身上的寄生蟲，吸妓女的血，靠妓女的肉體生活。因而，妓女同她們的矛盾也是極爲尖銳。儘管她們中有的是妓女的親娘，如《金線池》中杜蕊娘和《青衫淚》中裴興奴的鴇母，但她們仍是將女兒作爲自己賺錢的工具，同女兒仍屬於對立的階層。她們不管妓女的感情，乃至死活，一味只知道讓妓女爲她們覓錢。如杜蕊娘的母親爲了錢絲毫不顧女兒的感受，女兒求她：「母親，嫁了您孩兒罷，孩兒年紀大了也！」頭上都有了白髮了，但也打不動她母親的心，她毫無人性地說：「拿鑷子來！鑷了鬢邊的白髮，還著你覓錢哩！」氣得杜蕊娘直喊：「母親！你只管與孩兒撇性怎的？」表現出不願再受她的擺佈。老鴇母蠻橫無理道：「我不許嫁誰敢嫁？有你這樣生忿忤逆的。」再如《百花亭》中的賀憐憐的母親就直言：「俺這門戶人家，單靠那妮子吃飯，一日不接客，就一日不賺錢。」可見，鴇母和妓女完全是對立的階層，「小娘愛的俏，老鴇愛的鈔；則除非弄冷他心上人，方才是我家裏錢龍到。」（《金線池》）因此，在妓女心目中鴇母都是些只管弄錢不管女兒死活的惡毒婦，《紫雲庭》中韓楚蘭指責鴇母：「未見錢羅呀多雪嚴霜降，得了鈔羅應春風和氣生。」《對玉梳》中顧玉香揭露鴇母：「我與你覓下的金尋下的銀，買下的錦趲下的羅，珠和翠整箱兒盛垛。娘阿，你那哭窮口恰似翻河。」「常言道母慈悲兒孝順，則爲你娘狠毒兒生分……送的他離鄉背井，進退無門，恰便似湯澆雪，風卷雲！」「間別了

〔註38〕郭英德：《元雜劇與元代社會》，北京師範大學出版社，1996年版，第90頁。

俺故人恩愛，便絕了咱子母情分。若不是三年乳哺、十月懷耽，也曾受過的苦辛，敢將你扯拽衣袂，撾揉皮肉，揪撏頭鬢。」《青衫淚》中裴興奴指責母親：「母親，我是你親生之女，替你掙了一生，只爲這幾文錢，千鄉萬里賣了我去，母親好狠也。」從而憤怒地詛咒她母親「女愛的親，娘不顧戀；娘愛的鈔，女不樂願。今日我前程事已然，有一日你無常到九泉，只願火煉了你教鑊湯滾滾煎，礁搗罷教牛頭磨磨研。直把你作念到關津渡口前，活咒到天涯海角邊。」《曲江池》裏李亞仙揭露鴇母：「俺娘呵外相兒十分十分慈善，就地裏百般百般機變。那怕你堆積起黃金到北斗邊，他自有錦套兒騰掀，甜唾兒黏連，俏泛兒勾牽，假意兒熬煎，轆軸兒盤旋，銅鑽兒鑽研，不消得追歡買笑幾多年，早下翻了你個窮原憲。」「俺娘眼上帶一對乖，心內隱著十分狠；臉上生那歹斗毛，手內有那握刀紋。狠的來世上絕倫，下死手無分寸。」「俺娘呵則是個吃人腦的風流太歲，剝人皮的娘子喪門，油頭粉面敲人棍。笑裏刀剐皮割肉，綿裏針劀髓挑筋。」《紫雲庭》韓楚蘭決心同老鴇決裂：「今後去了這駝漢子的小鬼頭，看怎結末那吃勤兒的老業魔？再怎施展那個打鴛鴦抖搜的精神兒大？只明日管舞旋旋空把個裙兒繫，勞攘攘干將條拄杖兒拖，早則沒著末，致仕了弟子，罷任吧虔婆。」她痛罵鴇母是靠被稱爲弟子的妓女生活，妓女不幹了，你鴇母也就只得「罷任」了。《金線池》裏杜蕊娘揭露妓院：「則俺這不義之門，那裏有買賣營運？無貲本，全憑著五個字疊辦金銀，……無過是惡、劣、乖、毒、狠！」「無錢的可要親近，則除是驢生戟角甕生根。」可鴇母們卻不以爲恥，像杜蕊娘的母親竟然厚顏無恥地一登場就說：「不紡絲麻不種田，一生衣飯靠皇天。盡道吾家皮解庫，也自人間賺得錢。」足見鴇母與妓女之間尖銳的矛盾。因此，妓女們發出了怒吼：

我想一百二十行，門門都好著衣吃飯，偏俺這一門，卻是誰人制下的，忒低微也呵！《金線池》

幾時將纏頭紅錦，換一對插鬢荊釵？《青衫淚》

我和他埋時一處埋，生時一處長，任憑你惡又白賴尋爭競，常拼個同歸青冢拋金鏤，更休想重上紅樓玉箏。《曲江池》

再如商正叔散曲《歡秀英》寫了妓女的不幸和對鴇母的痛恨：

釵橫金鳳偏，鬢亂香雲嚲。早是身是名染沉屙。自想前緣，結下何因果？今生遭折磨，流落在娼門，一旦把身軀點污。

〔梁州第七〕生把俺殃及做頂老，爲妓路剗地波波。忍恥包羞排場上坐。念詩執板，打和、開呵。隨高逐下，送故迎新。身心受盡摧挫，奈惡業姻緣好家風俏無些個。紂撅丁走踢飛拳，老妖精縛手纏腳，揀挣勤到下鍁钁。甚娘，過活！每朝分外說不盡無廉恥，顛狂相愛左。應有的私房貼了漢子，姿意淫訛。

〔賺煞〕禽唇撮口由閒可，毆面梟頭甚罪過？聖長裏廝搭抹。倒把人看舌頭廝繳絡，氣殺人呵！唱道曉夜評薄，待嫁人時要財定圃圖課，驚心碎諕膽破。只爲你沒情腸五奴虔婆，毒害相扶持得殘病了我。〔註39〕

她們都表現出對妓女生活的厭倦，對逃離這苦海的嚮往，揭露了鴇母愛錢的醜惡嘴臉，控訴了賣淫制度的罪惡。

妓女除了受官府、鴇母的控制剝削外，還要受到粗俗蠻橫的嫖客的蹂躪。在元雜劇裏出現的嫖客有權豪勢要、吏員富商、文人士子、市井小民，除文人士子與妓女的關係另當別論，其它的來妓院無非是尋歡作樂，把妓女完全視爲玩弄的對象。妓女們過著辛酸的生活，如元散曲家商正叔所描述的那樣：「甘不過輕狂子弟，難禁受村尉勤兒。撞聲打怕無淹潤。倚強壓弱，滴溜著官司。轟盆打甑，走踢飛拳，查核相萬般街市。待勉強過從枉費神思。是他慣追陪濟楚高人，見不得村沙謊廝，欽不定冷笑孜孜。」〔註40〕可見這些嫖客的蠻橫，妓女的悲慘。元雜劇裏的嫖客更多的是粗魯的商人、或軍需官，如《玉壺春》中的甚舍，《對玉梳》中的柳茂英、《青衫淚》中的劉一郎、《救風塵》中的周舍等，他們都是風月場中的歹霸王，只知尋花問柳，那裏會對妓女有眞情。要莫是用錢買通鴇母強娶，要莫是花言巧語騙娶，得到後都是一副凶相，如趙盼兒提醒宋引章所說：「你道這子弟情腸甜似蜜，但娶到他家裏，多無半載週年相棄擲，早努牙突嘴，拳椎腳踢，打的你哭啼啼。」「那做丈夫的做的子弟，做子弟的做不的丈夫。」元雜劇表現了當時妓女的悲慘命運，當時確實有些妓女把逃出火坑的希望寄託在嫖客身上，現實中也確實有不少妓女給人做妾、身居偏房。但劇作家在眾多的現實事例的基礎上對此作了理性的反映，認爲那條路並不是妓女們的幸福之路，即使被納爲妾，仍逃脫不了悲慘遭遇。而妓女要眞想嫁人，

〔註39〕徐徵等：《全元曲》（第十卷），河北教育出版社，1998 年版，第 7090～7091頁。
〔註40〕徐徵等：《全元曲》（第十卷），第 7089～7090 頁。

就該選擇雖貧窮可懂情趣的書生。對於眾多妓女而言，肯定都在考慮從良的問題，元雜劇作家用一個個活生生的例子說明了這一問題，如《救風塵》主要就是反映這一問題，趙盼兒就對宋引章說：「端的姻緣事非同容易也呵！」「姻緣簿全憑我共你，誰不待揀個稱意的？他每都揀來揀去百千回。待嫁一個老實的，又怕盡世兒難成對；待嫁一個聰俊的，又怕半路裏輕拋棄。」涉世不深的妓女宋引章急於嫁人，在他面前有兩個人共她選擇：一個是滿腹文章的安秀實，一個是「酒肉場中三十載，花星整照二十年」的官宦富少周舍。嫁給安秀才吧，免不了是「一對兒好打蓮花落」的乞丐。因此，她不聽姐姐趙盼兒的勸說嫁給了「夏天他替你妹子打著扇，冬天替你妹子溫的鋪蓋兒暖」的周舍。而嫁進家門，「打了我五十殺威棒。朝打暮罵，怕不死在他手裏。」再如《灰闌記》裏的張海棠做了馬員外的妾，由於馬員外正妻嫉恨，最終被誣陷為毒死親夫，被判成死罪，多虧包公明斷，才免遭殺身之禍。張海棠訴苦說：「我則道嫁良人十成九穩，今日個越不見末尾三梢。」因此，深諳社會的妓女如趙盼兒也就死了這條心，她認為那些來妓院的子弟「那一個不因循成就？那一個不頃刻前程？那一個不等閒間罷手？他每一做一個水上浮漚！」只不過都是逢場作戲罷了。因此，她明白來妓院的嫖客只不過是尋歡作樂，那有真情！「我想這先嫁的還不曾過幾日，早折的容也波儀瘦似鬼。只教你難分說，難告訴，空淚垂。我看了些覓前程俏女娘，見了些鐵心腸男子輩，便一生裏孤眠我也直甚頹！」這是關漢卿對妓女從良的理性思考，反映的是一個深刻的社會問題：「待妝個老實，學三從四德？爭奈是匪妓，都三心二意。端的是那裏三梢末尾？俺雖居在柳陌中、花街內，可是那件兒便宜？」「他每有人愛為娼妓，有人愛作次妻。幹家的幹落得淘閒氣，買虛的看取些羊羔利，嫁人的早中了拖刀計。他正是『南頭做了北頭開，東行不見西行例』。」從趙盼兒來說，這是她風月生活的切身體會；從關漢卿來說，能對此問題有如此深刻的認識，是他關注妓女命運、揭示社會矛盾的正直人格所為。

其次，讚頌了妓女智勇果敢、樂於助人的精神，肯定她們為情癡誠、敢恨敢愛的可貴品質，塑造出中國文學畫廊中的新型妓女形象。劇作家大多都能從同情、理解的視角發現她們身上的可貴品質，她們不僅個個有美麗的容顏，而且儘管身在青樓，喪失了自由，但不喪失其人格尊嚴，她們中的大多數人都有為自身的幸福敢於和壓迫她們的惡勢力作鬥爭，譜寫了一曲曲感人的樂章。

關漢卿筆下的趙盼兒是妓女裏最爲閃光的形象，在她的身上充滿了作家對妓女的理解和對她優秀品質的讚頌之情。她的性格主要特點是機智勇敢，具有正義感，而且對妓女所處的社會地位有清楚的認識，因而對來妓院的「子弟」不抱任何幻想。憑多年的青樓經驗，她一眼就看穿了周舍虛假狠毒的本質，知道他是一個寡情無義之徒。然而涉世很淺的宋引章卻被周舍的虛情假意所矇騙，不聽她的勸告：「我便有那該死的罪，我也不來央告你。」戲劇恰恰是通過趙宋的矛盾突出趙盼兒的可貴品質。如果是一般人，話說到這地步，那不管後來你宋引章如何遭罪，也和我趙盼兒無關。但趙盼兒不是這種人，當宋引章求她救自己時，她的正義品質使她覺得這是她義不容辭的責任。憑她風月場的經驗，她摸透了周舍貪婪好色的弱點，決定以「其人之道，還治其人之身。」她採用「風月」手段，「掐一掐，拈一拈，摟一摟，抱一抱，著那廝通身酥，遍體麻，將他鼻凹兒抹上一塊砂糖，著那廝舔又舔不著，吃又吃不著，賺得那廝寫了休書。」於是她用自己的色相把自家姐妹救出火海，充分表現了她的義膽俠骨，顯示出與被玩弄者同舟共濟的優秀品質。她那種把玩弄者玩弄於掌心之中的膽略，集中體現了被玩弄者在與玩弄者鬥爭中磨礪出來的大智大勇。因此，可以說《救風塵》是一曲讚頌妓女以智勇戰勝強大的惡勢力的凱歌。

《灰闌記》裏的張海棠也是一位值得肯定的妓女。她出於生活所迫，爲了養活母親不得已做了妓女。從良後嫁給馬員外爲妾，生一子。而馬員外大妻與趙令史通姦毒殺馬員外卻嫁禍於她，爲奪取家產又將她的兒子搶去。面對惡勢力的威逼，她毫不示弱，大膽走向公堂，在她善良的思想中，有著和竇娥一樣的心理：「我又不曾藥死你老子，情願和你見官去來。」可在「雖則居官，律令不曉，但要白銀，官事便了」的貪婪而昏聵的官員面前她被打入死牢。她仍表現出堅強性格，決不向惡勢力低頭。但當包公巧設「灰闌計」審案時，讓她和馬員外的正妻從圈裏爭拉孩子時，她出於愛護孩子主動鬆手，寧可甘願受罰，這又表現出她的一顆善良的慈母心。

在這類劇目中，描繪得最多的是身上洋溢著青春之美，又具有令人信服的敢恨敢愛的妓女形象，她們形成了一道靚麗的風景線。《對玉梳》中的顧玉香不顧鴇母的反對，喜愛窮秀才荊楚臣而討厭富商柳茂英。柳茂英討好地對她說：「大姐，小人二十載綿花，都與大姐，不強如那窮身破命的！」她厲言斥責柳茂英：「噤聲！他雖然身貧志不貧！」厚顏無恥的柳茂英仍然糾纏她，

她態度果斷唱道：「量你這二十載綿花值的幾何？呆漢，你便有一萬斛明珠也則看的我！」表現出凜然正氣，不為財利所動，甚至不惜生命捍衛自己的愛情幸福，完全是新型的妓女形象。《百花亭》中的賀憐憐也是一位值得讚揚的妓女，她為追求正常人的愛情大膽、狂熱，在清明節踏青時偶遇書生王煥，她主動用詩向王煥發出愛慕的信息：「折得名花心自愁，春光一去不可留。」王煥回詩：「東風若是相憐惜，爭忍開時不並頭。」她熱血沸騰，大膽果斷，即刻對王煥表態：「你若肯娶我，我便告一紙從良，立個婦名也。」可她的美好理想遭到了「狠毒呵恰似兩頭蛇，乖劣呵渾如雙尾蠍」的鴇母的反對，卻要把她嫁給願花兩萬貫鉅資娶她的軍需官高常彬。儘管她沒有主宰自己命運的自由，不得不聽從鴇母的擺佈，高常彬得到她的肉體，卻泯滅不了她追求愛情的宏志。她想方設法見到王煥，讓他投奔延安府經略相公，建立功業，再揭露高常彬的劣跡。王煥按照她的建議做，終於戰勝邪惡力量，一對有情人終結良緣。全劇儘管是末本戲，但真正的主角卻是賀憐憐，戲曲給我們展示了一位忠於愛情、大膽剛烈，而又機智聰慧的妓女形象，在她的身上體現出中華民族女性的很多美的品質。還有《青衫淚》中的裴興奴、《玉壺春》中的李素蘭、《金線池》中的杜蕊娘、《曲江池》裏的李亞仙等都是很有個性、閃爍著新的思想光焰的妓女形象，也是元雜劇人物畫廊中女性世界裏的生動人物。

　　再次，文人心靈深處傳統觀念積澱的偏見的下意識表露。如前所述，由於元代文人政治經濟的地位等因素的影響，文人與妓女幾乎為同一階層，所以他們確實改變了傳統文人僅將妓女視為狎邪消遣的對象，對妓女確實表現出不同以往的態度，發現並讚揚她們身上的優秀的品質。但是，他們的思想文化結構中的支柱仍是傳統的儒家文化，價值取向仍有意識無意識的表現的仍然具有傳統觀念積澱的因子。所以，他們在把妓女視為自己理想的情感的寄託對象，希望得到她們的愛的同時，常常下意識地又反映出對妓女的傳統陳舊的看法，從表層看，這似乎和他們讚揚妓女形成一種矛盾，其實是真實地反映出文人心靈深處傳統觀念積澱的偏見的一隅的下意識閃現。

　　要說明這一問題，我們可以運用榮格的「原型理論」來分析。榮格把集體無意識的內容稱為「原型」。根據榮格的解釋，原型作為一種「種族的記憶」被保留下來，使每一個作為個體的人先天就獲得一系列的意象和模式。榮格把這一理論擴展到文藝領域，他認為「原型是人類長期的心理積澱中未被直

接感知到的集體無意識的顯現，因而是作為潛在的無意識進入創作過程的，但它們又必須得到外化，最初呈現為一種『原始意象』，在遠古時代表現為神話形象，然後在不同的時代通過藝術在無意識中激活轉變為藝術形象。」「榮格認為文藝作品是一個『自主情結』，其創作過程並不完全受作者自覺意識的控制，而常常受到一種沉澱在作者無意識深處的集體心理經驗的影響。這種集體心理經驗就是『集體無意識』。」〔註41〕元雜劇的作家們在其作品中正是自覺不自覺地表現出中國傳統文人的集體無意識。他們雖然在仕進上受阻「沉於下僚」，難以實現傳統價值觀賦予他們的政治理想，從而調換人生航標，以反傳統的行為醉心青樓，蘊藉風流，以妓女引為人生的紅顏知己。但他們在讚揚妓女時，往往不由自主地流露出傳統觀念在他們靈魂深處積澱下的痕跡：

〔倘秀才〕縣君的則是縣君，妓人的則是妓人。怕不扭捏著身子蹅入他門，怎禁他使數的到支分，背地裏暗忍。

〔滾繡球〕那好人家將粉撲兒淺淡勻，那裏像咱幹茨臘手搶著粉……有那千般不實喬軀老，有萬種虛器歹議論，斷不了風塵。《救風塵·第三摺》

勸君休要求娼妓，便是喪門逢太歲。送的他人離財散家業破，鄭孔目便是傍州例。《酷寒亭·第二摺》

〔那吒令〕見一面半面，棄茶船米船；著一拳半拳，毀山田水田；待一年半年，賣南園北園。我著他白玉妝了翡翠樓，黃金壘了鴛鴦殿，珍珠砌了流水桃源。《兩世姻緣·第一摺》

〔二煞〕若是娶的我去家中過，便是引得狼來屋裏窩。俺這粉面油頭，便是非災橫禍；畫閣蘭堂，便是地網天羅。敢著你有家難奔，有口難言，有氣難呵。弄的個七上八落，只待睜著眼跳黃河。《玉梳記·第二摺》

在這些話語中，無不流露出文人對狎妓、娶妓危害性的揭露，留戀青樓，玩物喪志，妓女就更不能娶進家門，如果娶到家往往是家之不幸，矛盾的導火線。正如孔齊在《至正直記》卷二中說：「以妓為妾，人家之大不祥也。蓋此輩閱人多矣，妖冶萬狀，皆親歷之。使其入宅院，必不久安。且引誘子女及諸妾不美之事，容或有之。吾見多矣，未有以妓為妾而不敗者。故諺云：『席

〔註41〕朱立元：《當代西方文藝理論》，華東師範大學出版社，1997 年版，第 168 頁。

上不可無，家中不可有』」，〔註42〕真是精闢之言。無名氏的《風雨象生貨郎旦》就像是孔齊這段話的詮釋：戲曲寫李彥和不顧妻子的強烈反對「你正是引的狼來屋裏窩，娶到家也不和」，娶妓女張玉娥為妾，玉娥將李彥和妻子氣死，又和姦夫魏邦彥合謀，盜了李彥和的財產，燒了他的房子，又將李彥和和他的家人騙到河邊，將李彥和推進河中，後被人救。戲曲譴責妓女的狠毒。再如李致遠的《都孔目風雨還牢末》裏的六案都孔目李榮祖娶妓女蕭娥為妾。結果蕭娥把梁山英雄李逵送的一對扁金環作為贓物，告李榮祖私通梁山賊人，李榮祖被抓進監獄，妻子氣死了。戲曲通過李榮祖之口直接申訴娶妓女的害處：

> 〔混江龍〕則為這虛名薄利，生憂的鬢邊白髮故人稀。孩兒又語言焦聒，大嫂又性命顛危。都則為一二載煙花新春愛，送了俺二十年兒女舊夫妻。他與我生男長女，立計成家，如今便眼睜睜親看見摟著別人睡，他便心腸似鐵，怎不的怒氣如雷。

> 〔青哥兒〕他則是一般一般滋味。我吃了六問六問三推，我如今手摑著胸膛悔後遲。我當初憑著良媒取到我家裏，換套兒穿衣，揀口兒吃食，這婆娘飽病難醫，把贓物收執，早報與官知，斷送我頭皮。我勸你這一火良吏，再休把妓女娶為妻，則我是傍州例。

因此，元雜劇作者現實的遭際使他們極需要在妓女中尋求情愛的撫慰，但潛意識的觀念又使他們對淹留青樓有些無奈，對妓女時不時也流露出一些陳腐的看法，他們既表現出市井狹邪的情趣，視妓女為發洩胸中積鬱的對象，但也不乏從妓女的不幸人生反觀自己的不幸，又將她們視為慕才惜才的紅顏知己。實際上在現實生活中真正出於愛才之心的妓女很少，她們對象關漢卿、王實甫等書會才人的喜愛，也大概主要出於他們會給自己寫劇本，而文人們喜愛妓女也有出於感情補償的需要。因為，在封建社會，文人、尤其是有地位的文人所娶的妻子都是門當戶對的大家閨秀，即使一般文人由於受到傳統觀念的影響，真正娶妻也儘量不選擇妓女。但傳統的女性文化要求女子只講「德言容工」，「女子無才便是德」，要求女人要溫文爾雅、溫良賢淑，對丈夫和公婆逆來順受，任勞任怨，能夠持家，但卻不要有才情。所以在當時人們往往把從事藝術活動的女性視為下等婦女的工作，因而涉足這些領域的女子

〔註42〕《宋元筆記小說大觀》（六），上海古籍出版社 2001 年版，第 6592 頁。

都是出身下層的女子，她們爲了謀生的需要，從小就接受了各種各樣的藝術訓練，所以她們大多藝技高超。如《青樓集》裏所記載的妓女那樣。因而和這些有才情、懂風流的妓女來往，既是風流書生的情感需要，又能激發他們創作的靈感。但從文化的角度看，在任何社會裏，妓女都是對社會公認的道德規範的衝擊和挑戰，妓女畢竟不是社會認可的男子所追求的愛情婚姻的對象。所以元雜劇的作者們一面在讚揚妓女的鍾情有義，一面又對她們表現出鄙視；一面告誡人們少戀眠花臥柳，一面又認爲妓女最具慧眼，發現文人的優點，借她們之口抒文人之情，如《紅梨花》裏謝金蓮所唱的那樣：「秀才每從來我羨他，提起來偏喜恰，攻書學劍是生涯。秀才每受辛苦十載寒窗下，久後他顯才能一舉登科甲。秀才每習禮義，學問答。」「我這裏從頭說，你那裏試聽咱：有吳融八韻賦自古無人壓，有杜甫五言詩蓋世人驚訝，有李白一封書嚇的那南蠻怕。你只說秀才無路上雲霄，卻不道文官把筆平天下。」他們對妓女的這種兩重性的看法，正是他們在當時社會眞實的思想矛盾反映，但對妓女的讚揚是其思想的主流，而流露的傳統觀念僅僅是這一主流思想長河中的一朵暗流小浪花，故這類劇目其表現的主要思想是應該得到肯定的。

第五節　人神之戀劇——人性美的讚歌

元雜劇愛情劇裏，還有一類是寫人與神的戀情。其實，它也算是才子佳人劇的變種，故其所蘊含的思想意義可視爲才子佳人劇的延伸。如前所論，才子佳人劇主要表現文人士子的愛情理想，人神之戀劇同樣是他們美好愛情婚姻的理想讚歌，所不同的是它又具有對美好理想實現的信念，是現實生活的浪漫反映。

這類劇目的代表作主要有尙仲賢的《洞庭湖柳毅傳書》（簡稱《柳毅傳書》）、李好古的《沙門島張生煮海》（簡稱《張生煮海》）、吳昌齡的《張天師斷風花雪月》（簡稱《張天師》）、王子一的《劉晨阮肇誤入桃源》（簡稱《誤入桃源》）等，它們都是描寫一個書生與神仙女子的愛情故事，但反映的都是現實的精神，尤其是作品反映出即使在遠離塵世的龍宮天庭中，不管受到多麼嚴格的鉗制，愛的美麗之花仍然會生根、發芽，並綻放美麗的花朵。由於追求愛是人之性也，是人應有的權利，不管「天理」多麼嚴酷，在她面前最終只是屈服。譬如《柳毅傳書》主要反映封建夫權對婦女的迫害，歌頌自由

幸福的愛情。劇寫洞庭老龍的女兒三娘，嫁給涇河小龍為妻。由於他們二人的婚姻是由雙方父母作主而成，所以婚後夫妻關係不合，涇河小龍一上來就說：「有我父老龍與我娶了個媳婦，是龍女三娘，我與他前世無緣，不知怎麼說，但見了他影兒，煞是不快活。」因而他在他父母面前說三娘的壞話：「父親，你與我娶了個媳婦，他性兒乖劣，至今不與我相和，倚恃他父叔神通，發猛的要降著我，連父親也不看在眼裏。這等不賢之婦，我要他怎的？」聽信自己孩子一面之詞、暴戾的涇河老龍不聽三娘的申辯：「公公，非關媳婦兒事。這都是小龍聽信婢僕，無端生出是非。」可蠻橫不講理的公公便下令「剝下他冠袍，送他涇河岸邊牧羊去！」戲曲揭示出三娘的不幸完全是封建家長制婚姻和夫權造成的，她和涇河小龍根本就性格不和，涇河小龍不喜歡她，她也嫌涇河小龍「他鷹指爪，蟒身軀；忒躁暴，太粗疏；但言語，便喧呼：這琴瑟怎和睦？……可曾有半點雲雨期，敢只是一劃的雷霆怒.則我也不戀您榮華富貴，情願受鰥寡孤獨。」戲曲更可貴的是展示了三娘的反抗精神，她沒有逆來順受，而是爭取擺脫迫害、為自己贏得倖福，於是修家書一封，盼望傳書於親人，望他們能救自己。剛巧遇到落第書生柳毅給她千里傳書，不辭勞苦。三娘對他便產生了好感，有嫁他之心。但柳毅一則不滿三娘叔父錢塘火龍盛氣凌人的逼婚，二則他嫌牧羊時的三娘形容枯槁，後來見了不免有後悔之情。好在三娘以盧氏之女名義，終於嫁給柳毅。全劇符合中國人的倫理道德：善良終將戰勝邪惡，得救不忘恩情。看似寫人神之戀，實則具有強烈的人世情愫，肯定了青年男女相悅基礎上的婚姻才是最合理、最有價值的婚姻。

　　《張生煮海》更是肯定了青年男女追求愛情的合理性，認為那是人性的基本屬性，是什麼外在力量也難以控制得住的。戲曲所選的地點本身就有特殊意義，和《西廂記》一樣，一個美好的愛情故事恰恰發生在佛門淨地，從而就宣佈了人性必然戰勝天理的巨大力量。秀才張羽閒遊海邊，寄寓石佛寺。一天晚上在月下彈琴取樂，恰被東海龍王之女瓊蓮聽到，順琴聲而至佛寺，一窺其面「端的是個典雅的人兒也！」便喜歡他「正色端容，道貌仙豐。莫不是漢相如作客臨邛，也待要動文君曲奏求鳳凰，不由咱不引起情濃。」她完全被張羽的美貌以及「這秀才一事精，百事通」的才氣所折服，情不自禁地感歎：「好一個秀才也！」張羽見了瓊蓮亦有同感，二人相互愛慕，於是私定終身。瓊蓮贈給張羽鮫綃帕作為信物，約他在中秋之夜到海邊相會。張羽

由於思念之情強烈，等不到中秋便來海邊尋找瓊蓮，巧遇一仙姑毛女，他才知與自己相約的女子是龍女。他便意識到他們之間門第的阻隔「小生才省悟了也。他是龍宮之女，他父親十分狠惡，怎肯與我為妻。這婚姻之事一定無成了。」毛女仙姑被張羽的癡情所打動，給張羽「三件法寶降伏著他，不怕不送出女兒嫁你。」這三件法寶便是一隻銀鍋、一文金錢和一把鐵杓，並告訴張羽「將海水用這杓兒臽在鍋兒裏，放金錢在水內，煎一分，此海水去十丈；煎二分，去二十丈；若煎幹了鍋兒，海水見底。那龍神怎麼還存坐的住？必然令人來請，招你為婿也。」張羽便到沙門島用這三件法寶煮海，龍王沒辦法，只好妥協，求石佛寺長老為媒，引張羽入龍宮與瓊蓮成婚。正在此時，東華仙忽至，說明張羽和瓊蓮原本是天宮瑤池中一對金童玉女，「則為他一念思凡，謫罰下界」。戲曲儘管具有神話故事的虛幻性想像，實則是一曲張揚人性的凱歌，連天宮瑤池中的金童玉女也嚮往世俗的情緣，被罰到下界，仍癡情不改。而且戲曲渲染了這種情的博大力量，能感動具有助人於困難的俠義精神的仙姑，在她的幫助下年輕人的正義要求最終戰勝了家長制的專制，這種勝利的意義在於它表明男女青年建立在彼此相悅基礎上的愛是任何外在力量無法阻隔的，這實際是元代文人對跨越門第阻隔的婚姻理想的渴望，傳遞出「意相投姻緣可配當，心廝愛夫妻誰比方」的新的愛情婚姻觀，尤其是戲曲在結尾時瓊蓮高唱的「願普天下曠夫怨女，便休教間阻，至誠的一個個皆如所欲」的美好的理想，更是時代的最強音，從而使它有了和《西廂記》一樣偉大的主題！

　　《張天師》和《誤入桃源》雖是神仙道化劇，但同時又是歌頌愛情的名篇，都表明追求愛是天賦予人的權利，即使神仙世界，照樣充滿著愛的誘惑。《張天師》寫書生陳世英救了月宮桂花仙子，桂花仙子為了報答陳世英的思情下凡與之私會，當陳世英問他來年能不能考中時，她對陳世英回答說：「我道你來年登虎榜，總不如今夜抱蟾宮」。她把愛情完全放在應舉之上，這同白樸在散曲《陽春曲·題情》所寫的「笑將紅袖遮銀燭，不放才郎夜看書。相偎相抱取歡娛。止不過迭應舉，及第待何如？」是多麼的相似！她走後，陳世英思念成疾。他叔父陳太守見他情況異常，就請張天師設壇除妖。張天師施法先後勾來荷、菊、梅、桃及風、雪諸神查問，最終查出桂花仙子，張天師根本不管桂花仙子對陳世英的深情，將她發往西池長眉仙處定罪。長眉仙責問她「你既為上品之仙，永享逍遙之福，職居月殿，遠隔人間，你豈不聞

道德爲仙家之本，清閒乃開悟之門，你何不遵守天條，卻去迷惑秀士，犯此思凡之罪，押赴吾前，有何理說？」她理直氣壯，毫無愧色地回答道：「兀那座讀書齋，須不是楚陽臺。他救我元無意，我見他有甚歹？冤哉！怎將俺這一火同禁害？訴的明白，望仙尊別處裁。」當再見到陳世英時，她深情地唱道：「呀，早轉過甚人來，是、是、是有情人陳秀才，他、他、他怎容易到天台？敢、敢、敢爲著我舊情懷，待、待、待折桂子索和諧，怎、怎、怎不教我添驚怪？」陳世英也驚叫：「仙子，誰想小生今日還得和你相會也。」兩人便同走，「咱兩個去來！」儘管被封姨、雪神喝斥阻攔住，但他們之間的眞情相愛，已足以使天條的執行者長眉仙也受到感染，他也對桂花仙子的「越禮」行爲只得從輕發落，「據招狀桂花仙子本當重譴，姑念他居月殿從無匹配。便思凡下塵世亦有可矜，仍容許伴玉兔將功折罪。」這一結果表明追求情愛是合情合理的，即使天國仙界，情愛也同樣有它存在的理由。不管月宮神仙生活多麼美好，那都比不上人間愛情的美好。

　　《誤入桃源》是一出神仙道化劇的名劇，同時也是寫人神戀愛的佳篇，尤其突出了仙女對愛的主動性，說明追求情愛是人之本能屬性，應予以肯定，戲曲開篇的題目開宗明義「太白金星降臨凡世，紫霄玉女夙有塵緣；青衣童子報知仙境，劉晨阮肇誤入桃源。」此戲曲取材於美麗的傳說故事，《太平廣記》卷六十一「天台二女」條載：

> 劉晨、阮肇，入天台採藥，遠不得返。經十三日，饑，遙望山上有桃樹子熟，遂躋險援葛至其下。啖數枚，饑止體充。欲下山，以杯取水。見蕪菁葉流下，甚鮮妍。復有一杯流下，有胡麻飯焉。乃相謂曰：「此近人矣」。遂渡山，出一大溪，溪邊有二女子，色甚美。見二人持杯，便笑曰：「劉、阮二郎捉向杯來？」劉、阮驚。二女遂欣然如舊相識。曰：「來何晚耶？」因邀還家。南、東二壁，各有絳羅帳，帳角懸鈴。上有金銀交錯，各有數侍婢使令。其饌有胡麻飯、山羊脯、牛肉，甚美。食畢行酒。俄有群女持桃子，笑曰：「賀汝婿來。」酒酣作樂。夜後各就一帳宿，婉態殊絕。至十日求還，苦留半年。氣候草木，常是春時。百鳥啼鳴，更懷鄉，歸思甚苦。女遂相送，指示還路。鄉邑零落，已十世矣。

愛情是美好的，所以這個故事語言中處處洋溢著令人神往的氣息，那裏「氣候草木，常是春時」，神仙們過著詩意般的生活，劉、阮二人的到來，使她們

興奮不已,這不正說明情的力量?《誤入桃源》基本保留了這一傳說故事的框架,只是把它放在了「姦佞當朝,天下將亂」的社會大背景下來描述,從而就使它具有了現實的意義。採藥的村夫也成了「幼攻詩書」的文人,「因見姦佞當朝,天下將亂,以此潛形林壑之間」,過起了「嘯傲煙霞,寸心休把名牽掛」的隱逸生活,從此是「洗滌了是非心」,甘願過清心寡欲的生活。於是,劉晨阮肇二人,來到天台山,在太白金星的引導下,他們來到了桃源洞,此處的美景佳人「你便鐵石人也惹起凡心動」,兩個可以與污濁社會決裂、視功名如草芥的高雅儒士,可面對著美酒仙女,往日聖教天理統統見鬼去吧!劉晨情不自禁地唱道:「則見他喜孜孜幽歡密寵,便一似悄促促私期暗通。怎消得翠袖殷勤捧玉鍾,屏開金孔雀,褥隱繡芙蓉,兀的般受用。」「受用些細腰舞,皓齒歌,琉璃鍾,琥珀醲,抵多少文字飲一觴一詠,」「月滿蘭房夜未局,人在珠簾第幾重。結煞同心心已同,縮就合歡歡正濃。焚盡金爐寶篆空,燒罷銀臺燭影紅。身在天台花樹叢,夢入陽臺雲雨蹤,準備著鳳枕鴛衾玉人共,成就了年少風流志誠種。」多麼美的詞章,抒發了主人公對情愛是如此沉醉的情懷!塵世的功名、榮譽,劉阮可輕易盡拋,但對仙女的主動熱情的愛,他們無法抵禦,這恰恰說明性與性愛是人類最基本的內容之一,它維繫著人類和人類文化的生存和發展。「飲食男女,人之大慾存焉」。程朱理學提出的「存天理,滅人慾」,其實質是對人的自然本性的異化,是對人性的粗暴的壓抑。此外,我國的傳統性文化即使承認夫妻間的性關係,但也只是把兩性關係限制在繁殖後代的層面,如與生殖無緣的性一律視為「淫」。《誤入桃源》突破了這一模式,它熱情地肯定仙女和劉阮的愛、乃至性的追求,袪除了附加在性愛上的封建倫理色彩,充滿展示了性愛本身的愉悅性,肯定了人追求情、欲的正當性和不可壓抑性,強調了人的自然性是不可抗拒的。戲曲更為深刻的是劉阮二人過了一段美妙的與仙女的情愛生活,居然不顧「溫香軟玉,恩意綢繆,只是繡閣蘭房,盡也受用不盡」,又動了思凡之心,回到家園,物變人非,不禁使之感慨不已。於是再回仙境。這種否定之否定,實則是文人心靈深處隱與顯的二重思維的表現:既戀美人,夢想豔遇,但又丟舍不下儒生傳統的人生理想。但他們最終回歸仙境,便是元代文人新的人生情趣的表現。戲曲更為感人的是表現出仙女對情的執著,她們同劉阮二人依依話別,言詞綿綿,情意深深:「我等本待和他琴瑟相諧,松蘿共倚,爭奈塵緣未斷,驀地思歸,雖然係是夙因,卻也不無傷感。」「人間無路水茫茫,玉洞桃花空

自香。只恐韶光易零落，何時重得會劉郎？」她們對劉郎癡心不改，所以當他二人再次到來時，她們雙雙迎接，驚喜而云：「不意今日又得相會也！」於是一幅美妙的愛情場面令人神往：「依然見桃源洞玉軟香嬌，一隊隊美貌相迎，一個個笑臉擎著。今日也魚水和諧，燕鶯成對，琴瑟相調，玉爐中焚寶篆沉煙細嫋，絳臺上照紅妝銀蠟高燒。人立妖嬈，樂奏簫韶，依舊有翠繞珠圍，再成就鳳友鸞交。」在這美的旋律中，充滿了愛情的溫馨，這才是人間最值得讚美的東西，相比之下，那些蒼白無力的陳腐理學觀念是一文不值的。

馬克思說：「思想、觀念、意識的產生最初是直接與人們的物質活動，與人們的物質交往，與現實生活的語言交織在一起。觀念、思維、人們的精神交往在這裏還是人們物質關係的直接產生。表現在某一民族的政治、法律、道德、宗教、形而上學等的語言中的精神產生也是這樣。人們是自己的觀念、思想等等的生產者，但這裏所說的人們是現實的，從事活動的人們，他們受著自己的生產力的一定發展以及與這種發展相適應的交往（直到它的最遙遠的形式）的制約。意識在任何時候都只能是被意識到了的存在，而人們的存在就是他們的實際生活過程。」〔註43〕作為意識形態層面的文學，不管它是根植社會中的現實題材，還是超現實的浪漫誇張，乃至荒誕離奇的神幻世界的描寫，無不打上作家實際生活的烙印。人神相戀劇正是如此，表面上是寫人與超現實的仙女情愛，實際上完全是當時元代文人的情感外化，是他們為自己營造的美好的愛情的精神家園。因此，那些個對愛忠貞，不嫌棄書生的貧賤，主動熱情獻出自己一顆愛心的仙女們，不正是書生們夢想的佳人嗎？由此可見，此類劇也當屬才子佳人劇的另一類型，都是表現文人士子的愛情理想，用美好的愛情消解現實中不得志的失落感。

第六節　愛情婚姻觀中的新的靈光──棄婦模式的新突破

負心婚變和婚外別戀在封建社會是非常普遍的一種社會現象，因而，這也是中國古代文學所表現的一個常見主題。從先秦開始文學作品裏就有很多的反映這類問題的作品，如第一節裏所簡述的。尤其是兩宋以來，文人科考

〔註43〕馬克思：《得意志意識形態 1845～1846》，《馬克思恩格斯選集》（一），人民出版社，1972 年版，第 30 頁。

較之於前代更爲規範，唐代科擧極重門第，權豪貴戚往往可以通過「公薦」、「通榜」操縱科考，經常是還沒閱卷就已內定，因而有眞才實學卻無背景的文人很難一擧成名。宋朝建立後，宋太祖明確下令取消「公薦」制度。《宋史・選擧志一》記載：「知擧官將赴貢院，臺閣近臣得薦所知之負藝者，號曰『公薦』，太祖慮其緣挾私，禁之。」〔註44〕可以說宋代給出身貧寒的文人提供了一個公平競爭的平臺，一旦科擧成功，便跳過龍門，光耀無比，令人羨慕不已。隨著文人地位的提高，在婚姻中便普遍出現富貴易妻現象。早在宋以前，社會上就有富貴易妻的世風，如《隋書・地理志》記載江浙閩北一帶文人「及擧孝廉，更娶富者。前妻雖有積年之勤，子女盈室，猶見放逐，以避後人。」唐代此風有增無減，如陳寅恪所說：「唐代社會承南北朝之舊俗，通以二事評量人品之高下。此二事，一曰婚姻，一曰宦。凡婚而不取名家女，與仕而不由清望官，俱爲社會所不齒。……捨棄寒女，而別婚高門，當日社會所公認之正當行爲也。」〔註45〕到了宋代此風更爲普遍，因爲宋代科擧規模擴大，而且又規範，特別是下層文士常有「朝爲田舍郎，暮登天子堂」的機會，如宋理宗寶祐四年（1256）《登科錄》中進士的 601 人中，出身平民家庭的就有487 人，可見科擧給當時出身貧寒家庭的文人確實帶來了發跡的機會。他們步入仕途，傳統的富貴易妻社會風氣的慣性思維不自覺地控制著他們的行爲，使他們在金榜題名後休棄結髮之妻，娶富家之女，給自己仕途找到靠山。另外，官僚們也需要籠絡人才，營造他們的關係網，也需要將新貴納入他們的勢力範圍之中。因此，新科狀元也便是皇親國戚招婿的對象。封建婚姻往往成爲權貴們通過聯姻來擴大他們的政治權力的手段，但當書生投入權貴的懷抱，拋妻別娶後，便同自己原來所屬的階層形成矛盾衝突，於是這一風氣便成爲反映市民道德觀念的戲曲所反映的內容，而此類書生便成爲鞭撻的對象。所以現存早期南戲《趙貞女蔡二郎》、《王魁負桂英》、《張協狀元》等，都是對忘恩負義、富貴易妻的書生的譴責，戲曲也往往表現出對負心郎的痛恨之情，如讓「暴雷震死」蔡伯喈，因爲他「棄親背婦」，這也是當時較爲普遍的一種社會現象的反映。

　　元代社會是讀書人的黑暗時代，書生的社會地位由天上跌落到地下。停止科擧長達八十年，即使恢復後也是徒有虛名，錄取人數少得可憐，因而大

〔註44〕《宋史・選擧志》，中華書局，1985 年版，第 3605 頁。
〔註45〕陳寅恪：《元白詩箋證稿》，上海古籍出版社，1978 年版，第 112～113 頁。

多書生「沉於下僚」，他們失去了唐宋文人的優越感，在婚姻中也失去了唐宋文人的那種居於支配地位，轉而成為受人同情的弱勢群體。因此，在元雜劇裏，書生大多是平庸怯懦、迂闊拘謹之人，但對愛情大多表現為忠貞癡情，而負心棄妻、移情別戀的很少，因此，反映此類生活的作品較少，只有楊顯之的《臨江驛瀟湘秋夜雨》（簡稱《瀟湘雨》）和石君寶的《魯大夫秋胡戲妻》（簡稱《秋胡戲妻》），此外還有關漢卿的《風流郎君三負心》（佚）和尚仲賢的《海神廟王魁負桂英》（殘劇）。

楊顯之的《瀟湘雨》是此類劇目的代表作。劇作通過秀才崔通未考進士前與其伯父養女張翠鸞結為夫妻，考中狀元後就變了心，娶考官之女為妻，並到秦川縣做官。張翠鸞歷經辛苦找到他，他不但不認反而誣衊張翠鸞為逃奴，發配沙門島，並讓差役在路上將張翠鸞害死。這是一部揭露讀書人趨炎附勢、負心忘本的醜惡心靈的力作，具有深刻的社會意義，在元雜劇裏是較有特點的劇目。

戲曲一開始便顯示出文人崔通對功名的企盼，「黃卷青燈一腐儒，九經三史腹中居。他年金榜題名後，方信男兒要讀書。」「受十年苦苦孜孜，博一任歡歡喜喜。」當他伯父問他「你曾娶妻來麼？」他便引用古人話作答：「先功名而後妻室。」表現出他滿腦子都是讀書為功名思想，這為他後來變心作了必要的鋪墊。他來到伯父家見到張翠鸞，不禁感歎：「一個好女子！」便同意了他伯父安排的這樁婚事，臨別時張翠鸞擔心他負心：「則怕崔秀才此去，久後負了人也。」他便發誓說：「小生若負了你呵，天不蓋，地不載，日月不照臨！」可面對著名利、美女的誘惑，崔通的心理失衡了，終究將自己的誓言拋之九霄雲外，在情理與功名、道德與仕途的權衡時，最終讓追求個人名利的私慾戰了上風，竟然堂而皇之地說：「我伯父家那個女子，又不是親養的，知他那裏討來的？我要他做什麼？能可瞞昧神祇，不可坐失機會。」他算抓住了這個機會，做了考官的女婿，也當上了秦川縣令，可失去了做人的良心。更可恨的是她妻子找來時，連他的夫人都說：「相公，莫非是你的前妻，敢不中麼？不如留他在家，做個使用丫頭，也省的人談論。」可崔通絲毫不念舊情，誣衊翠鸞是偷了他家銀壺的奴婢，如今自找上門，是「飛蛾撲火，自討死吃的。」讓手下人痛打翠鸞，「將他臉上刺著『逃奴』二字，解往沙門島去者。」「一路上則要死的，不要活的」，這充分表現出崔通內心骯髒、行為卑劣、庸俗狠毒的本質。相比之下，也突現了張翠鸞的堅強性格。她與父親離

散，無家可歸，本已非常不幸了，又與到負心丈夫的遺棄；遺棄後又遭到丈夫的誣讒、毒打和發配。面對這一系列的打擊，她沒有妥協、求饒、逆來順受，而是與命運抗爭，她痛罵崔通負心「你、你、你負心人信有之，咱、咱、咱薄命妾自不是。」「他、他、他忒狠毒，敢、敢、敢昧己瞞心將我圖。你、你、你惡狠狠公隸監束，我、我、我軟揣揣罪人的苦楚。痛、痛、痛，嫩皮膚上棍棒數，冷、冷、冷，鐵鎖在項上拴住。可、可、可干支剌送的人活地獄，屈、屈、屈，這煩惱待向誰行訴？」她滿腔怒火，痛斥崔通的卑劣行徑，訴說自己的哀怨。好在上天有眼，在瀟瀟夜雨的臨江驛，她的憤怒哀怨的哭聲，終於引來了失散三年的父親。她滿懷的怨屈訴於父親，要父親給她報仇：「爹爹，他在秦川縣爲理，若差人拿他，也出不的孩兒這口氣。須是領著祗從人，親自拿他走一遭去。」見了崔通她怒不可遏，命左右「與我剝去了冠帶，好生鎖著！」厚顏無恥的崔通居然說道：「小娘子，可憐見！可不道『夫乃婦之天』也。」她怒唱道：「我揪將來似死狗牽，兀的不『夫乃婦之天』？任憑你心能機變口能言，到俺老相公行說方便。」這充分展現出她剛烈的反抗性格和對負心者的以牙還牙的鬥爭氣概，尤其可貴的是她對封建婦道所謂的「夫乃婦之天」的斷然否定。然而，戲作最終的結局安排楊顯之不得不又回到婦道的老路上來。面對著義父和恩人崔文遠的懇求：「小姐，怎生看老漢的面上，饒了他這性命。」她儘管滿腔憤怒也不能不考慮恩人的話：「我和他有甚恩情相顧戀？待不殺又怕背了這恩人面。只落的嗔嗔忿忿，傷心切齒，怒氣衝天！」何況她頭腦中「從一而終」的傳統觀念又潛意識地發揮作用，「若殺了崔通，難道好教孩兒又招一個？」最終不但饒恕了負心郎崔通，居然還讓這傢夥「與小姐成親後，仍到秦川做官去者」，還有一妻一妾，這顯然也流露出男權文化的痕跡。

　　《瀟湘雨》中所寫文人張商英《宋史》有傳，但所寫的事情無史可查，可見，這齣戲不是歷史劇，而是作者僅用歷史人名對現實生活的藝術把握，既具有宋元時期此類作品的共同特徵，又具有新的突破。譬如將《瀟湘雨》同《張協狀元》相比較，兩劇都是敘述了書生高中後棄妻別娶的故事，譴責男子的負心，女子依仗父親的官威，最終在曾欲置自己於死地的丈夫面前出了氣，但她們沒有像其丈夫那樣狠毒，而是以女性的善良原諒了他們。當然這裏也有他們頭腦中舊的婦道觀念所起的作用，使她們在對美好生活的追求時甘心犧牲在形式的婚姻中，求得名分上的榮光。顯然，《瀟湘雨》不管在思想深度上，還是

藝術結構上都遠在《張協狀元》之上。《瀟湘雨》新的思想靈光一方面是它真實地展示出書生為求取功名而表現的醜惡靈魂，揭示出封建文人的可卑性人格，為了作乘龍快婿，可以輕易拋棄舊妻，這是封建官場文化對他們影響的結果，假如張翠鸞的父親官職再次出現厄變，考官職位高升，很可能崔通的妻妾關係又要發生位置調換了；另一方面作品展示了女性張翠鸞的優秀美德，正如奚海先生所說：「在視男尊女卑幾乎為鐵律的社會裏，《瀟湘雨》卻以無比鮮明的對照向人們昭示了反傳統的結論：作為男人的崔甸士是那麼的惡，那麼的醜，而女主人公張翠鸞卻是這樣的善，這樣的美！」〔註46〕

　　石君寶的《秋胡戲妻》嚴格意義上講不可算作棄婦型婚戀劇，但把它歸到這類劇中分析，主要是它也屬於對女性的讚美，對丈夫的情感不專的批評，也具有新的意義，尤其是羅梅英提出要整「妻綱」的家庭婚姻倫理觀閃耀出新道德的光輝。

　　《秋胡戲妻》的故事最早見於西漢劉向的《列女傳》：

　　　　潔婦者，魯秋鬍子妻也，既納之五日，去而官於陳，五年乃歸。未至家，見路旁婦人採桑，秋鬍子悅之，下車謂曰：「若曝採桑，吾行道遠，願託桑陰下餐。」下齎休焉。婦人採桑不輟。秋鬍子謂曰：「力田不如逢豐年，力桑不如見國卿，吾有金，願以與夫人。」婦人曰：「嘻！夫採桑力作，紡績織紝，以供衣食，奉二親，養夫子，吾不願金，所願卿無有外意，妾亦無淫佚之志。收子之齎與笥金。」秋鬍子遂去。至家，奉金遺母，使人喚婦。至，乃向採桑者也。秋鬍子慚。婦曰：「子束髮辭親，往仕五年乃還，當所悅馳驟，揚塵疾至。今也乃悅路傍婦人，下子之糧，以金予之，是忘母也。忘母不孝。好色淫佚，是污行也。污行不義。夫事親不孝，則事君不忠；處家不義，則治官不理。孝義並忘，必不遂矣。妾不忍見子改娶矣，妾亦不嫁。」逐去而東走，投河而死。

故事突出秋鬍子妻子的「潔」，表現了她甘願吃苦為外出做官的丈夫奉養二親，可丈夫回家時居然在桑園調戲已不認識的妻子，妻子回家發現調戲自己的居然是自己的丈夫，於是她講了一番大道理便「投河而死」。劉向的用意很明顯，就是要通過這個本屬於秋胡本人品行問題的故事來闡述儒家忠孝之大節，故「潔婦」形象的內含無非是其倡揚其忠孝之節的道具，故劉向對此事

的評價是：「君子曰：『潔婦精於善，夫不孝莫大於不愛其親而愛其人。』秋鬍子有之矣。君子曰：『見善如不及，見不善如探湯。』秋鬍子婦之謂也。詩云：『惟是褊心，是以爲刺。』此之謂也。」但此事本身具有豐富的故事性，故後人一再述寫。晉人葛洪在《西京雜記》裏對這個故事作了較爲詳細的敘述。後又經過文人加工、民間藝人的再創造，故事不斷增加其傳奇色彩。到了唐代較爲有影響的作品是《秋胡變文》，篇幅增長，故事更生動，人物形象亦豐滿，可惜今爲殘本。作品已含有很感人的夫妻情懷，如秋胡告別妻子時的描寫甚爲感人：

> （秋胡）行至妻房中，愁眉不畫，頓改容儀，蓬鬢長垂，眼中泣淚。秋胡啓娘子曰：「夫妻至重，禮合乾坤，上接金蘭，下同棺槨。二形合一，赤體相和，附骨埋牙，共娘子俱爲灰土。今蒙娘教，聽從遊學，未知娘子賜許已否？」其妻聞夫此語，心中悽愴，語裏含悲，啓言道：「郎君！兒生非是家人，死非家鬼，雖門望之主，不是爺娘檢校之人。寄養十五年，終有離心之意。女生外向，千里隨夫，今日屬配郎君，好惡聽從處分。郎君將身求學，此快兒本情。學問得達一朝，千萬早須歸舍。」

如此對話多麼的感人，表現出夫妻間的深情。秋胡走後，他的妻子「孝養勤心，出亦當奴，入亦當婢，冬中忍寒，夏中忍熱，桑蠶織絡，以事阿婆，晝夜勤心，無時暫舍。」以至於婆婆也感動不已，「愧見新娘獨守空房」，便想讓她改嫁，「不可教新婦孤眠獨宿，不可長守空房，任從改嫁他人」。「其新婦聞婆此語，不覺痛切於心，便即泣淚，向前啓言阿婆：『新婦父母匹配，本擬恭勤阿婆，婆兒遊學不來，新婦只合盡形供養，何爲重嫁之事，令新婦痛割於心？婆教新婦，不敢違言；於後忽爾兒來，遣妾將何申吐？』婆忽聞此語，不覺放聲大哭，泣淚成行，彼此收心。」這裏孝婦的品行已較爲清晰。她辛苦侍奉婆婆，盼望丈夫回歸，可沒想到在桑園調戲自己的人卻恰恰是自己的丈夫，此段描寫，尤爲生動：

> （秋胡）至採桑之時，行至本國。乘車即身著紫袍金帶，隨身並將從騎桑中而過，變服前行。其樹拂地婆娑，伏乃枝條掩映，欲見於人，借問家內消息如何。舉頭忽見貞妻，獨在桑園間採葉，形容變改，面不曾妝，蓬鬢長垂，憂心採桑。秋胡忽見貞妻，良久瞻相，容儀婉美，面如白玉，頰帶紅蓮，腰若柳條，細眉段絕。暫停

住馬，向前上熟看之，只爲不識眞妻，故贈詩一首：「玉面映紅妝，金鈎弊採桑。眉黛條間發，羅襦葉裏藏。頰奪春桃李，身如白雪霜。」秋胡喚言道：「娘子，不聞道：採桑不如見少年，力田不如豐年！仰賜黃金二兩，亂綵一束，暫請娘子片時在於懷抱，未委娘子賜許以不？」眞婦下樹，斂容儀，不識其夫，喚言郎君：「新婦夫婿遊學，經今九載，消息不通；音信隔絕。阿婆年老，獨坐堂中，新婦寧可冬中忍寒，夏中忍熱，桑蠶織絡，以事阿婆。一馬不披兩鞍，單牛豈有雙車並駕？家中貧瘠，寧可守餓而死，豈樂黃金爲重？忽而一朝夫至，遣妾將何申吐？縱使黃金積到天半，亂綵埒似丘山，新婦寧有戀心，可以守貪取死。」其秋胡聞說此語，面帶羞容，乘車便過。行至數步，心中歎言：「我聞貞夫烈婦，自古至今耳聞，今時目前教見。誰家婦堪上史記，萬代傳名。」說言未訖，行至家中。……忽聞夫至，喜不自勝，喜在心中，面含笑色。行至家，向北堂覓見其夫，得見慈母。新婦欲拜謝阿婆，便乃入房中，取鏡臺妝束容儀，與夫相見。乃畫翠眉，便拂芙蓉，身著嫁時衣裳，羅扇遮面，欲似初嫁之時。行至堂前設禮，助婆歡喜。見新婦來至，愧謝九年孝養功勞，便下堂階，哭泣喚言：「新婦！我兒來至，遊學畢功，軒印隨身，身爲國相，黃金繒綵，愧謝孝恩，願新婦領受。」得婆語回面拜夫，熟向看之，乃是桑間贈金宰貴。情中不喜，面變淚下交流，結氣不語。阿婆甚怪，重問新婦：「我兒九年不在，新婦今得孝名，何爲今見兒來，忽爾今朝不喜？新婦必有私（情），在於鄰里，何不早吐實情？若無他心，不合如此！」新婦聞婆此語，泣淚交流，復願阿婆聽說，不喜由緒：「新婦實無私情，只恨婆兒二種事不安：一即於家不孝，二乃於國不忠。」阿婆喚言新婦：「我兒於國不忠，豈得官榮歸舍？若於家不孝，金綵亦不合見吾。若無他心，何故漫生言語？」新婦啓言阿婆：「兒若於慈孝，天恩賜金，教將歸舍，報娘乳哺之恩。今即來及見母，桑間已贈於人，所以於國不忠，於家不孝。新婦父母匹配本身，承事九年，供養多門，宣少之儀，阿婆願希慈新婦。」（以下殘缺）

儘管結尾殘缺，但根據文中「新婦」「泣淚交流」的訴說推測，必然也是悲劇結局。這個變文有很高的藝術價值，可以推測它對雜劇《秋胡戲妻》影響很

大。石君寶在歷史的素材基礎上，經過高妙的藝術再創造，更爲可貴的是作者站在現實生活的層面上，把握取捨材料，使作品情節更貼近現實生活，具有時代精神，從而使《秋胡戲妻》較之於以前同類題材的作品，閃耀出新思想的靈光。

首先，作者所關注的思想焦點的變化。從《列女傳》到《秋胡變文》，都帶有極強的封建倫理觀念的教化色彩，突出秋胡妻的封建正統觀念，如《列女傳》中的「潔婦」對秋胡桑園的所做所爲都是從儒家的傳統倫理「忠」「孝」來判斷，《秋胡變文》增加了人物的感情色彩，但仍具有較強的封建觀念。《秋胡戲妻》則不同，作者所關注的思想焦點由宣揚封建倫理觀念轉換到歌頌女子的美德，對夫權的質疑，響亮地提出「整頓妻綱」的口號，表現了勞動婦女要求自我人格獨立的強烈願望。劇中所塑造的羅梅英形象，完全是元代文人在當時社會實現基礎上所刻畫出來的具有顯明時代特徵的典型形象。她是一位美麗善良、勤勞賢慧、忠貞感情、機智活潑、又富有反抗精神的農家少婦形象。她一登場便表現出新的個性，她認爲「男女成人，父娘教訓，當年分，結下婚姻，則要的廝敬愛相和順。」她不像一般的女子，對婚姻大事缺乏個人主見，完全是由父母安排，而她把彼此的「廝敬愛相和順」放在首位。因此，當媒婆告訴她：「你當初只該揀取一個財主，好吃好穿，一生受用。似秋老娘家這等窮苦艱難，你嫁他怎的？」時，她的回答表現出了她看重的不是錢財，而是才學人品，她唱道：「至如他釜有蛛絲甑有塵，這的是我命運。想著那古來的將相出寒門，是俺這夫妻現受著虀鹽困，就似他那蛟龍未得風雷信。你看他是白屋客，我道他是黃閣臣。自從他那問親時，一見了我心先順。咱人這貧無本，富無根。」她對秋胡更多的是建立在兩情相悅的愛的基礎上，是「一見了我心先順」的愉悅情懷是她無怨無悔的嫁給貧窮的秋胡，也正是這愛使她能在長達十年的等待中矢志不渝。再加之二人美滿的性生活也讓她難以忘懷，當新婚的丈夫被勾去當軍時，她毫無羞澀地傾訴他們的恩愛新婚生活：「都則爲一宵的恩愛，攬與我這滿懷愁悶。他去了正身，只是俺婆婦每誰憐誰問？我迴避了座上客，心間事，著我一言難盡。不爭他見我爲著那人，耽著貧窮，搵著淚痕，休也著人道女孩兒家直恁般意親。」表現了她對新婚生活的懷戀，對秋胡被抓兵的無奈，「眼見的有家來難奔，暢好是短局促燕爾新婚。莫不我盡今生寡鳳孤鸞運！」「卻正是一夜夫妻百夜恩，破題兒勞他夢魂，赤緊的禁咱愁恨，則索安排下和淚待黃昏。」正由於有對丈夫

的深戀情愫，才使她在秋胡被「勾軍」後毫無音信的漫長的十年歲月裏忠貞愛情，等待著丈夫的歸來，這也是她能夠堅決拒絕李大戶無理逼婚，捍衛自己和秋胡神聖婚姻的精神力量淵源。當李大戶逼婚、她父母強迫時，她厲聲斥責，表明態度：「我既爲了張郎婦，又著我做李郎妻，那裏取這般道理！」「我如今嫁的雞一處飛，也是你爺娘家匹配。」當李大戶在她面前誇耀：「似我這般有銅錢的，村裏再沒兩個」時，她輕蔑地唱道：「其實我便覷不上也波哥，其實我便覷不上也波哥。我道你有銅錢，則不如抱著銅錢睡！」直使荒淫無恥的李大戶在她正義的威懾力面前卻步。然而，令她萬萬沒想到的是她苦苦等待、盼望歸來的丈夫竟然也是一位無賴之徒。「桑園戲妻」是全劇最有戲劇性的關目。戲曲分層次展示秋胡的無賴相，突出羅梅英的優秀品質。秋胡來到桑園，看見羅梅英先是驚歎：「一個好女人也！」接著以好色之徒的目光突出羅梅英的美貌「背身兒立著，不見他那畫皮，則見他那後影兒，白的是那脖頸，黑的是那頭髮。可怎生得他回頭，我看他一看，可也好那。」於是他用詩歌挑逗：「二八誰家女，提籃去採桑。羅衣掛枝上，風動滿園香。」她一答話，秋胡便更厚顏無恥：「這裏也無人，小娘子，你近前來，我與你做個女婿，怕做什麼？」她怒斥道：「怎人模人樣，做出這等不君子，待何如？」秋胡看語言不行，無賴行徑便升級：動手動腳，拉扯羅梅英，「小娘子，你隨順了我罷。」她一邊怒斥秋胡：「靠後」，一邊高呼：「沙三、王留、伴哥兒，都來也波！」秋胡一看「相偎相抱扯衣服，一來一往當攔住」的粗暴舉動也難以得逞，便又換爲用黃金誘惑：「且慢者，這女子不肯，怎生是了？我隨身有一餅黃金，是魯君賜與我侍養老母的。母親可也不知。常言道：財動人心。我把這一餅黃金與了這女子他好歹隨順了我。」「兀那小娘子，你肯隨順了我，我與你這一餅黃金。」她爲了擺脫糾纏，假裝同意，逃出桑園門口便痛罵道：「兀那禽獸，你聽者！可不道男子見其金，易其過；女子見其金，不敢壞其志。那禽獸見人不肯，將出黃金來，你道黃金這般好用的！」「你個富家郎，慣使珍珠，倚仗著囊中有鈔多聲勢，豈不聞財上分明大丈夫？不由咱生嗔怒，我罵你個沐猴冠冕，牛馬襟裾！」秋胡一看軟硬兼施皆不見效，便惱羞成怒，以「你若還不肯，我如今一不做二不休，拼的打死你也」而威脅，但羅梅英不怕其無賴手段，正義凜然，怒罵無恥之徒：「你瞅我一瞅，黥了你那額顱；扯我一扯，削了你那手足；你湯我一湯，拷了你那腰截骨；掐我一掐，我著你三千里外該流遞；摟我一摟，我著你十字階頭便上木驢。哎！吃萬剮的遭

刑律！我又不曾掀了你家墳墓，我又不曾殺了你家眷屬。」在正義的力量的強大威儡力面前，自討沒趣的秋胡在尷尬中灰溜溜地逃走。

　　戲曲並沒就此結束，羅梅英的性格光輝還沒展示到極致。當她回到家中，意想不到的事發生了：在桑園調戲她，被她痛罵的無賴竟然是她十年來朝思暮想的丈夫。她無比地憤恨，但爲了不讓婆婆傷心，她把秋胡叫出門，厲言怒斥：「誰著你戲弄人家妻兒，逗人家婆娘？據著你那愚濫荒唐，你怎消的那烏靴象簡、紫綬金章？你博的個享富貴，朝中棟樑，你可不辱沒殺受貧窮堂上糟糠！我捱盡凄涼，熬盡情腸，怎知道爲一夜的情腸，卻教我受了那半世兒凄涼。」於是她堅決不認秋胡，可以體味出她內心是多麼的苦、多麼的失望！她警告秋胡：「貞心一片似冰清，郎贈黃金妾不應。假使當時陪笑語，半生誰信守孤燈？秋胡，將休書來！將休書來！」秋胡自知理缺，但仍然用「我將著五花官誥、駟馬高車，你便是夫人縣君，怎忍的便索休離了也」來說服梅英，他用他男權的思維揣測梅英的內心，可他徹底錯了，梅英根本不爲這些所動，她高唱：「誰將這五花官誥湯？誰將這霞帔金冠望！」從而使羅梅英思想得到昇華，她看重人品，輕視榮華富貴，表現出高潔的獨立個性，捍衛了自己的人格尊嚴。最終她看在十年相依爲命的婆婆臉上，饒恕了秋胡，「若不爲慈親年老誰供養，爭些個夫妻恩斷無承望。」最後她理直氣壯地提出：「非是我假乖張，做出這喬模樣，也則要整頓我妻綱！」在夫爲妻綱的男權社會裏，羅梅英的這聲呼喚具有石破天驚之意義。它是對只要求女子「守節」而放縱男子胡作非爲的封建婚姻制度的大膽的挑戰，包含了一定的女子在婚姻上要求平等的意識。戲曲最終的這一團圓結局，確有與人物性格相牴牾之處，但基本上還是合理的。因爲她看在婆婆的以死哀求上才原諒了秋胡，其次盼望夫妻團圓也是她十年的願望，儘管丈夫做出了調戲自己的醜行，但畢竟還沒完全喪失人性，成爲拋妻另娶的負心郎，再次他們之間有一定的感情基礎，所以劇作如此安排的結局不但能表現出羅梅英的善良孝順，而且體現出作者勸善懲惡，渴望重建溫馨祥和的倫理秩序的社會理想。

　　其次，借歷史題材，立足於現實，表達當時文人的思想情懷。戲曲將原故事中人物秋胡的身份改變爲「又無錢又無功名」的窮秀才，把他出遊求仕改變爲新婚三日被勾軍人用繩縛去當兵。這一改動便使故事具有了深刻的含義，秋胡的新婚別離不是文人謀求功名自己造成的，而是蠻橫無理的社會勢力造成的，這顯然隱含了元代文人不能把握自己命運的悲傷情懷，正如羅梅英

哭別丈夫時所唱的那樣：「原來這秀才每當正軍，我想著儒人顛倒不如人，早難道文章好立身。」雖說是出自羅梅英之口，實則是石君寶所代表的不得志的一代文人共同的心聲。元雜劇中作者經常借劇中人之口表現對文人社會地位的不滿，或是說明文人的懷才不遇，這都是劇作者潛意識的一種外化。因此，《秋胡戲妻》中亦然，第一折裏羅梅英的一組唱曲都滲透著文人的悲傷情懷。在那個文人還不如娼妓的社會，他們已經失去了過去文人的地位，只有透過佳人對書生才識的傾慕肯定自己，來消解自己在現實中落拓的苦悶和不平。這點是此劇與前面的愛情劇表現的共同的東西。此劇的深刻之處在於作者企圖為文人尋找另一條實現功業的道路，這便是秋胡被抓兵走時所說的：「莫怨文齊福不齊，娶妻三日卻分離。軍中若把文章用，管取崢嶸衣錦歸。」後來果然如此，秋胡「自當軍去見了元帥，道我通文達武，甚是見喜。在他麾下，累立奇功，官加中大夫之職。」更為深刻的是揭示了文人發跡後心靈深處的醜惡行徑，從而表達了作者的新的婚姻觀：夫妻雙方的愛情之花需要雙方的忠貞之水澆灌，不然就會枯萎，夫為妻綱，妻也可以為夫綱，這正是元代文人對女性平等審視所產生的新觀念，也正是該劇所表現出的最有進步意義的思想。

總之，這類劇中，作者的歌頌對象完全是女性，而男子卻是揭露的對象，它體現出元代文人的新的思想觀念。儘管元代文人實現富貴易妻的可能性很小，但作者仍然關注著這一社會現象，他們對女性的優秀品質的讚揚，這也正是元代文人在現實社會中的地位使他們產生了和傳統不同的觀念。

第七節　愛情名劇——《西廂記》愛情婚姻觀的文化解讀

被明人王世貞譽為北曲壓卷之作的《西廂記》是元雜劇中愛情婚姻題材的優秀作品，描寫的是相國小姐崔鶯鶯和書生張君瑞的愛情故事。這個故事最早見於唐代元稹的《鶯鶯傳》（又名《會真記》），其愛情故事已頗為生動、完備，但其結局是一個「始亂之，終棄之」的悲劇，從而大大削弱了其思想性。此後出現了很多描寫這個愛情故事的作品，其中最有名的當數金代董解元的《西廂記諸宮調》，它從人物、情節及主題對《鶯鶯傳》進行了全方位的改造，將一個愛情悲劇改變為男女主人公相愛、私奔最終美滿團圓的愛情喜

劇。王實甫點鐵成金，使這一傳統題材，別開生面，煥發出新的生命力，跨上了新的高度，從而使《董西廂》黯然失色。那麼是什麼力量使之成爲此類題材作品的佼佼者？除了它生動的人物刻畫、曲折的戲劇衝突和優美的語言風格外，王實甫在《西廂記》中寄託的進步的愛情婚姻觀代表了當時及後世人民群眾尤其是市民階層對自由平等的愛情婚姻追求和嚮往的理想，是一個主要原因。

一、眞摯愛情是婚姻的基礎

在封建社會，青年男女的結合很少有當事人的情感因素，恩格斯在《家庭、私有制和國家的起源》中精闢地揭示了封建婚姻的實質：「在整個古代，婚姻的締結都是由父母包辦，當事人則安心順從。古代所僅有的那一點夫婦之愛，並不是主觀的愛好，而是客觀的義務；不是婚姻的基礎，而是婚姻的附加物」。在中國長期的封建社會裏，婚姻的締結，始終存在著以門第財產和家世利益爲轉移的父母包辦和以男女當事人以感情爲基礎的個人自主間的矛盾鬥爭。封建婚姻制度，完全排斥了青年男女的愛情，特別是到了宋代，封建禮教經過宋儒的發展，進一步把愛情作爲必須撲滅的「人欲」加以限制。理學家那一整套的「男女大防」的戒律，給青年男女造成了嚴酷的精神禁錮。隨宋而來的元代，由於是由強悍的蒙古人所建，所以給傳統的中原文化注入了「異質」，從而使元雜劇可以突破傳統思想的樊籬，閃耀出新思想的火花，王實甫的《西廂記》正是如此，它鮮明而大膽地提出了新的婚姻觀，即愛情應作爲婚姻的首要條件，其它因素則應退居次要地位。

鶯鶯和張生是一對出身貴族但現實中門第懸殊的青年，因在佛殿偶然相遇，一見傾心，便產生了愛慕之情。戲劇一開始就使他們的愛具有反禮教意義，剛登上舞臺的鶯鶯就是位具有強烈傷春情感的少女，看見「花落水流紅」，便「閒愁萬種，無語怨東風」。儘管她重孝在身，但當她遇到翩翩少年郎時竟敢「盡人調戲著香肩，只將花笑拈」，臨別時竟然「回顧覷末下」。按禮教規定，她不應該有表現愛情的行爲，甚至連這個念頭都不能有。可是她見到張生，竟傾心相慕，秋波傳情，月下聯吟，「神魂蕩漾」。她埋怨「老夫人拘繫得緊」，討厭紅娘「影兒般不離身」，苦於和張生「難親近」而「情思不快，茶飯不進」，「坐又不安，睡又不穩，我欲待登臨又不快，閒行又悶。每日價情思睡昏昏」。未遇見張生時她的感情是漫無目標的「閒愁萬種」，她自己也

說「往常但見個外人，氳的早嗔；但見客人，厭的倒退；從見了那人身，兜得便親」。是什麼內動力驅使鶯鶯在內心世界發生了如此大的變化，熱烈地愛上了張生？就是因為張生「臉兒清秀身兒俊，性兒溫克情兒順」的風度和「一天星斗煥文章」的才華。但王實甫沒有停留在一見鍾情的描寫上，而是通過聯吟、寺警、聽琴、賴婚、逼試等一系列事件，展現了張生和鶯鶯成婚的愛情基礎。

作為戲劇的男主人公張生，是一介書劍飄零的書生，他雖是禮部尚書之後，但因父母早亡，早已家道中落。因而他要進京趕考，重振家風。但當他在普救寺偶遇鶯鶯，鶯鶯的美貌使他「魂靈兒飛在半天」，立刻「風魔」上鶯鶯，於是把功名拋到了九天雲外，完全沉醉在對愛情的追求之中：憑居西廂，藉故搭齋，牆角吟詩，道場傳情，搬兵解圍，老夫人賴婚，他見不到鶯鶯便「相思病染」；當得到鶯鶯的相約詩簡，由於狂喜錯解詩意把牆翻。戲劇充分地展示了張生重愛情而輕功名的內心世界：「有限姻緣，方才寧貼；無奈功名，使人離缺。害不了的愁懷，卻才覺些；掉不下的思量，如今又也。」

戲劇打破了「才子佳人」的俗套，讓張生以一個白衣秀才的低微身份，通過他熱烈大膽追求愛情的果敢行為，贏得鶯鶯對他的顧盼垂愛；鶯鶯明知己有父母之命的婚約卻移情傾心於張生的才貌，接受了他的愛情，兩人的愛情是建立在真實的感情基礎上的，顯得合情合理而十分純潔。孫飛虎兵圍普救寺，引出了老夫人當眾許婚，張生搬兵解圍，使崔張剛剛萌生的愛情在外力的推動下，同婚姻聯繫了起來，使他們的婚姻有了合法的歸宿和保證。然而老夫人的許婚只是危難之時的權宜之計，一旦危險解除，他就以鶯鶯同鄭恒有婚約在先為藉口，賴掉同張生的婚約，而且讓鶯鶯同張生以兄妹相稱，企圖限制和扼殺兩人萌生的愛情幼芽。作者尖銳地提出了封建社會帶有普遍性的問題：父母根據家庭地位，財產狀況包辦的婚姻同青年男女雙方真誠相愛的婚姻，究竟哪一種才是美滿的、合理的婚姻？從而給觀眾產生一種期待心理，期待著作者最終的結果。

隨著劇情的發展，矛盾衝突的解決，王實甫旗幟鮮明地回答了這一問題。崔張都沒有接受老夫人要求的以兄妹相稱的限制，而是繼續相愛，同封建禮教的化身老夫人展開了不妥協的鬥爭。老夫人處處設防，嚴加管束，但崔張私下相互傳簡，紅娘穿針引線，他們終於逾越了封建禮教的藩籬，大膽「非法」私和。老夫人為了相國家的門風，不得不再次許婚，但她又以崔家「三

輩不招白衣女婿」爲由，強逼張生上京應試，「拆鴛鴦兩下裏」。就在張生中
舉，即將迎娶心上人時，老夫人由於聽信鄭恒的挑撥，再次悔婚，並讓女兒
同鄭恒成親，她根本不考慮女兒的感情，完全是爲了家族的利益，這反映出
封建禮教和婚姻制度的殘酷、虛僞和不合理。然而鶯鶯和張生的愛情之火是
不可能被澆滅的，他們克服封建禮教對他們的束縛，衝破老夫人設置的重重
障礙，背棄了父母之命，更不用媒妁之言，私自結爲夫妻，爭得了愛情的勝
利。他們的這一舉動，對封建禮教和封建家長制是無情的諷刺和打擊，表現
出王實甫婚姻理想的進步性。他熱情地謳歌了被封建禮教視爲非禮非法的崔
鶯鶯和張生的愛情，並爲他們的勝利而喜悅，讚美他們「不戀豪傑，不戀驕
奢，生則同衾，死則同穴」的忠貞愛情。王實甫在劇作的結尾時借張生之口
高喊出他的進步的愛情觀：「永老無別離，萬古常完聚，願普天下有情的都成
了眷屬」。這是對敢於反抗和背叛封建禮教的主人公的美好祝願，也是對合理
的婚姻制度的嚮往和召喚，反映了現代性愛意識的覺醒，代表了市民階層進
步的婚姻理想。

二、自主平等是愛情的理想

在封建社會裏，青年男女不可能有自主平等的愛情婚姻，他們必須嚴格
地遵守封建禮教的清規戒律，不敢越雷池一步，青年人的婚姻大事完全掌握
在父母手中。家長在自己兒女婚姻問題上首先考慮的是門當戶對，他們把子
女婚嫁看作是政治的或經濟的行爲，通過婚姻以達到擴大其家族利益的目
的。爲此，要求子女的婚姻不但要有父母之命，而且要有媒妁之言，否則，
便被視爲傷風敗俗，大逆不道。家長以此牢牢掌握子女婚姻的主動權，從而
在子女的婚姻問題上處處體現出封建家長的意志，婚姻當事人成爲玩偶、擺
設，根本沒有絲毫的自主權。然而，鉗制越厲害，反叛就愈強烈。到了元代
隨著俗文學的發展，表現人性的作品大量湧現，王實甫的《西廂記》就是其
中的上乘之作，它提出了一個富有時代進步意義的愛情婚姻理想，即青年男
女的婚姻不但要以感情爲基礎，而且還要打破門第等級觀念，實現自主和平
等。

相國之女崔鶯鶯是典型的封建家庭的淑女，她「年十九歲，針黹女工，
詩詞書算，無不能者」。她的母親對她嚴加管教，使她的一言一行，必須符合
封建家教的規範，把她已經許配給她並不喜歡但她父母認爲是門當戶對、親

上加親的尚書之子鄭恒。然而，崔鶯鶯對此並不滿意，她正值青春妙齡，對自己的前途充滿著憂患，整天被母親嚴加管束，青春的萌動和現實的禁錮形成明顯的對照，所以她感歎：「人值殘春蒲郡東，門掩重關蕭寺中，花落水流紅。閒愁萬種，無語怨東風」。但當她在佛殿上邂逅相遇「外像兒風流，青春年少，內性兒聰明，冠世才學」的張生，便一見鍾情，全然不顧母親給她選擇的門當戶對的婚姻，因而，她便陷入了深深地思念之中。突然，孫飛虎兵圍普救寺，要搶走崔鶯鶯做壓寨夫人，老夫人無奈之中許下了這門親事，「雖然不是門當戶對，也強如陷於賊中」，這是老夫人真實心態的表露，所以當危險解除，她便悔婚了。但年輕人的愛情之火一但點燃，便會熊熊燃燒，他們重視的是彼此間的愛，才不管愛情之外的門第觀念。張生並不因為自己出身低微而對愛情卻步，鶯鶯也不因為自己已被父母嫁於門當戶對的鄭恒而認命。他們大膽的向對方表達著自己的愛情，衝破封建禮教和世俗觀念的禁錮，實現婚姻的自主。封建社會的青年要擺脫禮教的束縛，追求自由和平等的愛情婚姻這是對封建勢力的挑戰和反叛，而這種挑戰和反叛要經歷痛苦的歷程，他們既要同以老夫人為代表的封建勢力進行鬥爭，還要同自己的禮教觀念進行鬥爭，這也正是鶯鶯在追求自主愛情道路上表現出的搖擺不定、彷徨猶豫的原因。從「酬簡」到「鬧簡」再到「賴簡」反映了鶯鶯思想深處發生的巨大變化，也表明在自主自由愛情道路上青年男女要付出多麼大的代價，反映了封建禮教的殘酷和虛偽和對青年男女的折磨和摧殘。

　　《西廂記》通過崔張的終成眷屬的愛情故事，揭露了封建禮教的殘酷和虛偽，封建婚姻制度的不合理，歌頌了青年男女對自由幸福的熱烈追求和反抗封建禮教束縛的鬥爭，揭示了婚姻問題上長期存在的父母包辦和當事人自主間的矛盾。王實甫把批判的矛頭直指封建主義的精神壓迫和婚姻制度，反映了人民群眾的愛情理想和擺脫封建精神枷鎖的強烈要求。然而，自主、平等沒有門第觀念的婚姻在封建社會裏是很難實現的，正如恩格斯所說，封建社會王公貴族「結婚是一種政治的行為，是一種借新的聯姻來擴大自己勢力的機會；起決定作用的是家世的利益，而決不是個人的意願」。〔註47〕因此，王實甫提出的自主平等的愛情婚姻觀在封建社會只能是一種理想，他也意識到這種理想在當時實現的艱難性，所以他也儘量縮短崔張之間的門第差距。

〔註47〕恩格斯：《家庭、私有制和國家的起源》，《馬克思恩格斯選集》（四），人民出版社，1972 年版，第 74 頁。

他把張生定位在其先人曾拜「禮部尚書，不幸五旬之上，因病身亡」，而張生雖「書劍飄零」「遊於四方」，只是因爲「功名未遂」。鶯鶯雖然是相國的女兒，但其父已「因病告殂」，家族勢力已一落千丈，這樣，張生和鶯鶯在某種程度上也是「門當戶對」的。但是，無論王實甫受到怎樣的時代、階級、認識上的限制，他卻通過《西廂記》揭露了封建時代婚姻與愛情相脫離的不合理現實，塑造了一對反抗封建婚姻制度，追求愛情幸福的青年形象，從根本上否定了婚姻不能自主，愛情不能自由的封建婚姻制度，喊出了廣大青年男女要求婚姻自主的心聲。

三、忠貞不二、彼此相愛是婚姻的原則

在以男權爲中心的封建社會，有些青年男女經過艱難曲折的鬥爭，得到了一時的愛情，但由於受男尊女卑觀念和權衡利害的婚姻制度的支配，男子因地位的變化，另攀高門，或因經不起社會的壓力對女子「始亂終棄」，把女子往往拋入苦難的深淵。元稹《鶯鶯傳》中的鶯鶯正是這樣的命運，霍小玉也是如此。「爲君一日恩，誤妾百年身；寄語癡小人家女，愼勿將身輕許人！」〔註48〕王實甫正是在這樣的社會基礎上關注到大膽追求愛情幸福的女子的命運，從而將《鶯鶯傳》的悲劇結局改爲喜劇結局，提出了愛情婚姻的理想原則：青年男女應該彼此相愛、忠貞不二，把愛情放在第一位。

王實甫生活的元代，由於蒙古游牧文化對中原農業文化的衝擊，加之文人的社會地位的下降，促使他們從封建傳統觀念中擺脫出來，從而表現出新的思想。封建的傳統觀念要求女子從一而終，男子可以三妻四妾，王實甫能夠擺脫這種觀念，大膽提出專一不二的愛情婚姻原則，表現出宋元以來市民階層的一種進步的思想觀念，這也是元明之際在思想領域發生的反理學、反專制，肯定人的本能情性的一種反映。

張生原本要以自己學成的「滿腹文章」來「得遂大志」，但當他同鶯鶯在佛殿相遇，一見鍾情，便再也不提上京取應之事，完全墜入愛河之中，完全成了一個「風魔漢」。他見了紅娘自報家門，月下吟詩，道場傳情，甚至全然不顧封建禮教所謂的「非禮莫視」，大膽地跳牆與鶯鶯約會，眞是一位「志誠種」。鶯鶯在張生大膽而熱烈地追求下，衝破了封建禮教和自己精神枷鎖的桎

〔註48〕朱東潤：《中國歷代文學作品選》（中編）第 1 冊，上海：上海古籍出版社，1980 年版，第 200 頁。

桔，艱難而最終走向愛情，他們完全沒有想到愛情以外的東西，全身心地投入了對對方的愛。他們勇敢地拋棄了世俗的偏見，掙脫了封建禮教的繩索，挫敗了封建勢力的頑固反撲，終於贏得了愛情的勝利，獲得了個性的解放，昭示著新的愛情婚姻觀的勝利。

在王實甫看來，愛情不但要高於一切，而且愛情應該專一，忠貞不二。朝秦暮楚、見異思遷都不符合他的愛情婚姻觀。在元稹的《鶯鶯傳》裏，張生是一位輕薄文人，他對鶯鶯始亂終棄，但元稹對此大加讚賞。他認爲張生是「善補過者」，而對鶯鶯則以封建衛道士的立場去斥責她爲「天生尤物，不妖其人，則妖其身」的「妖孽」。王實甫一改元稹這種偏見，給我們塑造了志誠專一的張生形象。無論是西廂思會，還是高中狀元，加爵封官，他對鶯鶯的感情一如既往忠貞不二。作爲封建社會婚姻的被動者鶯鶯，在委身於張生時當然擔心張生的變心：「妾千金之軀，一旦棄之。此身皆託於足下，勿以他日見棄，使妾有白頭之歎」的憂慮。因此，在老夫人逼張生上京應試張生表現出對功名的熱望和自信時，她卻對此毫無興趣，把張生得官認爲是「蝸角虛名，蠅頭微利」，一再叮嚀張生「此一行得官不得官，疾早便回來」，同老夫人「得官呵來見我，駁落呵休來見我」形成明顯的對比。在鶯鶯看來，她同張生「但得一個並頭蓮，強煞如狀元及第」。所以她告戒張生「你休憂文齊福不齊，我只怕你停妻再娶妻。你休要一春魚雁無消息，我這裏青鸞有信頻須寄，你卻休金榜無名誓不歸」。一再要張生把兩人的感情牢記在心，臨別時特別警告張生「若見了那異鄉花草，再休似此處棲遲」。王實甫就是通過鶯鶯內心的痛苦、憂慮和對功名的鄙視，讚頌了她對愛情的專一，對自由幸福地執著追求，從而揭示出只有以忠貞不二的愛情爲基礎的婚姻，才是合乎人性的婚姻這一新的婚姻觀，這正是《西廂記》的永久魅力之所在。

四、肯定人的本能慾望是婚姻必不可少的內涵

作爲愛情戲曲的名篇《西廂記》不但提出了「願普天下有情的都成了眷屬」的愛情理想，而且細膩地描繪了男女主人公的愛情是建立在滿足雙方情慾的基礎之上，肯定了他們的這種本能欲望的合理性，它也是愛情婚姻必不可少的內涵。這在宣揚「存天理，滅人欲」的宋元時期，更顯得王實甫這種新的愛情婚姻觀的進步意義。

瓦西列夫說：「研究和觀察表明，愛情的動力和內在本質是男子和女子的

性慾，是延續種屬的本能。」〔註49〕《西廂記》正是細膩描繪了男女主人公的這種本能在他們由愛情走向婚姻過程中的作用，從而完成了以情反理的重大主題。

剛一登場的鶯鶯正值青春妙齡，在殘春之際，她看到「花落水流紅，」便產生了「閑情萬種」，從而「無語怨東風」，可見她在未見張生時已先有春情的不寧，因而當她在佛寺淨地被一個風流少年窺視時，她竟敢「盡人調戲軃著香肩，只將花笑拈」，這已大膽無比了，臨走時居然還敢「回顧覷末下」。她的這些舉動表明在她的潛意識中有一種被封建禮教所壓抑的青春本轉欲望需要釋放，這便奠定了她後來接受張生追求的心理準備。

張生對鶯鶯的追求更是從本能欲望的滿足開始，當他偶遇鶯鶯便完全被她的美貌所打動：

〔元和令〕顛不剌的見了萬千，似這般可喜娘的龐兒罕曾見。

則著人眼花撩亂口難言，魂靈兒飛在半天。

這段唱腔表現出張生初見鶯鶯時的真實情感，「剛剛的打個照面，風魔了張解元」。於是他對鶯鶯產生了強烈地追求欲望，他便把進京取應拋到腦後，先滿足青春的萌動之情。

崔張二人兩顆心臟都發出強烈的震波，從而產生了極大的吸引力。於是通過月下聯吟，道場傳情，鶯鶯的愛情火焰也濃濃燃燒起來，她「神魂蕩漾」，「想著文章士，旖旎人，他臉兒清秀身兒俊，性兒溫克情兒順，不由人口兒裏作念心兒裏想」，然而現實的阻礙使他們的情感不能實現。突然，孫飛虎賊兵圍寺，張生勇退賊兵，兩人的情感已達到完全的融和之境。但不料老夫人悔婚，從而使他們的好事又受阻，彼此追求的欲望更加速了情感的內在衝動；相思的愁苦，更增強了他們彼此的牽掛之情。所以當張生以琴挑之時，終於使之情潮高漲。她的本能衝動使她暫時忘卻了禮教的束縛，寫詩約張生幽會，但當張生跳牆而來時，她又「賴簡」。她的這種行為變化，正如弗洛伊德所說：「這些阻攔性力量—厭惡、害羞及道德感—的發展，必也有其歷史的背景，它們或是人類種族的精神發展史上性本能承受外在壓抑之沉積物」。〔註50〕儘管她的性本能使她渴望性愛，但從小受到的封建教育形成一種強大的自我阻礙力，從而約束了她的本能衝動。這種本能衝動愈遭壓抑，其產生的追求欲

〔註49〕瓦西列夫：《情愛論》，北京：三聯書店，1984年版，第1頁。
〔註50〕林克明譯：《愛情心理學》，北京：作家出版社，1986年版，第54頁。

就愈強。當鶯鶯得知張生爲情思念成疾時，她內心強烈的情慾終於燒毀了「天理」的樊籬，達到了兩情相融：

〔元和令〕繡鞋兒剛半拆，柳腰兒勾一搦。羞答答不肯把頭抬，只將鴛枕捱。雲鬟彷彿墜金釵，偏宜髻兒歪。

〔上馬嬌〕我將這紐扣兒鬆，把摟帶兒解，蘭麝散幽齋。不良會把人禁害。咍，怎不肯回過臉兒來？

〔勝葫蘆〕我這裏軟玉溫香抱滿懷。呀！阮肇到天台，春至人間花弄色。將柳腰款擺，花心輕折，露滴牡丹開。

〔麼篇〕但蘸著些兒麻上來，魚水得和諧，嫩蕊嬌香蝶恣採。半推半就，又驚又愛，檀口搵香腮。

〔後庭花〕春羅元瑩白，早見紅香點嫩色。（旦云：羞人答答的，看甚麼？）（末）燈下偷睛覷，胸前著肉揣。暢奇哉！渾身通泰，不知春從何處來？

他們終於卸下了身上的精神枷鎖，實現了靈與肉的全方位結合，跨越了禮教對於人欲的束縛，充分展示出性愛的美、性愛的理直氣壯，正如德國社會民主黨人奧古斯特·倍倍爾在《婦女和社會主義》中說的：「在人的一切自然需要中，性慾是僅次於吃喝的最強烈的需要，這種需要深深地植根於每個發育正常的人體之中。在成年時期，滿足這種需要是確保身心健康的重要條件。」儘管戲劇最終通過張生高中，老夫人允婚，「有情的都成了眷屬」，削弱了作品肯定人的本能慾望這一主題的力量，但崔張二人由彼此悅色到最終情感結合，已經使《西廂記》成爲一部人性解放的讚歌。可以說，《牡丹亭》、《紅樓夢》這些歌頌人性解放的優美華章正是在《西廂記》這種情愛觀影響下結出的碩果。

綜上所述，作爲一部偉大的愛情喜劇，《西廂記》不但塑造出具有很高審美價值的人物形象，而且提出了自主平等、忠貞不二、肯定人欲等等的新的愛情婚姻觀，在當時很有進步意義。既使在是今天，這種愛情婚姻觀仍然有其值得人們稱讚的價值，這正是《西廂記》具有永恒魅力的意義之所在。

愛情是美好的，它可以消解人們在現實中的失意，撫平受傷的心靈。因此，元雜劇中愛情劇正是文人在現實的命運多舛、前途的苦悶狀態下爲自己描繪的對未來美好憧憬的畫面。所以，透過這些戲劇我們可以窺測到元代文

人的內心世界和理想追求。尤其是劇中的女主人公，正體現出元代文人的文化品位和人生追求，在她們身上既有傳統女性的溫柔善良的美，又有青樓女子的熱情直率的美，這是由於這些劇作者都是從小受到良好的儒學傳統文化的薰陶，深諳傳統女性的柔美；又是由於元代文人淪落為社會底層，與勾欄歌妓為伍，於是又吸取了青樓文學的的特點，從而使他們塑造出中國文學畫廊中的新的女性形象：閨閣小姐與傳統的閨閣小姐的「只言情不言性」不一樣，她們「既言情也言性」，如崔鶯鶯、李千金、蕭淑蘭等；青樓妓女既大膽熱烈，又具有閨閣女子的矜持含蓄、感情專一，如李亞仙、謝天香、杜蕊娘等。故元雜劇中的女性形象具有較高的審美價值，我們應該予以足夠的重視，她們也正是愛情劇的價值所在。

第五章　神仙道化劇的文化特質

第一節　文人棄儒歸道的無奈抉擇——元雜劇「神仙道化」劇的文化透視

在元雜劇的藝苑中，「神仙道化」劇是一株奇葩。對其評價歷來爭議最大。有好之者，如明代大戲劇家朱權把它排在元雜劇十二種之首；也有對其完全否定的，如游國恩等先生的《中國文學史》認為它「極力宣揚道教的教義，代表雜劇的創作中的一種消極傾向」。〔註1〕果真如此嗎？顯然答案是否定的。其實，「神仙道化」劇包括「隱居樂道」劇在內，它們的大量出現必然有它的歷史與現實的原因。透過其現象，我們不僅可以考察當時社會文化諸因素，更可窺探其作家的文化心態，從而得出更合乎此類作品實際的結論，顯現其思想價值。

一、中國文人的文化心理結構

在中華傳統文化裏，其核心不外乎儒、道和後來的佛，在它們的影響下，形成我國古代文人的文化心理結構和理想人格。以儒家的「仁」為「至德」的君子人格，形成一種民族集體無意識的積澱，培養了古代文人以天下為己任的人格範式，正如郭沫若先生所說：

> 我國古代精神表現得最真切、最純粹的總當得在周秦之際，那
> 時我國的文化如在曠野中獨自標出的一株大木，沒有受些兒外來的

〔註1〕游國恩等：《中國文學史》，北京：人民文學出版社，1964年版，第225頁。

影響。自漢以後佛教傳來，我國的文化非純粹。我國的文化在肯定
現實以圖自我的展開，而佛教思想則否定現世以求自我的消滅。我
國的儒家思想是以個性爲中心，而發展自我之全，於國於世界，所
謂「修身、齊家、治國、平天下」這不待言是動的，是進取的，便
是道家思想也並不是不進取。老莊思想流而爲申不害、韓非，是人
所盡知的。老子的無爲清靜說爲人所誤解，誤認爲與佛教思想同科，
實則「無爲」二字並不是寂滅無所事事，而是「生而不存，爲而不
恃」的積極精神。〔註2〕

　　郭老認爲作爲周秦文化核心的儒道兩家都是充滿積極精神的文化，它形
成了我國優秀文化的傳統，強調個體對社會的責任感，將「求善、尚德、修
身」作爲人生目標。其哲學思想的內核便是具有樸素民主精神的先秦儒學。
孔孟儒學從處理人與人的社會關係中尋找解決現實人生問題的方法。要將社
會倫理歸之於仁，「這就是說，『仁』的這一要素對個體提出了社會性的義務
和要求，它把人與人的社會關係和社會交往作爲人性的本質和『仁』的重要
標準，孟子所謂『無父無君是禽獸也』，也是強調區別於動物性的人性本質
存在於、體現於這種社會關係中，離開了父母兄弟，君臣上下的社會關係和
社會義務，人將等於禽獸。這也就是後代（從六朝到韓愈）反佛、明清之際
反宋儒（空談心性，不去『經世致用』）的儒學理論依據。」〔註3〕。因而，
「仁」的政治理想是調整人際關係的行爲準則，其內容包括恭、寬、信、敏、
智、勇、孝、悌等，他要求社會成員要具有積極進取的精神，但實現的途徑
應是內省自勵，修身以敬，最終達成「安國利民」的目的。儒學的傳統形成
了我們中華民族的積極進取精神。正如張岱年先生所說：「中國的民族精神
基本上凝結於《周易大傳》的兩句名言之中，這就是『天行健，君子以自強
不息』，『地勢坤，君子以厚德載物』」〔註4〕。儒家在強調人的社會責任感的
同時，「『仁』在內在方面突出了個體人格的主動性和獨立性」〔註5〕。孔子
高歌：「三軍可奪帥也，匹夫不可奪志也」。「歲寒，然後知松柏之後凋也」。
（《論語・子罕》）〔註6〕臨大節而不可奪也——君子人與？君子人也。」（《論

〔註2〕郭沫若：《文藝論集》，北京：人民文學出版社，1979 年版，第 10 頁。
〔註3〕李澤厚：《中國古代思想史論》，北京：人民出版社，1986 年版，第 24 頁。
〔註4〕張岱年：《文化與哲學》，北京：教育科學出版社，1988 年版，第 74 頁。
〔註5〕李澤厚：《中國古代思想史論》，人民出版社，1986 年版，第 25 頁。
〔註6〕楊伯峻：《論語譯注》，中華書局，1980 年版，第 95 頁。

語・泰伯》）〔註7〕這些話語都洋溢著一種強烈地追求個體人格，保持自我情操的精神。孟子在此基礎上，更加響亮地提出了「大丈夫」人格。《孟子・滕文公下》載：

> 景春曰：「公孫衍、張儀豈不誠大丈夫哉？一怒而諸侯懼，安居而天下熄」。

> 孟子曰：「是焉得爲大丈夫乎？子未學禮乎？丈夫之冠也，父命之；女子之嫁也，母命之，往送之門，戒之曰：『往之女家，必敬必戒，無違夫子！』以順爲正者，妾婦之道也。居天下之廣居，立天下之正位，行天下之大道；得志，與民由之；不得志獨行其道。富貴不能淫，貧賤不能移，威武不能屈，此之謂大丈夫。」

孟子認爲像張儀那樣儘管「一怒而諸侯懼」，但他只知道服從國君的意志，因而不夠爲「大丈夫」。眞正稱得上爲大丈夫的人是無論在何種情況下都堅持自己的原則，保持獨立的人格。李澤厚先生認爲孔孟的「那種來源於氏族民主制的人道精神和人格理想，那種重視現實、經世致用的理性態度，那種樂觀進取、舍我其誰的實踐精神……，都曾在漫長的中國歷史上感染、教育、薰陶了不少仁人志士」。〔註8〕

如果說儒家讓人們關注社會，實現人生價值，那麼道家就是讓人脫離凡塵，以審美的態度對待人生，讓人更多地關注自然、人的生命意義、個體價值。老子認爲萬物是「道」的派生「道生一，一生二，二生三，三生萬物。萬物負陰而抱陽，沖氣以爲和。」〔註9〕那麼，「道」又何從而來呢？原來「人法地，地法天，天法道，道法自然」〔註10〕道和天、地、人都按照自然規律在運行。因此，老子所講的道，是一種自然主義文化，它和儒家的禮、樂文化不同，他是要教人如何同自然協調的文化，人如何保持自我的獨立性，所以他主張「爲學日益，爲道日損，損之又損，以至於無爲。無爲而無不爲。」〔註11〕。「我無爲而民自化，我好靜而民自正，我無事而民自富，我無欲而民自樸。」〔註12〕老子允許每個人都能依照自己的需要發展他的秉賦，統治者

〔註7〕楊伯峻：《論語譯注》，中華書局，1980 年版，第 80 頁。
〔註8〕李澤厚：《中國古代思想史論》，第 38 頁。
〔註9〕任繼愈：《老子新譯》，上海：上海古籍出版社，1978 年版，第 152 頁。
〔註10〕任繼愈：《老子新譯》，上海：上海古籍出版社，1978 年版，第 114 頁。
〔註11〕任繼愈：《老子新譯》，上海：上海古籍出版社，1978 年版，第 163 頁。
〔註12〕任繼愈：《老子新譯》，上海：上海古籍出版社，1978 年版，第 184 頁。

應儘量少干預，讓人民有最大的自主性，那麼，作爲個人怎樣才能發展個性，那就是要「致虛極，守靜篤。萬物並作，吾以觀復。夫物芸芸，各復歸其根，歸根曰靜，是謂覆命。」〔註13〕老子認爲人事紛囂，仍以返回清靜狀態爲宜。莊子發展了老子的學說，認爲道是至高無上的存在，是最高的精神境界，「乘雲飛，騎日月，而遊乎四海之外。」〔註14〕「天地與我並生，而萬物與我爲一。」〔註15〕莊子把「道」視爲一種境界，認爲只要通過修煉，就能登上超越時空，突破形體，無限地擴展自己的精神空間，達到最高的精神境界，即物我不分，如他所說：

> 昔者，莊周夢爲蝴蝶，栩栩然蝴蝶也。自喻適志與，不知周也。
> 俄然覺，則蘧蘧然周也。不知周之夢爲蝴蝶與，蝴蝶之夢爲周與？
> 周與蝴蝶則必有分矣。此之謂物化。〔註16〕

在這裏，莊子通過夢蝴蝶給人們展示了一種物我爲一的無拘無束、自由自在的境界，溶化爲人生如夢的虛幻觀念。因此，莊子看破紅塵，輕視功名，崇尚「眞人」。「古之眞人，不知說生，不知惡死，其出不訴，其入不距，翛然而往，翛然而來而已矣。不忘其所始，不求其所終。受而喜之，忘而復之，是之謂不以心捐道，不以人助天，是之謂眞人。」〔註17〕因此，在莊子身上更多地體現出了文人的獨立意識，他衝破了陳腐的功名的樊籬，以達到自我精神的絕對逍遙，他疾世憤俗，不阿庾權貴，富有批判精神，成爲後代文人爲人的另一範式。

漢代以後，儒家經學化，進一步成爲統治階級控制人們思想的工具，道家也被後來的道教所吸收，加之此時傳入的佛教，從而形成了中華文化的儒，道爲主體的多元文化的格局。經過南北朝唐宋，進一步形成三教合一的文化結構，其核心爲儒道互補，便構成了中國傳統文人的人格內核：達則兼濟天下，窮則獨善其身。他們的人生征途總是在儒道間徘徊。「儒家告訴我們，只有一個世界，這就是人們存在的現實世界，道教卻說，還有一個超現實的『神仙』世界。儒家告訴我們，生死有命，富貴在天；道教卻說，人能不死，命亦可變。儒家告訴我們，人必須服從社會的倫理規範，履行應盡的義務職責；

〔註13〕 任繼愈：《老子新譯》，上海：上海古籍出版社，1978年版，第94頁。
〔註14〕 曹礎基：《莊子淺注》，中華書局，1982年版，第34頁。
〔註15〕 曹礎基：《莊子淺注》，中華書局，1982年版，第30頁。
〔註16〕 曹礎基：《莊子淺注》，中華書局，1982年版，第41頁。
〔註17〕 曹礎基：《莊子淺注》，中華書局，1982年版，第89頁。

道教卻說，人可以不遵循社會的規範，亦可逃避人生的責任。總之，儒家把人拘禁在必然的圈子內，道教卻引誘人走出這個圈子去尋找自由」。「功利的態度，實用的精神，把『神仙』『佛陀』變成賄賂的對象和排憂解難的幫手，只要心誠意專，得子，『神仙』『佛陀』成了「世人」用來解決那些儒家無法解決的問題的補充手段。」〔註18〕元代「神仙道化」劇的大量出現，正是同宋元時期的社會現實有著密切的關係。儒學精神所賦予文人的理想得不到實現，無奈之餘他們只能用戲曲來作以精神補償，這便形成了元雜劇作者雙重的人格，內心充滿著入世不能、出世又不甘心的矛盾心態，這種矛盾心態的外化就是「神仙道化」劇。

二、虛幻的精神樂園

由以上對中國傳統文人的文化心態、人格結構的簡單分析，我們不難發現元代的社會現實使文人在現實的人生中難以實現儒學精神所賦予他們的宏偉理想，他們只能尋求一種新的精神寄託，以消解在現實中的惆悵。於是便逃到神仙世界，在虛幻的精神樂園裏求得須臾的解脫。

首先，社會的現實與文人的情趣使他們認同了道教。宋金時期，由於北方的連年戰爭，社會動盪，民不聊生，人們為了從痛苦中擺脫出來，以尋求精神上的安慰，從而道教在北方活躍，《元史‧釋老傳》說：「道家方士之流，假禱祠之說，乘時以起。」其中影響最大的是全真派，還有「正一派」、「真大派」和「太一派」。

「正一派」（亦稱「天師道」、「五斗米道」）的創立者是東漢張道陵，傳說天神太上大道君（老子）曾授他「新出正一盛威之道」及「天師」稱號，故名。自第四代傳人張盛徙居信州（今江西上饒）龍虎山，正一派遂成為江南道教之最大派別。元世祖至元十三年（1276），遣使召正一派第三十六代傳人張宗演進京，特賜玉芙蓉冠、組金無縫服，命主領江南道教。其後歷代傳人均受元統治者重視。該派以《正一經》為主要經典，規定道士可以結婚，不必出家住觀。在修行方法上也與全真派的全真養性不同，而是崇尚符籙，迷信鬼神，齋醮祭禱，祈福禳災。吳昌齡的《張天師斷風花雪月》就是受此派影響的劇目。

「真大派」的創立者是金代道士劉德仁，「其教以苦節危行為要，而不妄

〔註18〕成窮：《從紅樓夢看中國文化》，上海：三聯書店1994年版，第115頁。

取於人、不苟侈於己者也。」〔註 19〕第五代人酈希成被元憲宗授以「太玄真人」，領教事。其後歷代傳人均受元統治者重視。該派以《道德經》為經典，道士必須出家住觀，在修行方法上不尚符籙，不化緣乞食，不講丹藥飛升之術，而主張清靜無為，苦行寡欲，慈儉不爭。

「太一派」的創立者是金代道士蕭抱珍，「傳太一三元法籙之術，因名其曰太一」〔註 20〕第四代傳人蕭輔道、第五代傳人李居壽均被元統治者召見，受到禮遇。該派以老子「弱者道之用」為修行成仙之要旨，以法術符籙傳世。

元代道教雖有四大不同派別，但作為道教，又有其共性，即都以得道成仙作為終極的修行目標。至於如何得道成仙，從整個道教而言，無非是三種不同的修行方法。一是信奉黃老思想，以清靜無為為宗，以虛明應物為用，以慈儉不爭為行。這是最根本的修行方法，也是道教的精髓。二是信奉方士之言，注重於辟穀導引、服氣吐納、煉丹採藥、變化飛升等。這種修行方法既有符合養生之道之處，也有違反科學之處。三是信奉巫祝法術，專意於符籙咒語、降神驅鬼、祭禱占卜、祈福禳災等。這種修行方法純屬迷信活動。蘇軾在《上清儲祥宮碑》中說：「道家者流，本出於黃帝老子，其道以清靜無為為宗，以虛明應物為用，以慈儉不爭為行，合於《周易》『何思何慮』、《論語》『仁者靜壽』之說，如是而已。自秦漢以來，始用方士言，乃有飛仙變化之術，黃庭大洞之法……下至于丹藥奇技，符籙小數，皆歸於道家。學者不能必其有無。然臣嘗竊論之，黃帝老子之道，本也，方士之言，末也，修其本而末自應。」這段話肯定了信奉黃老思想的修行方法，認為此乃道教之「本」，否定了信奉方士之言和巫祝法術的修行方法，認為此乃道教之「末」。蘇軾的這個看法代表了文人士大夫的普遍看法。事實確實如此，文人士大夫普遍看重的是道教中的黃老思想，而民間百姓普遍看重的是道教中的方士之言和巫祝法術。

元雜劇作者雖然社會地位普遍低下，但畢竟不同於民間百姓，而是深具文化素養的文人。因此，他們更認同全真派道教。儘管他們中的絕大多數人並未在組織上皈依道教，成為全真道士，但其思想觀念深受全真派的影響，則是無疑的。全真派主張性命雙修，以身定無欲、心靜無念、意誠返虛、全真養性為修行正途，特別重視意念導引的內丹功法，而這些正是黃老清靜無

〔註 19〕 宋濂等：《元史·釋志傳》，中華書局，1976 年版，第 4529 頁。
〔註 20〕 宋濂等：《元史·釋老傳》，中華書局，1976 年版，第 4930 頁。

爲思想在道教修行方法中的體現，也正是蘇軾所肯定的道教之「本」。深具傳統文化素養的雜劇作者，他們所看重的也正是全眞派道教中所體現的黃老清靜無爲思想。

全眞教起於宋末金時，虞集在《道園學古錄》說：「昔者汴宋之將亡，而道士家之說，詭幻益上。乃有豪傑之士，佯狂玩世，志之所存，則求其返眞而已，謂之全眞。士有識變亂之機者，往往從之。」它從誕生之日起，就和儒家思想有著深刻的聯繫，創建人王喆，陝西咸陽人，道號重陽子，本身就是儒生。李道謙在《七眞年譜》中介紹說王重陽「弱冠修進士業，係京兆學籍，善於屬文，才思敏捷。」他滿懷抱負，可偏逢宋金在陝西交兵，後來他在金朝多年，仍是一「吏員」，一直不得志，47歲便走上道教之路。金大定七年（公元1167）他在山東寧海（今山東牟平）昆嵛山傳教時，自題所居之庵爲「全眞堂」，凡入道者俱稱全眞道士，正式創立「全眞教」，收馬丹陽、譚處端、劉處玄、丘處機、王處一、郝大通、孫不二等七眞，他們都是讀書人，如《眞常眞人李志常道行碑》云「全眞王重陽本士流，其弟子譚馬邱劉王郝又皆讀書種子，故能結納士類，而士類亦樂就之，況其創教在靖康之後，河北之士正欲避金，不數十年，又遭貞祐之變，燕都亡覆，河北之覆，河北之士又欲避元，全眞遂爲遺老之逋逃藪」。其中登州棲霞人丘處機成就最高，影響最大。元太祖十四年（1219），丘處機與弟子十八人奉詔西行，經數十國，行萬餘里，歷時四年始達「雪山」（今阿富汗境內）面見太祖。元太祖大悅，賜食設廬，禮遇甚隆。「太祖時方西征，日事攻戰，處機每言欲一天下者，必在乎不嗜殺人。及問爲治之方，則對以敬天愛民爲本。問長生久視之道，則告以清心寡欲爲要。太祖深契其言，曰：『天錫仙翁，以寤朕志』。命左右書之，且以訓諸子焉。於是錫之虎符，副以璽書，不斥其名，惟曰『神仙』」〔註21〕，命他掌管道教。這些人大都是精通經史，能詩會文的讀書人。由於全眞教的主體是失意的文人，所以從創道初期便表現出儒道合一的文化特質。創教初，王重陽就在《金關玉鎖訣》中說：「太上爲祖，釋迦爲宗，夫子爲科版。」「三教者，不離眞道也，喻曰：似一根樹生三枝也」。正如任繼愈先生在《道藏提要·序》中說：「金、元時期的全眞教把出家修仙與世俗的忠孝仁義相爲表裏，把道家社會化，實際上是儒教的一個支派。」因此，他勸誡弟子在誦讀《道德經》的同時也要讀《般若波羅蜜多心經》和儒家的《孝經》等書。儒家主「理」，佛教主「性」，

〔註21〕宋濂等：《元史·釋老傳》，第4524～4525頁。

道教主「命」，但王重陽認為三教之學皆不離「大道」，皆是「道德性命之學」，因此主張全真道之目的就在於「全其本真，使精、氣、神這三種人的性命之根本要素全而不虧，並將「全精、全氣、全神」作為全真派追求的最高神仙境界。與這種追求相聯繫的是，全真派道士不許結婚，必須出家住觀。在修行方法上不尚符籙，不事黃白外丹之術，而主張性命雙修，以身定無欲、心靜無念、意誠返虛、全真養性為得道成仙之正途，特別重視內丹功法，即以人體自身為煉丹爐鼎，通過意念的導引，使精、氣、神在丹田中凝結成「丹藥」（亦稱「聖胎」），從而達到長生成仙之目的。他們的修道方式也比較合乎文人的生活習慣，易於被文人接受。它重在修煉實踐，元人徐琰在《廣寧通玄太古真人郝宗師道行碑》中介紹了全真教的修持特點：「道家者流，其源出於老莊，後之人失其本旨，派而為方術，為符籙、為燒煉，為章醮，派愈分而迷愈遠，其來久矣。迨乎金季，重陽真君不階師友，一悟絕人，殆若天授，起於終南，達於崑崙，招其同類而開異之，鍛鍊之，創立一家之教，曰全真。其修持大略以識心見性，除情去欲、忍恥含垢，苦己利人為宗。」王重陽在《三州五會化緣榜》中講了具體修行方法：

> 諸公如要修行，饑來吃飯，睡來合眼，也莫打坐，也莫學道，只要凡事屏除，只用心中「清靜」兩個字，其餘都不是修行。諸公各諸聰慧，每齋場中細細省悟，庶幾不流落於他門功行，乃別有真功真行。晉真人云：若要真功者，須是澄心定意，打疊神情，無動無作，真清真靜，抱元守一，存神固氣，乃真功也。若要真行者，須是修仁蘊德，濟貧救苦，見人患難，常存拯救之心，或化誘善人入道，修行所行之事，先人後己，與萬物無私，乃真行也。

由於全真教的如此修行與古代文人的生活情趣有某方面的暗合，它又拋棄了其它道教派別的一些妖妄，更易接近世俗，尤其被不得意的文人所認同，所以在元代，文人大多都表現出受其影響的痕跡，「神仙道化」劇就是直接影響的結果。這些劇中的神仙，不管是度人者，還是被度者，在他們的身上實際上都表現出儒生的影子，在沒有入道成仙前表現出對儒業、功名的渴望。如《黃粱夢》裏的呂洞賓「自幼攻習儒業，今欲上朝進取功名。」《誤入桃源》裏的劉晨「幼攻詩書，長同志趣，因見姦佞當朝，天下將亂，以此潛形林壑。」《岳陽樓》中的神仙呂洞賓「先為唐朝儒士，後遇鍾離師父點化，得成仙道。」《陳摶高臥》中的陳摶說：「我往常讀書求進身，學劍隨時混，文能匡社稷，

武可定乾坤，豪氣淩雲。」《竹葉舟》裏的陳季卿「幼習儒業，頗有文名，只因時運未通，應舉不第，流落不能歸家。」惠安和尚也是「自幼攻習儒業，中年落髮爲僧，偶因遊方到此終南山青龍寺，悅其山水，遂留做寺住持。」這些個仙道聖僧，其前身都是儒生，因此上，他們的內心深處仍然保留著儒教給文人鑄造的魂，實際上表現的是文人從儒到道的未了情緣。這是「神仙道化」劇的文化淵源。因此，這類劇目不厭其煩地表現仙道對具有仙氣的俗子的度脫，實際上就是眞實地再現當時文人從現實的功名追求到看破紅塵遁於道門艱難的心理歷程。《道藏》記載王重陽度脫馬鈺的一段就是如此：「重陽師父百般誘化，予終有攀緣愛念。忽一夜，夢立於中庭，自歎曰『我性命有如一隻細磁碗，失手百碎』言未訖，從空碗墜，驚哭覺來。師翌日乃曰：『汝昨晚驚懼，才方省悟』。」這一過程，馬鈺眞實地表現了文人要棄儒歸道的艱難和內心的痛苦，所以在「神仙道化」劇中幾乎所有的劇目都表現了這一過程的艱難，如《黃粱夢》中神仙鍾離權對赴京趕考的書生呂岩的度脫，鍾離權盡說入道成仙的好處：「出家人長生不老，煉藥修眞，降龍伏虎，到大來悠哉也啊」，「俺這神仙的快樂，與你俗人不同。俺那裏自潑村醪酒，自折野花新，獨對青山酒一尊。閒來將那朱頂鶴引，醉歸去松陰滿身。泠然風韻，鐵笛聲吹雲根。」可呂岩就是不動心，只是回答：「俺做了官，也有受用。」「俺爲官居蘭堂，住畫閣，你出家人無過草衣木食，幹受辛苦，有什麼受用快活。俺爲官的，身穿錦輕紗，口食甜美味；你出家人草履麻縧，餐松啖柏，有甚麼好處。」再如《竹葉舟》裏呂洞賓對陳季卿說：「秀才，你今日是個落第的舉子，若跟了貧道出家去，明日便是一個神仙也，不辱沒了你秀才，你可辭別了長老跟隨貧道出家去來。」陳季卿回答說：「你這道者，我與你素不相識，怎生便著我跟你出家！小生學成滿腹文章，正要打點做官哩。老實對你說，小生出不的家。」「我做官的，身上穿的是紫羅蘭、頭上戴的是烏紗帽，手裏拿的是白象笏，何等榮耀，你們出家的，無過是草衣木食，到得那裏。」不管呂洞賓如何勸說，甚至請出列禦寇、張子房、葛仙翁諸仙來勸說，但陳季卿仍然不願出家，「據三位來說都是棄官修養，得列仙班的，但小生十載寒窗，受過多少辛苦，如今正想做官，說不得這等迂闊話哩。」別說是書生，就是一般的人都不願輕易棄世入道。如《岳陽樓》裏的郭馬兒，《任風子》裏的任風子，《蘭采和》中的蘭采和，《度柳翠》裏的柳翠，最終無不是神仙通過幻化手法，將他們逼入絕境，才不得不棄世入道。這些個戲劇模式的不斷重複，

表面看來是似乎在宣揚道教對人的度脫，實際上是作者藉此表現自己胸中對仕宦人生的依戀，告別的艱難，他們的活動所顯示的主導思想意義，也不是宗教的棄世傾向，而是交織著戀世與憤世因素的現實批判精神。

　　其次，現實的黑暗齷齪，仕途的坎坷，使他們對官場的醜惡、危險認識更深刻，從而產生一種叛逆的思想，以圖消解胸中的苦悶。儒家文化的傳統使士人總是恪守著通過仕進的道路實現自己的人生理想，以獲得青史留名的價值實現。但當他們受到打擊，仕途不順時，總會產生一種失落，從而感歎人生的短暫，面對死亡，便更會覺得富貴功名只不過是一枕黃粱，從而企圖從對仕途的苦思中擺脫出來，在閒雲野鶴，無拘無束的寧靜恬淡境界中尋求著一種精神的樂園。「從老、莊開始，這種似乎擺脫了世俗束縛的自在境界就一直是人們私心傾慕的。入世，做官，做大事業，固然不錯，但恰恰由於它使人受到了外在桎梏的束縛，使人感到了自我的喪失，所以它被視為『俗』的道路，而傳統的價值觀過分地誇大了這條道路的正統性，又使士大夫常常會產生一種厭惡與逆反心理。故士大夫常常處在這兩種心理的扭結之中，時而入世的衝動使他們很想『致君堯舜上，再使風俗淳』，恨不得『乘長風破萬里浪』，幹出一番驚天動地的大事業來，時而出世的欲望又使他們去追求精神的輕鬆、自由、閒適。」〔註22〕「神仙道化」劇的作家也正是在這兩種境界中艱難的抉擇，他們所處的時代更是黑暗到極度，可以說是文人的地獄時代。元代文人位於娼丐間的地位，已經使他們失去了社會認可的榮光，長達八十年的停止科考，使他們失去了「學而優則仕」的捷徑，從而使他們降入社會的底層，對社會的認識更為深刻，他們感歎自己的懷才不遇：

　　　　坐破寒氈，磨穿鐵硯，自誇經史如流，拾他青紫，唾手不須憂。幾度長安應舉，萬言曾獻螭頭，空餘下連城白璧，無計取封侯。(《竹葉舟》)

　　　　窗前十載用殷勤，多少虛名枉誤人。只為時乖心不遂，至今無路跳龍門。(《莊周夢》)

　　　　想俺這讀書的空有經綸，濟世之才藝，產的在此窮暴之中，好是傷感人也呵！

〔註22〕葛兆光：《道教與中國文化 M》，上海：上海人民出版社，1987 年版，第 315 頁。

空學得五典皆通，九經背誦，成何用！鏟的將儒業參政，受了
十載寒窗冷……不能勾治國安邦朝帝闕，常只是披霜帶月似詹中。
（《猿聽經》）

　　他們感歎自己的不得志，內心充滿了憂憤，從而揭露這種社會的不正常，反過來也說明仕途的險惡，以求得精神的解脫。在《黃粱夢》中鍾離權對呂洞賓說：「你只顧那功名富貴，全不想生死事急，無常迅速」，「功名二字，如同那百尺高竿上調把戲一般，性命不保，脫不得酒色財氣這四般兒，笛悠悠，鼓咚咚，人鬧吵，在虛空，怎如的平地上來，平地上去，無災無禍，可不自在多哩。」戲曲通過一夢，呂岩由應舉、拜帥、別妻、離子，幾乎喪命的經歷，對功名的追逐予以否定。《陳摶高臥》中陳摶對當官的下場是這樣說的：「三千貫二千石，一品官二品職，只落的故紙上兩行史記，無過是重裀臥列鼎而食。雖然道臣事君以忠，君事臣以禮，哎，這便是死無葬身之地，敢向那雲陽市血染朝衣。」《莊周夢》讓人知道「名利似湯澆瑞雪，繁花如秉燭當風」，所以人們要戒酒色財氣，才能「飛身到太華峰」，擺脫煩憂，實現心靈的空明。《竹葉舟》直接說明「你待要名譽興，爵位高，那些兒便是你殺人刀，幾時得舒心快意寬懷抱，常則是，焦懆損兩眉梢。」「名譽」「爵位」只能給自己帶來煩惱，仕途是險惡，充滿殺機，爾虞我詐，醜惡無比，「這為吏的，若不貪贓，能有幾人也呵」。（《鐵拐李》）真是畫龍點睛之筆，道出了封建官場的黑暗，《劉行首》裏馬丹陽說：「想韓侯當日，鈍劍一身虧，彭越何為，爛剁肉如泥，九江王受困危，竿尖上挑首級，」功臣被妒殺，因而仕途險惡，冷卻了他們迫切追求功名的心，那他們的夢醒了，而路在何方？

　　第三，怡情山水，隱居山林，放縱自我，拋棄名利，是「神仙道化」劇為文人選擇的精神樂園。正如《誤入桃源》開篇所言：「聖人之言：天下有道則見，無道則隱。」面對黑暗殘酷的社會現實，讀書人只能「一聲長歎」，於是，他們選擇了不與社會醜惡同流合污，面對山林，求得心靈的安穩。正如李澤厚先生說「如何超越苦難世界和越過生死大關這個問題，正由於並不能在物質世界中現實地實現，於是最終就落在某種精神——人格理想的追求上了。」〔註23〕元雜劇作者們正是選擇了得道成仙，隱居山林以超越苦難世界和生死大關。

　　「神仙道化」劇裏，作者一再描繪出一幅遠離塵囂，寧靜安逸的世外生

〔註23〕李澤厚：《中國古代思想史論》，第 183 頁。

活，表現出對田園、山月的熱愛，這類作品當以馬致遠的《陳摶高臥》和宮大用的《七里灘》爲代表，這兩齣戲的主人公都是儒生，而且都對「富貴榮華」有清醒的認識。陳摶「不求人間富貴，無煩酬謝。」「投至我石枕上夢魂清，布袍底白雲生，但睡呵一年半載沒乾淨，則看您朝臺暮省干功名。我睡呵黑甜甜倒身如酒醉，忽嚕嚕酣睡似雷鳴，誰理會的五更朝馬動，三唱曉雞聲。」陳摶已對功名有清醒認識，故應邀至汴京，但不受功名所惑，毅然回到華山，他高唱「琴鶴自有林泉分，想名利有時盡，乞的田園自在身，我怎肯再入紅塵！」他有經天緯地之才，神鬼莫測之機，在趙匡胤未發跡時，他爲其占卦。當趙匡胤做了皇帝，派人請他來做官，他卻辭官歸隱。說自己「本不是貪名利世間人，則一個樂琴書林下客，絕寵辱中山相。推開名利關，摘脫英雄網」。「俺那裏草舍花欄藥畦，石洞松窗竹幾，您這裏玉殿朱樓未爲貴；您那人間千古事，俺只鬆下一盤棋，把富貴做浮雲可比」。馬致遠描繪了陳摶無拘無束，自由愜意的逍遙人生，「臥一榻清風，看一輪明月，蓋一片白雲，枕一塊頑石，直睡的陵遷谷變，石爛松枯，斗轉星移。」陳摶不爲名利美女所動，願久居山林，樂山怡水，實際上這正是馬致遠給文人所描繪的一處精神的棲息地，所以在陳摶的身上充分表現的是馬致遠由儒歸道時看破紅塵的曠達心志。宮大用的《七里灘》裏的嚴子陵，歷史上眞有其人。他少與劉秀同學，劉秀稱帝後，他隱遁七里灘垂釣，寧願過自由自在的生活，也不願做官。他認爲就是皇上「每朝聚九卿，你須當起五更。去得遲呵，看著那兩般文武在丹墀候等。」「富貴如蝸牛角半痕涎沫，功名似飛螢尾一點光芒，」「祿重官高，闖是禍害，鳳閣龍樓，包著成敗，」因此，他不願居官而願「駕孤舟蕩漾，趁五湖煙浪，望七里灘頭，輕舟短棹，蓑笠綸竿，一鉤香餌釣斜陽！」「您道官達時務，我是個避世嚴陵。釣幾尾漏網的游魚，怎禁四蹄玉兔，三足金烏，子細躊躇。觀了些成敗興亡，閱了些今古。浪淘盡千古風流人物，昨日個虎距在咸陽，今日早鹿走姑蘇。」歷史的興衰，官場的沉浮，都是須與萬變，只有自在的生活充滿人生的眞諦。「《七里灘》從更深層次上否定功名利祿和現存秩序，但字裏行間依然流露出欲仕不能，欲罷不忍，惟以任誕逍遙爲求的局促悵惘心態。」〔註24〕嚴陵對外在功名、權利的否定，表現出其內在獨立人格的覺醒，他敢面對封建最高統治者皇上劉秀說：「你也不是我

〔註24〕 李修生、趙義山《中國分體文學史》（戲劇卷），上海古籍出版社 2001 年版，第 49 頁。

的君，我也不是你的卿。咱兩個一杯酒罷先言定，若你萬聖主今夜還得去，我便七里灘途來日登，又不曾更了姓名，你則是十年前沽酒劉秀，我則是七里灘垂釣的嚴陵！」他不視至尊的威嚴，而是追求人格的平等，這既具有孟子恫的「大丈夫」人格魅力，又具有莊子道家的逍遙曠達個性。在「神仙道化」劇中，作者一有機會，就描繪出一個與現實醜惡對立的美的境界，《黃粱夢》裏展示了一幅充滿誘惑的田園生活：「俺那裏自潑村醪嫩，自折野花新。獨對青山酒一尊，閒將那朱頂仙鶴引。醉歸去松陰滿身，泠然風韻，鐵笛聲吹過雲根，」「俺那裏地無塵，草長春，四時花發常嬌嫩，更那翠屏般山色柴門。雨滋棕葉潤，露養藥苗新，聽野猿啼古樹，看流水繞孤村。」《劉行首》裏展現的是紅塵外的閒適：「洞雲迷，野猿啼，柴門半倚聞鶴唳。菊花叢叢綻竹籬，松花點點鋪苔砌，端的個山中七日，世上千年，興亡不管，生死無憂」。「睏來那一眠，閒來那一醉。一任漁樵，說是談非，笑殺兒曹，走南料北。空歡英雄，爭高競低。」在這些自然的景色中，他們得到了快樂，仕宦的失意得到消解。但曠達的背後時不時隱隱流露出無可奈何的自我安慰，自我麻醉的情緒，「人生快活能有幾，過一歲無一歲。將軍使機謀，宰相施忠義，都在俺這老先生的談笑裏」。他們也只有用老莊思想安慰自己「古人道鷦鷯剌深林無過占的一枝，鼴鼠飲黃河無過裝的滿腹，咱人這家有萬頃田也，則是日食的三升兒粟，博個甚睜著眼去那利面上克了我的衣食。」（《來生債》）。他們已經清楚認識到人的生命有限，財富再多但自己所需有限，所以不必將人生的樂趣都無端地耗費在這上面。在這些作品裏確實存在有佛道的消極因素，但它更真切的反映了文人當時的心態，表現出他們和黑暗社會的決裂，從封建統治者的「名韁利鎖」中解放出來，以達到自我人格的覺醒，進入一種審美化的境界。「正是現實生活中的種種挫折和困惑，才導致人嚮往無限安謐寧靜的空間，渴求無限悠長舒緩的時間，從中獲得最充分的心靈慰撫。崇尚閒暇便意味著獲得了這種慰撫，它把日常生存轉化為一種特殊的審美性時間，生命在這裏由無限豐富的符號形式所代替，由個體的生存體驗所代替。人們感覺狀態由於轉化的過程而深入生命價值的底蘊，它一方面把握和佔有了個性的當下和瞬間，另一方面也進入到時間的永恒過程之中，從而為人在有限的時空存在中提供了一個真實而富有意義的空間及過程。」〔註25〕

　　「神仙道化」劇不但給人們展示出隱居山林之妙，還描繪了神仙生活的

〔註25〕李西建：《重塑人性 M》，武漢：湖北人民出版社，1998 年版，第 167 頁。

美。在《誤入桃源》裏，展示出這誘人的一幕，劉晨，阮肇誤入桃源仙洞，在太白金星的指引下，與二仙子相見，成其良緣，過了一年的神仙生活，可他們偏偏思凡之心又起，回到家裏，早已是「訪子孫已更更歲，見門前小樹參天，」才知道神仙一年，人間百載，重新回到美妙的仙境：「回寂寥，綠樹依依雲渺渺，一聲長嘯，青山隱隱水迢迢，看花長在洛陽橋，休官不止長安道，歸路杳，也是我尋真誤入蓬萊島。」「依然見桃源洞玉軟香嬌，一隊隊美貌相迎，一個個笑臉擎著，今日也魚水和諧，燕鶯成對，琴瑟相調。玉爐中焚寶篆沉煙細嫋，絳臺上照紅妝蠟高燒，人立妖嬈，樂奏簫韶，依舊有翠繞珠圍，再成就鳳友鸞交。」這一戲曲妙就妙在劉阮二人過了一年仙境生活但仍忘不了現實人生。回到人間，滿目蒼涼，才又徹底歸仙，這一反覆，指示出他們內在深處的懷戀現世情結，又表明人世的多變仙道的永恒。

三、「又愛功名又愛山」的兩難心態

不可否認，「神仙道化」劇具有宗教的色彩，其戲劇結構的形式明顯是對「全真教」度脫生靈成仙的表現。但其內在精神並不是宗教劇對教義的宣傳，而是文人在現實中功名難以實現後的自我安慰的詮釋。正如（蘇）約阿·克雷維列所說：「宗教意識形態無論整體來說，還是分別就其每一要素來說，都不過是虛妄地體現了人對現實存在的印象和體驗。」〔註26〕元代「神仙道化」劇的大量出現，正是文人在現實中的種種體驗的虛妄體現，是他們內在人格模式無奈地由儒歸道的具象展現。

「中國傳統文人對於『明道救世』的社會責任和歷史使命，保持著一種近乎宗教般的迷狂情操。他們一方面從文獻史鑒中拼命吸取政治知識，以便使自身具備『通古今』，『決然否』的宏才大略，一方面則以道的承擔者自居、自持、自重，理所當然地參與其時代的社會政治，應該說，元雜劇作家的參政意識，很大程度上即來源於這種文化傳統」，「這就是元雜劇作家的汲汲於政治和功名的文化和心理內涵。這種內涵如此富有歷史厚度，因而如此死死地困擾在他們的心中，以致使他們不能在任何一種人生哲學中獲得解脫。無論是蕩入紅塵深處，還是遁出人世之外，他們都無法抗拒它的吸力。」〔註27〕

〔註26〕〔蘇〕克雷維列，《宗教史》，北京：中國社會科學出版社，1981年版，第5頁。
〔註27〕劉彥君：《欄杆拍遍──古代劇作家心路》，北京：文化藝術出版社，1995年版，第21頁。

劉彥君女士這段精彩的分析，非常準確地描繪出元雜劇作家內心深處拂之不去的仕宦情結。這些劇作家大多是正統的封建文人，儒家的文化人格可以說滲入到他們的血液中，修、齊、治、平的理想使他們具有極強的參政欲望。在此以前，無數文人通過多種途徑如漢代的察舉制度，唐以後的科舉考試參與政治實現個人理想，這已成爲文人的一種人生模式。可是蒙古人入主中原後，卻長達 81 年不開科舉，即使開考後，錄取的人數也少得可憐，元朝每年平均取士的人數只是宋朝的約 1/30，而且還考考停停，「宜乎科第寥寥也。」〔註28〕與宋代文人相比，他們「干祿無階，入仕無路，」（王惲《秋澗集・吏解》）從而「沉抑不僚，志不獲展」（胡侍《眞珠船》）「門第卑微，職位不振，」（鍾嗣成《錄鬼薄序》）很多文人無奈就走上「吏」的道路，如馬致遠就是「浙江省務官」，宮大用「書院山長」，元代對吏的要求比較嚴格，而且吏要到官路途可謂漫長，《元史・選舉制》載「江北提控案牘，皆自府州司縣轉充，路吏清俸九十月方得吏目，一考外都目，都目一考升提控案牘，兩考正九品，通理二百一十月入流。」那耗費 17 年半的時光才可得到九品小官，可見，在這條路上也灑滿了文人的辛酸之淚，於是，文人階層開始分化，極少數有聲望的靠推薦進入仕途，「有耐性、肯俯就的儒生，不情願地折了節，低聲下氣去做『吏』希望有一天得到一官半職。那些沒有任何靠山，又沒有太多耐性的知識分子就只好毫不含糊地淪入社會下層——眞正的市井社會，與醫卜星象，倡優女子爲伍了」。〔註29〕謝枋得在《送方伯載歸三山序》中描述了當時文人的低下社會地位：「我大元制典，人有十等，一官二吏，先之者貴之也，貴之者謂有益於國也。七匠八娼九儒十丐，後三者賤之也，賤之者謂無益於國也，嗟乎卑哉，介乎娼之下丐之上者，今之儒者也。」如此的現實，擊碎了他們的「一朝登科天下聞」的美夢，淪爲了社會的底層，濟世報國的人生價值難以實現，爲人的價值尊嚴也盡喪失，物質上又走向貧困，人格上發生扭曲、變形，精神上處於進退兩難的矛盾中，這便是元雜劇中爲什麼具有強烈的書生憂憤情懷的原因。

　　在元雜劇裏，這些具有很高才學但卻沉於下僚的才人往往借戲劇人物之口寫文人的失意，抒發對自己的地位的不滿之情，如《王粲登樓》裏王粲就說「空學成補天才卻無度飢寒計。」「如今那有錢人沒名的平登省臺，那無錢

〔註28〕劉禎：《勾欄人生 M》，鄭州：河南人民出版社 2000 年版，第 52 頁。
〔註29〕么書儀：《元代文人心態》，文化藝術出版社，1993 年版，第 172 頁。

人有名的終淹草萊」。《薦福碑》中的張鎬憤慨地說：「這壁攔住賢路，那壁又擋住仕途。如今這越聰明越受聰明苦，越癡呆越享了癡呆福，越糊塗越有了糊塗富，則這有銀的陶令不休官，無錢的子張學干祿。」「我去這六經中枉下了死工夫，凍殺我也論語篇孟子解毛詩注，餓殺我也尚書云周易傳春秋疏。」現實生活使這些個「文能匡社稷，武可定乾坤」的書生極度的悲憤，那他們如何消解如此的痛苦呢？

魯迅先生說：「人生最痛苦的是夢醒了無路可以走。」〔註30〕如此殘酷的現實，使他們的仕途夢徹底被驚醒，從而對固有的生活信仰發生了懷疑，於是自覺地趨向於道佛，以之消解自己現實人生的苦難，在神仙世界得到一種解脫。所以，元代的「神仙道化」劇，特別是前期的，以馬致遠為代表的劇作，在表面的曠達、超脫的背後，具有強烈的憂憤意識。劇中的主人公形象並不是淡泊無求，超然物外的宗教使者，而是披著宗教外衣的現實中不得志的失意文人。正如李澤厚先生說：「表面看來是如此頹廢，悲觀，消極的感歎中，深藏著的恰恰是它的反面，是對人生，生命，命運，生活的強烈的追求和依戀。」〔註31〕「神仙道化」劇所表現的精神正是如此，外在是佛道的悠閒自得，好山樂水，「紅塵不向門前惹，青樹偏宜屋角遮」，實際上仍然充滿著對「密匝匝蟻排兵，亂紛紛蜂釀蜜，急攘攘蠅爭血」的世俗社會的揭露，所以，我贊同余秋雨先生對此類劇的評價：

> 「神仙道化」劇的作者首先不是從道教徒、佛教徒的立場來宣揚弘法度世的教義和方法的，而是從一個苦悶而清高的知識分子的立場來鄙視名利富貴，宣揚超然物外的人生態度的。在昏天黑地之中，爭名奪利，蠅營狗苟之徒甚多，「神仙道化」劇的作者們宣佈塵寰的齷齪，爭逐的無聊，描繪出一幅空闊、飄然、淡泊的精神世界，這顯然是不可多加責難的。他們鬱悶難耐，又不願同流合污，於是便引來陣陣仙風道氣，袪除鬱悶。無論如何，這是一種與黑暗的現實相對的審美形態。〔註32〕

誠然如是，這類戲曲所描繪的大自然的恬靜，與人世爭名奪利的相對，確實令人有一種超俗的詩化般的美。但這畢竟是這些個失意文人在現實無奈

〔註30〕魯迅：《墳‧那拉出走後怎樣》，人民文學出版社，1980年版。
〔註31〕李澤厚：《美學三書》，安徽文藝出版社，1999年版，第93頁。
〔註32〕余秋雨：《中國戲劇文化史述》，湖南人民出版社，1985年，第168頁。

下營造的虛幻的精神家園，他們的內心實際仍然難以割捨儒學所賦予給他們的社會使命感，他們仍處在世俗社會的強烈吸引與幽靜山林的召喚、人生的失意與自我人格的超脫的兩難境地中徘徊，這就是「神仙道化」劇的思想意蘊，我們只有從這一角度切入，才能真正領會此類作品的思想，也才能更理解馬致遠們。

第二節 道教文化與「神仙道化」劇的藝術特色

元雜劇裏的「神仙道化」劇，不但在思想內容上與道教有著密切的聯繫，而且在藝術上也表現出明顯的受道教文化影響的痕跡。從道教文化對「神仙道化劇」影響的角度探究其藝術特色，更能顯現此類劇在藝術上的審美價值。

一、道教富有的幻想精神給「神仙道化」劇插上了想像的翅膀

葛兆光說：「如果說儒家學說主要使中國古典文學強調社會功能而充滿了理性的色彩，佛教主要使中國古典文學具有了縝密的肌理與空靈的氣象的話，那麼道教則主要是使中國古典文學保存了豐富的想像力和神奇瑰麗的內容。」〔註33〕道教講究修煉成仙，「神仙」是它追求的終極目標。《釋名‧釋長幼》：云「老而不死曰仙。」《天隱子》載：「在人曰人仙，在天曰天仙，在地曰地仙，在水曰水仙，能通變之曰神仙。」神仙能超越人天，超越個體生命的極限以獲取不朽。和儒家的「聖賢」人格追求來比，道教的「神仙」追求給人至少在形式上滿足了人對生命的超越，它給予人更多地從儒學的求實精神中所尋求不到的想像的空間。因而我們可以說道教文化給中國文學插上了想像的翅膀。加之它的前身《莊子》中富有想像的寓言對開啟中國古典文學的想像思維具有非常重要的意義。可以說「神仙道化」劇就是直接從這裏得到豐厚的養料。

翻開「神仙道化」劇，令人感受很強烈的是劇中充滿神奇瑰麗的浪漫色彩，具有濃烈的感人的藝術魅力，劇中的神仙往往可以幻化人生中的種種超現實的情景，給觀眾、讀者一個神奇瑰麗的藝術世界。「神仙道化」劇裏的神仙不管是凡夫俗子的度脫者，還是妖魔邪惡的驅逐者，都有超人的神奇法術，如《岳陽樓》裏的呂洞賓可以使人死，也可以使人復生；《張天師》中的張天

〔註33〕葛兆光：《道教與中國文化》，上海人民出版社，1987年版，第302頁。

師可以用法術招來桃、柳、荷、桂變化成的美女；《黃粱夢》中的鍾離權可以變化爲多種角色對呂洞賓進行悟道的啓迪。如此神奇的人物，大大增強了神仙道化劇的想像藝術特質，也非常符合我國戲曲的虛擬性藝術特徵。

　　道教的文化精神充滿著想像的藝術因子。它追求羽化登仙，對生死的超越，人可以神遊於崑崙蓬萊、月宮瑤池，確實給人們打開了一個充滿神奇色彩的神幻世界，給我國古典文學開拓出新的藝術天地。「神仙道化」劇明顯表現出道教道術的痕跡。這類劇表現的主題無非是神仙對具有仙氣的人物的度脫，而其難就在於讓這些世俗心極強的被度脫者頓悟。戲劇在這關鍵時候起決定作用的往往是神仙的超現實的道術。如《黃粱夢》，鍾離權爲度脫呂洞賓先後變成高太尉、老院公、指路的樵夫和殺人的壯士，驪山老母也可變爲王婆和山中道姑，他們的神奇安排終於使呂洞賓體驗酒色財氣的痛苦滋味，從而看破紅塵，歸道成仙。《岳陽樓》裏的神仙呂洞賓三醉岳陽樓，來點化柳樹精和梅花精。他先把它們變成人，再將郭馬兒度脫爲神仙。可郭馬兒死活不願意放棄人間的生活，呂洞賓只好用道術先殺死郭馬兒的妻子，郭馬兒告狀時他又將活生生的郭馬兒妻子喚出，致使郭馬兒犯了誣告罪要被砍頭，他只得求助於呂洞賓而歸於道。《碧桃花》裏的薩眞人，可以讓死後三年的徐碧桃借其妹之屍還魂，再和未婚夫張道南完婚。《藍采和》裏的伶人許堅生活快樂，根本不願出家。鍾離權無奈，想「此人若不見了惡境頭，怎肯出家。」於是在許堅的生日呂洞賓奉鍾離權之命裝做州官，因藍采和誤了官身，要被打四十棒，鍾離師父救了他，他只好出家。另外，神奇的道術還可以超越時空，幻化種種的神奇妙境，表現出劇作者豐富的想像力。如《張天師》裏的桃柳荷桂都化作了美女，張天師可呼喚天宮眾仙來到人間，仙凡間無所不通。《竹葉舟》裏呂洞賓把一片竹葉貼在牆上就可化爲一個小舟。書生陳季卿便可乘它回歸千里之外的家鄉。《金童玉女》裏鐵拐李爲度脫金安壽，讓他明白人生如夢，時光如梭，在瞬息間展示了一年四季的景象。這些奇幻手法對我國戲曲以虛寫實的藝術表現形式有很大的影響。

　　我國傳統的文學精神主要是受孔子儒學的精神影響，形成重視文學的社會功能和對人的教化作用的求實性。「子不語怪力亂神」（《論語・述而》），而要求「詩可以興，可以觀，可以群，可以怨。邇可事父，遠可事君，多識於鳥獸草木之名」（《論語・陽貨》）。孔子把文學引向了現實主義的道路上，而使人們在實用的思維下缺少了想像的浪漫氣質。道家的追求逍遙自在的生活

觀念，恰恰彌補了儒學精神的這一缺憾。《莊子》充滿豐富想像的寓言故事充滿著浪漫文學的靈光。「藐姑射之山，有神人居焉。肌膚若冰雪，淖約若處子；不食五穀，吸風飲露；乘雲飛，御飛龍，而遊乎四海之外。」〔註34〕葛洪的《抱朴子》大談修煉、長生、登仙，「這時的莊子哲學大概已經與秦漢以來的神仙家、民間道教系統混雜在一起了」。〔註35〕「神仙道化」劇的宗教精神直接來源於「全真」、「正一」等元代的主要道教，所以道教帶有強烈的神幻色彩的道術給予了「神仙道化」劇插上了想像的翅膀。

二、「人生如夢」的教義使「神仙道化」劇充滿濃鬱的夢幻色彩

自從道教的祖師之一莊子在《齊物論》中喟歎是「莊周夢蝶」還是「蝶夢莊周」以來，道家的「人生如夢」觀點便積澱到中國人的血液之中。道教講求「羽化登仙」，其從凡人到仙境很關鍵的一個環節便是「化」的過程，而道教在這一重要的環節往往採用了「夢」的啟悟作用。主人公由「夢」感悟到人生的虛幻，從而悟道求仙，逃離紅塵，步入仙境。「人生如夢」即是將人生短暫的現實與虛幻的夢境二者的相似性的聯接，正所謂莊子所說的「方其夢也，不知其夢也。夢之中又占其夢焉，覺而後知其夢也，且有大覺而後知此其大夢也」。〔註36〕莊子認為夢對做夢者來說是真實的，夢醒也可使他大悟。其實，人生的寵辱、得意與失望、青春的易逝，都於瞬息變幻的夢有著非常相似之處，從而就構成了「人生如夢」「夢似人生」的虛幻類比，它實際的意義是否定現實人世名利對人的羈絆而達到精神的超脫與逍遙。這一思想作為道家文化很重要的內容已積澱到中華民族的文化心理結構中，也為道教所吸收，作為勸化世人的主要說教。

在「神仙道化」劇中，彌漫著濃鬱的「人生如夢」的虛幻情緒，仙人度脫凡人成仙時啟發他們對現實人生的反思、領悟大道的神奇主要採用的方法就是夢。在現存的十八種「神仙道化」劇中，就有十三種直接是神仙通過夢來點化被度脫者的。這些個神仙具有神秘莫測的法術，他們可以根據度脫的需要，設計出種種的夢境，然後讓被度脫者經歷一番，等到他們認為度脫的時機成熟時，即可讓被度脫者走出夢境。如此的劇情安排，僅管有雷同的缺

〔註34〕曹礎基：《莊子淺注》，中華書局，1982年版，第9頁。
〔註35〕李澤厚：《中國古代思想史論》，人民出版社，1986年版，第192頁。
〔註36〕曹礎基：《莊子淺注》，中華書局，1982年版，第38頁。

陷，但夢境的虛幻性也大大增加了戲劇的情節的瞬息變化的神奇性，正如常言：「人生如夢」，「人生也如戲」。「亂烘烘你方唱罷我登場」，「到頭來都是為他人作嫁衣裳」。因此，戲劇的短暫性的演化人生與夢中的飄渺虛幻有著某些相似點，讓人可以從中得到須臾的解脫。所以，夢就成了「神仙道化」劇非常重要的表現手段了。

首先，夢是劇情發展的突變性關目。「神仙道化」劇主要演義的是神仙對具有仙氣的凡人的度脫，其劇情關目的安排一般是仙人登場、點化凡人、夢的啟悟、歸道成仙，其中夢是起決定作用的關目。如《黃粱夢》一開始東華帝君上場便說：「貧道東華帝君是也，掌管群仙籍錄，因赴天齋回來，見下方一道青氣，上徹九霄。原來河南府有一人，乃是呂岩（洞賓），有神仙之分，可差正陽子點化此人，早歸正道。」這位神仙東華帝君就是王玄甫，全真教尊他為第一祖師，鍾離權是其授度門人。接著便是鍾離權度脫呂岩，他主要是用夢來點化呂岩。夢不僅是劇情的基本構架，而且是其核心。因為不管鍾離權怎樣說神仙生活如何的好，呂岩就是不感興趣，一心想著「學成文武雙全，應過舉，做官可待，富貴有期」。鍾離權只能在呂岩睡著時讓他「去六道輪迴中走一遭，待醒來時，早已過了十八年光景。見了些酒色財氣，人我是非，那其間方可成道。」在夢中呂洞賓經歷了人生的由喜到悲、由得意到磨難，甚至被殺頭，從而領悟到酒色財氣乃是人生道路上的陷阱。於是完成了由一個熱衷功名的書生到悟道歸仙的人生歷程。再如《竹葉舟》，神仙呂洞賓用道術化竹葉為小舟，讓癡迷功名而又屢試不第的書生陳季卿夢中乘舟回家，表現了陳季卿為追求功名離家別親的悲傷人生，最終在落水將亡中幡然猛醒，從而看破功名，跟隨呂洞賓出家歸道。《升仙夢》中神仙呂洞賓點化翠柳、嬌桃成仙。呂洞賓先把他們化為人，再度脫他成仙。可他們貪戀人世，沉浸在「三十歲夫共妻，雙雙美」的世俗生活裏。呂洞賓只能用夢啟悟他們，「他兩口兒都睡著了也，疾，我著他大睡一覺，見個境界，為桃柳原有仙風。」於是，呂洞賓用他的道術使柳春在夢中被任命為江西南昌通判，不可誤期，必須長行到任。在路上他們吃盡了苦，差點被殺頭。夢醒頓悟，願意跟隨呂洞賓修道。《莊周夢》裏，太白金星讓莊周在夢境中看到花開花落、盛衰瞬息的變化，生命短暫的感歎，身遭酒色財氣的戕害，最終悟道，超凡成仙。《鐵拐李》中的岳壽在夢中他的靈魂墜入地獄，遭受酷刑，神仙呂洞賓把他的靈魂救出地府，岳壽醒悟，跟隨呂洞賓出家歸仙。《任風子》中的任屠在夢幻的

啓悟下斷了殺生之念，跟隨馬丹陽出家修道。馬丹陽又通過夢讓任屠斷絕了酒色財氣，最終悟道歸仙。《劉行首》裏，不管神仙馬丹陽如何勸說，妓女劉行首就是不願意出家，然後小聖東嶽案神奉五祖師法旨夢化此人成道。在夢中劉行首悟出了自己的前身，猛然醒悟，斷了塵緣，跟隨馬丹陽出家歸道。總之，在這類戲劇的情節安排上，夢起到了至關重要的作用，它成了神仙度脫凡人的很重要的道術。

　　其次，夢幻增加了戲曲的神秘色彩和象徵寓意。西方現代心理學家、著名的精神分析家佛洛伊德就認爲夢是人本能欲望的滿足，是現實願望的一種神秘的象徵，「在每一個夢境中，本能願望均表現爲得到滿足。夜間心理活動與現實脫節，從而有可能倒退到原始的機制中去，使夢者所渴望的本能足以幻覺的形式得到體驗，而夢者又以爲眞的發生了這種事情。因爲這同樣倒退的過程，思想在夢中被轉變爲視覺圖像；也就是說，潛伏的夢—思想戲劇化和圖像化了」。〔註37〕很顯然，儘管夢本身具有虛幻性，但它明顯又有現實的痕跡，是人們在現實中願望的幻象體驗。「神仙道化」劇中的夢帶有明顯的現實的印記，夢中的情景都是神仙預先安排好的，具有一定的隱喻、象徵意義，直接爲被度脫者啓悟道義服務，正如奚海先生所說：「神仙道化劇中的『境頭』或『夢境』，實際上就正是通過劇中人物幻境中的奇遇，睡夢中的經歷，巧妙地把人物隱秘的靈魂悸動和情緒脈衝具象地再現出來的一種藝術手法，從而使舞臺表現更向著人物的心理深層（潛意識）掘進了一步」。〔註38〕如《黃粱夢》、《竹葉舟》、《升仙夢》中的夢境實際上就是告誡人們「酒色財氣」、「富貴功名」對人的禍害，從而達到對人追求功名利祿的否定，最終實現悟道歸仙的目的。《鐵拐李》、《任風子》等的夢的寓意就是對生的留戀和對死的否定。這些個夢境看似神秘，實際上都有現實的影子，表現的恰恰是宋元時期社會混亂，政治腐敗，下層知識分子及普遍百姓無可奈何只能用宗教自我安慰的眞實情感。儘管這些夢境具有神奇性，能超過時空的限制，但其思想內核仍然是濃鬱的現實性，是對現實追求不可得的無奈，所以說這類戲劇中的夢就具有象徵性。如《黃粱夢》中呂洞賓一夢十八年，夢中的經歷儘管是超越現實的時空觀，但他的仕途歷程卻完全同一個封建文人的人生歷程相吻合。《升

〔註37〕　包華富等：《弗洛伊德心理學與西方文學》，長沙：湖南文藝出版社，1986年版，第120～121頁。
〔註38〕　奚海：《元雜劇論》，石家莊：河北教育出版社2001年版，第433頁。

仙夢》中柳春攜妻子陶氏到南昌赴任，途中跋山涉水，又遇強人，幾乎喪命，這正是當時人對仕途險惡的隱喻性表現。「神仙道化」劇中的夢幻，最大的特點是它是用超現實的東西表現的正是現實的東西，它不像現代精神分析家所說的夢是潛意識的產物，具有大量的非理性成分，而是作家理性思想的表現，在這些夢幻中展現的是元代失意文人的精神世界，同時也有對「全真教」普度眾生的演義。

三、「仙－凡－夢－仙」的戲劇結構模式正是道學尙圓思想的具體體現

元雜劇的基本結構模式是一本四折，表現的正是一件事情發展的「起、承、轉、合」的過程。「神仙道化」劇在此基礎上又形成其獨特的特點，這便是「仙－凡－化－仙」的環形結構，這明鮮是受道家的尙圓思想和道教普度凡人升仙教義影響的結果。

道教的師祖老莊都很強調環形的思維。《老子》：「三十輻共一轂，當其無，有車之用。」（11 章）老子對「有」和「無」的概念從對立轉化的辯證關係中更顯示了「無」的重要性。「轂」，就是車輪正中容承車軸的圓環，有了這一圓環，車輪才能滾動，才能發揮作用。老子認爲道是萬物的最高體現，「道」生萬物，萬物又歸於道，從而形成「道－萬物－道」的圓形循環。《老子》九九八十一章，象徵著道的生生不息、變化不已、周行不止。《莊子·寓言》裏說：「非卮言日出，和以天倪，孰能其久？萬物皆種也，以不同形相禪，始卒若環，莫得其倫，是謂天均。天均者，天倪也。」「卮」，《釋文》云：「卮，圓酒器也。」卮言就是圓活流轉的語言。大道「若環」，就是道家對圓融渾化的境界的描述。在老莊那裏，圓環是道的樞紐，把握了這一樞紐，便可應對任何變化。作爲我國土生土長的宗教道教在其理論上接受了道家的這一思想，認爲道化生宇宙，宇宙變化無窮，但最終歸於道。人們通過神仙的指點，經過修煉，最終成仙，正是道家的尙圓思維在道教教義中的表現。「神仙道化劇」的結構安排，正是這一思想的形象表現。

「神仙道化」劇的結構模式是神仙先登場，發現有仙緣的凡人，然後來到那人家，百般勸說其歸道。但被度脫者百般不肯，神仙只能採用道術，讓被度脫者見些「境頭」，從而使他們幡然醒悟，歸於道門，再經過修煉步入仙境。這一結構模式即「仙—凡—化—仙」，形成一個環形結構，「神仙道化」

劇裏的「度脫劇」都是採用這一結構模式，儘管給人有雷同的印象，但也符合人們歸道求仙的修度過程，也是由元雜劇一本四折的形式所決定。它篇幅較小，不像明清傳奇，一般都二三十齣。所以它要集中筆墨，既要刻畫人物，還要給觀眾一個完整生動的故事情節。在元雜劇的藝苑中，能有如此多的「神仙道化」劇就說明這種藝術形式為廣大觀眾所接受。

四、遠離紅塵，怡情山水的隱逸情趣，使「神仙道化」劇的曲詞具有意境美

　　元雜劇曲詞語言的優美，歷來令眾多研究者稱道。王國維先生就說：「元劇最佳之處，不在其思想結構，而在其文章。其文章之妙，亦一言以蔽之，曰：有意境而已矣。何以謂之有意境？曰：寫情則沁人心脾，寫景則在人耳目，述事則如其口出是也。古詩詞之佳者無不如是，元曲亦然。明以後，其思想結構盡有勝於前人者，唯意境則為元人所獨擅。」〔註 39〕王國維先生認為元雜劇的曲詞具有意境美可以說很有見解，他把在當時還不被人重視的元曲同傳統的詩詞相提並論，確實表現出一代學界巨匠的遠見灼識。元雜劇的曲詞確實寫的很美，很多曲詞具有唐詩宋詞的意境，顯現出元雜劇作為詩劇的藝術特質。儘管王國維先生所列舉的那些唱詞只有兩段來源於「神仙道化」劇，但可以看出這類劇的曲詞確實有很多段非常具有中國古典詩詞的意境美。

　　意境一詞，在中國詩論中是一個非常被重視的詞，也是對詩作出很高評價的一個美學範疇裏的詞。正式提出的是唐人，據說出自王昌齡的《詩格》，提出了詩的三境：「物境、情境、意境」。唐宋人多用它評論詩歌，明以後漸漸也被用來評價戲曲。「意境」，一般指的是作家主觀的意（思想）、情和作家所描寫的客體的境、景相互交融而形成的藝術形象，也就是「藝術家的主體性與表現的真正的客體性這兩方面的統一」。〔註 40〕上乘的詩歌都是要求「思與境偕」，「情景交融」，還要有「如空中之音，相中之色，水中之月，鏡中之象，言有盡而意無窮」的含蓄意蘊。〔註 41〕「意境」實際上表現出我國文藝所追求的一種審美追求，它要求作家把自己主觀的思想、情感一定要借助客觀的景色來表現，並要給人留下聯想的空間。這是在我國傳統文化的土壤上

〔註39〕王國維：《宋元戲曲史》，上海古籍出版社，1998 年版，第 99 頁。
〔註40〕田軍亭：《意境：審美經驗的高度凝練及其溝通與融合》，文藝研究，1993，（6）。
〔註41〕郭紹虞：《滄浪詩話校釋》，人民文學出版社，1961 年版，第 26 頁。

生長出來的帶有我們民族特質的審美理論。

　　「意境」說實際上明顯是在道家思想影響下逐漸形成的，其思想根源可以追溯到老莊。《老子》認爲「大音希聲，大象無形」，就是說最能體現出「道」的「音」是「聽之不聞」的音，最能體現出「道」的形象就是無形。老子從哲學的角度揭示了眞正能體現出「道」的精神的是無音無形，無音有形，既是道的體現，但不是道的本體，它是超越一切可音可形的，是象外之象的東西。因此，老子開啓了後人對言外之意，象外之象的美的觀照。朱光潛先生就說：「無窮之意，達之以有盡之言，所以有許多意，盡在不言中。文學之所以美，不僅在於有盡之言，而尤在無窮之意。推廣地說，美術作品之所以美，不只是美在已表現的部分，尤其在未表現而含蓄無窮的一大部分，這就是本文所謂無言之美」。〔註42〕由此可見，老子的「大音希聲，大象無形」對「意境」說從言意的哲理思辯上給予了很大的啓迪。但如果從人對自然的審美觀照的角度考察，無疑莊子的宇宙觀和感應宇宙的方式所提供的美感視境是具有東方特色的意境說的直接源頭。莊子提出的「天地與我並存，而萬物與我爲一」的物我渾化的宇宙觀，強調自我與宇宙的統一、融合，由於物和我都是宇宙生命不可缺少的一部分，因而可以成爲一個渾然的整體。而且是物中有我，我中有物，客體中包含著主體，主體中包含著客體，也就是「莊周夢蝶」「蝶夢莊周」。這種物我爲一的宇宙觀直接的影響，便孕育了藝術上的情景交融。後來的藝術家的不斷豐富，從而形成了意境說。

　　戲曲的意境理論，來源於傳統的意境理論，但與它又有所不同。詩詞主要是意與境、情與景的妙合。而戲曲屬於代言體的敘事文學，作家不可像寫詩詞那樣直接抒發自己的情感，而只好借劇中人物形象的一顰一笑來抒發自己的情感。因此，戲曲的意境由「情、景、事」三者交融構成。「神仙道化」劇所體現的哲學意味、審美情趣，無不打上老莊思想的痕跡。老莊的那種輕視功名，注重自我人格逍遙，崇尚自然之趣的人生追求，爲後來的道教所吸收。所以「神仙道化」所塑造的人物顯然都是元代道教所崇尚的人物，作品所創造出來的意境也都是道教所追求的境界。道家思想、道教教義形成了「神仙道化」劇意境的特徵。

　　首先，「神仙道化」劇所描繪的超然物外的優美景致，能給人以豐富的聯

────────────

〔註42〕　朱光潛：《朱光潛美學文學論文選集》，湖南人民出版社，1980 年版，第 354
　　　　　～355 頁。

想，具有連續的空間性的情景交融的意象，能夠造成劇中人物活動的物景，起到烘託人物的作用。意境的最基本特徵是詩中所描寫的景象要具有完整連續的空間性，要能夠爲欣賞者提供遐思的空間，而作者要抒發的情感就融含在所描繪的畫面中。翻開「神仙道化」劇，如此的曲詞隨手可拾：

> 那先生自舞自歌，吃的是仙酒仙桃，住的是草舍茅庵，強如龍樓鳳閣。白雲不掃，蒼松自老。青山圍繞，淡煙籠罩。黃精自飽，靈丹自燒。崎嶇峪道，凹答岩壑。門無綽楔，洞無鎖鑰。香焚石桌，笛吹古調。雲黯黯，水迢迢，風凜凜，雪飄飄，柴門靜，竹籬牢。過了那峻嶺尖峰，曲澗寒泉，長林茂草，便望見那幽雅仙莊這些是道。(《黃粱夢》)

> 身安靜宇蟬初脫，夢繞南華蝶正飛。臥一榻清風，看一輪明月，蓋一片白雲，枕一塊頑石，直睡的陵遷谷變，石爛松枯，斗轉星移。長則是抱元一，窮妙理，造玄機。(《陳摶高臥》)

> 山間林下，伴藥爐經卷老生涯。眼不見車塵馬足，夢不到蟻陣蜂衙。閒來時靜掃白雲尋瑞草，悶來時自鋤明月種梅花。不想去上書北闕，不想去待漏東華，似這等掩翅，都只爲狼虎磨牙……(《誤入桃源》)

> 我則待駕孤舟蕩漾，趁五湖煙浪，望七里灘頭，輕舟短棹，蓑笠綸竿，一鉤香釣斜陽。(《七里灘》)

這些曲詞，都具有很優美的畫面，把神仙自由隱逸、無拘無束的生活情趣描繪得惟妙惟肖，給人以充分的遐思，在讀者的大腦中可以形成一幅幅可感的畫面，使人對劇中人物的情感啓悟更深。在選詞造境上，都具有唐詩宋詞的意境，詞曲的神韻與作品表現度人成仙的主題達到了妙合。

其次，具有優美意境的詩，不僅僅是具有連續不斷的聯想空間，更重要的是融入了作者的主觀情感，而這種情感又能借助於其境感染到讀者。「神仙道化」劇從人物、情節，到曲詞都流露出作者的情感，尤其是前期的作品。如馬致遠的「神仙道化」劇就充分表現出他由熱衷功名到看破紅塵的思想情感變化過程。我國古代的戲曲理論家都認爲感情是構成戲曲意境的重要內容。明代大戲曲家湯顯祖在《答淩初成》中就說：「不佞《牡丹亭記》大受呂玉繩改竄，云便吳歌，不佞啞然笑曰：昔有人嫌摩詰之冬景芭蕉，割蕉加梅，

多則多矣，然非王摩詰之多景也。」湯顯祖認爲感情在戲劇造境中有很重要的作用，戲曲所造的境可以根據「意」（情）來設置，即所謂「因情成夢，因夢成戲」，在強烈的情的參與下，推動戲曲的情節發展，從而完成人物形象的塑造。在現存的 18 種「神仙道化」劇中所塑造的主人公大多是文士，如《黃粱夢》中的呂洞賓、《竹葉舟》中的陳季卿、《誤入桃源》裏的劉晨、阮肇、《任風子》裏的馬丹陽、《陳摶高臥》中的陳摶，不管是度人的神仙，還是被度脫者都是書生，因此，此類劇目所彌漫的是文人士子濃濃的進身不得、理想破滅的無奈情懷，在《岳陽樓》中馬致遠借呂洞賓之口勸人要「參透玄關，堪破塵寰，待學他嚴子陵隱在釣魚灘，管甚麼張子房燒了連雲棧，兢利名，爲官宦，都只爲半張字紙，卻做了一枕槐安」。《黃粱夢》裏的鍾離權更是用道家思想安慰人：「當日個曾逢關尹，至今遺下五千文。大剛來玄虛爲本，清淨爲門。雖然是草舍茅庵一道士，伴著這清風明月兩閒人。也不知甚的秋，甚的春，甚的漢，甚的秦，長則是習疏狂，耽懶散，伴妝鈍，把些個人間富貴，都做了眼底浮雲。」這些曲詞表面看起來表現的是一種曠達的情懷，看破了功名，但字裏行間洋溢著的是文人感時不遇的憂憤情感和無可奈何的歸隱仙界的思想，而不是對神仙的宗教膜拜。這些戲曲更像一首首抒情詩，抒發了作者仕途不達，從而用宗教來聊以安慰的情感。戲曲裏充滿了「意在言外」的情致，具有意境美的神韻。

「道學與民間巫術的結合產生了道教。」〔註 43〕道教崇尚老莊，既吸取了老莊的「清靜無爲」、喜好自然的思想，又增添了民間巫術的修煉成仙的神話觀念，追求修道成仙，充滿虛幻的想像。從而使「神仙道化」劇既具有恬靜優美的曲詞，引發人綿綿遐思的意境，又充滿了夢幻的神奇和能夠引起人豐富的想像的眞人仙翁，豐富了我國浪漫主義文學的畫廊。

〔註43〕 張立文等：《道教與中國文化》，人民出版社，1996 年版，第 166 頁。